U0902195

大周互娱
DA ZHOU HU YU

本书内容纯属虚构

天津出版传媒集团
天津人民出版社

图书在版编目（CIP）数据

傲世君少. 1 / 风凌天下著. —天津：天津人民出版社，2019.4
ISBN 978-7-201-14595-2

Ⅰ. ①傲…　Ⅱ. ①风…　Ⅲ. ①长篇小说—中国—当代
Ⅳ. ①I247.5

中国版本图书馆CIP数据核字（2019）第048231号

傲世君少. 1
AO SHI JUN SHAO 1
风凌天下著

出　　版　天津人民出版社
出 版 人　刘　庆
地　　址　天津市和平区西康路35号康岳大厦
邮政编码　300051
邮购电话　（022）23332469
网　　址　http://tjrmcbs.com
电子信箱　tjrmcbs@126.com

出　　品　大周互娱
总 策 划　周　政
出版监制　曾筱佳
项目总监　许　逸
责任编辑　玮丽斯
特约编辑　张妙玉
封面设计　彭意明
版式设计　李映龙
封面绘制　Sariel

制版印刷　湖南天闻新华印务有限公司
经　　销　新华书店
开　　本　710毫米×1000毫米　1/16
印　　张　15
字　　数　292千字
版次印次　2019年4月第1版　2019年4月第1次印刷
定　　价　36.80元

图书如出现印装质量问题，请致电联系调换（022）23332469

傲世君少

AO SHI JUN SHAO

目录

CONTENTS

第一章

君邪突然醒了过来。

他甚至还没等睁开眼睛，右手下意识地一拍地面，就要跃身起来。此乃是非之地，生死一发，不可久留！

他身子跃到半空，突然手臂一软，居然完全不能支撑住自己身体的重量，“砰”的一声，又重重地摔了回去！

一时间，君邪惊骇欲绝，这是怎么回事？随即他突然发现，自己的身下居然是一张软软的床铺！举目四顾，原来自己置身在一间装饰得颇为华丽的房间，只是屋内空空如也，除了一张四方桌子，就只剩下了自己躺的这张“巨床”——真的是一张“巨床”，这张床能睡下七八个人，也不会有很拥挤的感觉！

这是怎么回事？我不是在与人战斗吗？怎么会到了床上？

君邪此刻的思维还停留在沉睡之前最后的思绪中。

君邪是一个杀手，而且是一个特别优秀的金牌杀手，自出道以来，五年的时间里出手无往不利，成功率为前人所无的百分之百！因此成为杀手榜排行第一位的杀手，而“邪君”这个名字也因此在世界黑道上排行高居榜首！而他还有另外一项第一的殊荣，就是他的追杀悬赏，也已经牢牢地霸占了世界悬赏榜第一位达三年之久！

非是无人敢接，而是无人能接，没有人有本事杀死这位近乎传说的奇迹杀手！

君邪的性格，正是人如其名，一个字：邪！

他从来都是独断独行，从不与任何人联手，更没有半个朋友！而且，他接生意不仅要看买家，还要挑目标！

他看不顺眼的客户，哪怕出再多的钱，请他去杀一个毫无反抗能力的乞丐，他也会毫不犹豫地拒绝。但他看到某人该杀的时候，会主动下手，然后找去这个人的对手家门口索要酬金，不给还不行。而往往这家人根本都没有雇用过他，甚至连听说都没听说过他……

传闻，有那么一次，他杀了一个恶贯满盈的人贩子，却找不到雇主，没办法之下向一位被拐卖的小女孩讨来了一枚一毛钱的硬币，还振振有词：我从来就没做过不要酬劳的买卖，绝对不会例外……

他这种性格，让了解他为人的师父和师兄弟们无语到了极点……

但是他认为自己最大的缺点就是，他实在太有爱了。作为一个杀手，而且还是一个双手沾满血腥的顶尖杀手，这句话曾经让无数人嗤之以鼻！

不过这家伙自称有爱，其实还是有点根据的！

在国内，他最看不得富人欺压穷人，尤其是看不得那些官宦欺压平民；在国外，他看不得有人欺压本国人！因为他这爱国的性格，不知道惹出了多少大祸。

但就是这样的一个人，想要雇用他的人却依然趋之若鹜！因为他不但枪法超群，弹无虚发，还有一身神鬼莫测的武艺！不论是拳掌还是刀剑，都有着不俗的修为！不过，最大的原因始终是，他任务的完成率是百分之百！这个成绩虽然未必是绝后的，却一定是空前的！

他是杀手界当之无愧的顶级杀手！

也是迄今为止从未有过任何失手记录的杀手中的巅峰强者！

但，这位金牌杀手骨子里居然是一个典型的愤青！

而这一次，又是他自告奋勇：听说B国密谍在A国的昆仑山出土了一件价值连城的秘宝，并且在相关部门得到消息之前就已经偷运回去了，于是君邪这个典型的愤青怒了！

我泱泱大国的宝物，还是在此和平年代，怎么能落在B国人手里？

君邪单枪匹马杀了过去，狂傲至极地单挑将近一百个B国特工，终于将那秘宝抢到手中，而当时的B国特工们都已经被他杀破了胆子，若是他想走，必定可以从容离去！而君邪心中对此也有着绝对的把握！

但就在他的手接触那件秘宝——一尊只有巴掌大小的玲珑宝塔之后，一件意外到极点的事件出现了，他受伤的手抓到了那个小塔，突然感觉浑身麻痹，顿时就一动也不能动了，甚至就算是眨眨眼皮也做不到了！

他没有注意到，自己伤口之中流出的鲜血正不停地涌入那座小塔之中，那座很精致、玲珑的小塔之中……

他最后的记忆中，只看到不下于五十枚的微型手雷向着他飞过来，二十多支各类枪支向着他喷出了火舌，而他空有一身本领，拥有将这些人一举杀掉的实力，却是悲哀地一动也不会动了！

这种感觉让人发疯！

想不到我君邪纵横一世没有敌手，居然如此冤死在了这里，不过也不算亏，这一生死在我手下的土豪恶霸、各国特工加在一起也足有上千之数了，够本了！值！

别人都是含笑九泉，他是含笑入地狱！

这一世，他活得轰轰烈烈！过得潇潇洒洒！问心无愧！

虽然他杀了不少人，可是他只杀罪恶滔天的人，他一生中所杀的都是些穷凶极恶、罪大恶极的人，所以他不后悔，就算进了地狱也不后悔。

悠悠世间，又有哪个能够像他一般活得这般潇洒？过得这般快意？

"哈哈哈……"想到这里，君邪不由得得意地笑出声来。

"少爷，你……你怎么了？"一个怯生生的声音在旁边响起，似乎是被他的举动给吓坏了，还有股想要哭的意味。接着一只冰凉的小手就摸上了他的额头。

少爷？我现在是在做梦？不是到了地狱吗？君邪一个激灵，猛地睁开了眼睛。接着一股陌生的记忆突然从心底冲了上来！一段段陌生的记忆信息潮水般涌进脑海。君邪如同被雷击了一般，怔住！

为什么这个声音会这样叫我？我这是怎么了？

君邪愣愣地瞪着眼睛，半天也没明白眼下是怎么一档子事，半晌没动。

就在旁边那只小手惊慌地在他的眼前晃来晃去的时候，君邪突然狂喜地叫起来："果然是好人有好报！不管是怎么回事，反正我是没死，居然有这么好的事情，看来本大爷上辈子肯定是大善人，甚至有可能是功德无量的那种！哈哈哈……"

一声惊叫，身边一个十来岁的小女孩哆哆嗦嗦地躲到了一边，俏丽的大眼睛惊慌地眨动，死死地盯着眼前梦魇一般的"少爷"，娇小的身子簌簌颤抖，脸色愈显苍白，就仿佛是一只受到了剧烈惊吓的小鹌鹑。

又一声惊叫，声音很是凄厉，只是这声惊叫，却是发自君邪自己的口中。因为他突然发现刚才自己的声音又尖又锐，就像一个女孩子，难道……不要啊！

刚才可吓死他了，他还以为变成小姑娘了！君邪抹了把冷汗。

定了定神，君邪开始查看自己的这具躯体。

经脉郁结，浑身肌肉松弛，关节僵硬……

这哥们儿咋混的？身子可实在够弱！真是够糟糕的！君邪暗暗嘀咕，不过不要紧，只要经脉没给我弄碎了，有个三五年，本大爷一定能从头再来！

打定主意之后，君邪这才想起来，他如今所在的貌似是一个完全陌生的世界！

他在这里可是真正地举目无亲，什么都不懂得，什么都不知道！这个世界是什么规矩？这个世界有什么事物？

把这些都想了一遍，以这位冷血杀手的心里，居然也有些惘然起来。

看着古色古香的家具和床铺，还有身上完全陌生的特殊衣服；在得知他没有死的欣喜慢慢平静了下来后，随之而来的，却是一阵心乱如麻……

这个本来很令人振奋的念头才一冒上来，霎时间又从心底涌上许多的失落和痛苦，那是一种无根浮萍的微妙感觉，让他的鼻子有些发酸，眼睛也有些酸涩，心口有些发堵；君邪自嘲地勾了勾嘴角，前半生都没有流过泪的他，险些落下泪来。

故国难舍，故土难离！他原本以为能够很洒脱，原本以为他能够轻易放下，怎料事到临头，一切都成了真实，却才突然发现，他放不下，他真的放不下啊。

原本以为在世上早已无牵无挂，可是现在才发现，自己的牵挂居然多得数不清！最重要的是，在这片陌生的土地上，他再也找不到那种归属感！归属感……

事实上，他始终是外人……

君邪静静地闭上了眼睛，轻轻侧了侧头，在无人发现的时候，一滴泪水无声地滑落……

这是他有记忆以来留下的第一滴泪！

男儿有泪不轻弹，只因未到伤心时！

怔怔地看着面前铜镜之中这张年轻得近乎稚嫩的面孔，脸容稍见瘦削，薄薄的嘴唇，长长的眉毛斜飞入鬓，显得一双眼睛有些细长、锋锐。君邪苦笑一声，喃喃地道："不得不说，这家伙长得还是不错的，蛮清秀，就是有点太小白脸、太娘娘腔了。"

想想自己曾经是何等地威风？虽然长得也不是特别招人喜欢，眼睛小了些、细了些，鼻梁也低了点，总体形象也太大众化了一点，可自己是标准的男人啊！那些小白脸，他就是看不起他们，怎么也没想到，他忽然就成了一个标准小白脸，尤其这小白脸儿长得还挺漂亮……

"伙计，是你把我带过来的吗？"右手轻轻地抚摸着左手手腕上一个小小的宝塔形的图案，那个宝塔图案很像一个文身。君邪脸上浮起一丝骄傲。纵然我现在远离了故国，这东西也还是在自己人手里，可不能让它落到其他毫不相干的人手中去！

这个宝塔形的图案，可不正与君邪拼命抢夺的那个玲珑小塔一模一样！虽然它已经变作自己手上的一个小小图案，但君邪很肯定地知道，这就是那个小塔！他自己也说不出为什么，但心中就是有这种感觉，很实在，也很玄妙。

看到这唯一能够为自己带来故国慰藉的图案，君邪心中巨浪翻滚，自己也不知道那是一种什么样的感觉。只是他一向沉稳的心性，使得自己脸上什么也没有表露出来。

依然是一片淡漠！沉静！

突然，正被他轻轻抚摸着的小塔图案发出了一阵蒙蒙的黄光，然后君邪感到一阵头重脚轻，接着就感到自己脑海里似乎是多了一件什么东西，而手上的那个图案，也突然消失不见了……

“怪事！”晃了晃脑袋，君邪啧啧称奇，这玩意儿还真是够奇怪的，先从一个巴掌大的小塔变成身上的文身，接着又奇迹般消失了。难道这玩意儿竟然真的是什么传说中的神仙宝贝？

“少爷，老太爷请您过去一趟。”就在君邪想要查看一下自己头脑里多了什么东西的时候，突然一个声音响了起来。

“请我过去？”君邪挑了挑眉毛，“干什么？”凭啥老东西让我过去我就得过去？当我是他孙子？这句话还没问出来就咽了下去，这才想起来，貌似那老东西还真是自己的爷爷，起码是这个身体的爷爷……

“这……奴婢不知。”小女孩惊恐地看了他一眼，低下了头，长长的睫毛慌乱地眨动，两只脚一前一后，小小的身子微微侧转，随时准备狂奔而逃的样子……

君莫邪，现年一十六岁，天香帝国君氏家族小字辈的唯一嫡系子孙！一位游手好闲、好逸恶劳的超级纨绔子弟！简单一句话，简直是活着都没有一点价值的寄生虫！

这便是君邪的新身份的一般性资料。

怪不得你会被我替代了，我外号邪君名叫君邪，你却叫莫邪，这不天生犯克吗？你不冤呀。

脑海中大致回顾了一下这位君大少以往的所作所为，君邪叹了口气，这种人，若是换在以前，必然会是自己狙杀的对象。真可说是冥冥之中自有天意。常听人说因果循环，这话貌似还是很有道理的，自己之前杀的纨绔恶少着实不少！

纨绔小子的祖父君战天，乃是军方头号实权人物，父亲君无悔，曾经为大将，十年前战死沙场，其母于九年前郁郁而终，两位哥哥君莫忧、君莫愁，均在三年前一场大战中壮烈牺牲！

还有一位叔叔君无意，同样在十年前大战中身负重伤，虽然捡了一条命，但腰部以下却是瘫痪了……

如此一个庞大的家族，当真可说是满门忠烈，可惜却已经沦落到了即将后继无人的地步！只余下君莫邪这一根独苗，还被君邪顶替了。幸亏身体还是君家的，君邪如果以后有儿子，理论上还是君家的血脉，也算上天对君家的一点恩赐吧……

既然老天爷如此，也看在大家都是姓君的分儿上，本大杀手就勉为其难替你活上一世吧。君邪咧咧嘴，耸耸肩，其实我真的不想，就这破皮囊、破名声，得让我挨多少骂！

一推房门，君邪迈步出来，阳光满地。对着灿烂的阳光出了一会儿神，君邪叹了口气，太阳还是那个太阳，而我却已经不是我了。君莫邪终究不是君邪！

可我的心还是君邪的心！异世又如何？

门口站着两名仆妇，躬身道：“少爷好。”

君邪淡淡地点点头，看着不远处正在忙碌着什么的另外四名仆妇，再看看身边，不由得摇了摇头。

瞧瞧身边这些人，别的公子哥儿身边都是千娇百媚的美女伺候，而他身边这几个都是大妈级的，唯一一点亮色还是个十一二岁的少女！印象中，这似乎是他那位强势的爷爷安排的，这些个仆妇都有一个特点，就是很健壮。

“她们在干什么？”抬抬头，用下巴点着远处那几个仆妇，君邪问道。

“她们……在帮少爷喂鸟和狗，还有那些斗兽……”年长的仆妇低着头，有些瑟缩地回答。

“哦？”君邪踱了过去，嗯，还真是琳琅满目，花架上七八个鸟笼子整齐地挂着，几只不同颜色的鸟儿在里面跳来跳去，很是活泼。不远处，几条大狗伸着舌头趴在那里；再远处，几个小竹筒里，蟋蟀发出的声响颇为清越，貌似还是很名贵很擅斗的品种……

嗯，这位公子的爱好还真是广泛，旁边一个笼子里，居然还有两条嘶嘶吐信、色彩斑斓的毒蛇。

厌恶地看着这一切，君邪皱了皱眉头：“一会儿找个人来，把这些玩意儿能卖的卖掉，不能卖的扔出去！要不就杀了吃肉！别放在这里恶心人了，这儿是住人的地方，可不是动物园！”

啊？

听到这句话，顿时，六个仆妇和跟在君邪身后的少女都瞪圆了眼睛，惊讶地抬起头来，看着自己的少爷，一刻间，七个人的脑中都浮现出同样的一个念头：这位爷今天又是发了什么疯？这些可是您花了大价钱买回来的，您可是一直当宝贝的啊！今天扔了？明天再买？

“那两条蛇别卖了，等我回来炖汤。”走了两步，君邪头也不回地道。

听了这话，奴仆们集体无语了！

穿过一道花园、几处楼阁、一个操场，再绕过一个大大的鱼塘，沿着两排树的道路又走了几乎半个时辰，才到了君老爷子的住处。君邪这才发现，自己所住的房子与君老爷子所住的地方，正好是一南一北，若是算直线距离，也足足隔着两三千米路！

看来自己眼下的这个家族还真是够大的！如果他没有记错的话，这里应该就是这个国家的京城，能在京城拥有如此巨大宅院的，除了皇宫之外，恐怕也真就没有几家了。

君老爷子坐在书桌后面，虽然此老已年过六旬，但须发仍是乌黑发亮，看起来只有五十多岁的样子；方正威严的脸上尽是无奈，看着自己的孙子似乎有气无力地进来，几乎又要忍不住脾气暴跳起来。

君战天老爷子乃是穷苦出身，少年为将，纵横天下，令各国敌军闻名丧胆，不仅文韬武略超卓，而且还是天香帝国仅有的几位天玄级高手之一，性格沉稳坚毅，一向喜怒不形于色，胸中自有丘壑。

单单从一句“穷苦出身，少年为将”就可以看出来，一般穷苦人家的孩子，何曾有人能够坐到将军这个位置？更何况，还是少年为将？

君战天从一个卑贱的贫民到现在的军方头号实权人物，只用了不到四十年光阴，虽说是时势造英雄，但纵观整个历史，却也是寥寥无几！就这份经历便已足堪自傲了，但唯独见到硕果仅存的这个孙儿，就一肚子无奈，还有恨铁不成钢！

老爷子实在是想不通，以自己家族的血统和高压管理，怎么会生出这么一个孽障！这小子文不成武不就，一拿起书本就犯晕，一听到练功就比兔子跑得还快。别人家的子侄要么已经是胸有锦绣、小有才名，要么已经是玄气修炼进入正轨，起码也在五品了；而他这个宝贝孙子却已经先后打跑了五位教书先生，而玄气修炼至今只有可怜的三品……

就这么一个不争气的东西，偏偏是日日沉溺于声色犬马之中，吃喝嫖赌样样是无师自通，在这些不务正业的方面堪称天才。可怜自己英雄一世，到头来只有一个这样的孙子……

君老爷子无力地叹了口气，忍不住想：若是自己的儿子和那两个孙子也都还在的话……

想到这里又自嘲地笑了一下，心里想道：若是都在的话，还能将这根独苗娇惯成这般模样？当年得到儿子无悔阵亡的消息，他硬挺着没有落泪，自诩是名将英雄；两个孙子莫忧、莫愁捐躯沙场之时，他也强忍住了痛心的泪水，儿是英雄孙好汉；再之后，无意终身残废，他终于有生以来第一次落下了泪水，但心中还有一丝侥幸，还有一个孙子，君家香火能够延续下去……可是，如今看来，最后的孙子就是一个小浑蛋，一个烂泥扶不上墙的浑蛋！

自己能怎么办？

“听说你昨夜从床上掉了下来？而且还摔晕了过去？是吗？”收起心中的感慨，君战天淡淡地问道。

“嗯？”君邪抬起头，心底有些疑惑，有些释然。若是问其他的事情，君邪凭着脑中遗留下的记忆，都可以搪塞过去，偏偏就是这件事，他却不知道。还有就是，这件事情其实也是君邪心中的一大疑惑：今早醒来发现这具躯体也没有什么异常之处，那自己是怎么成了君莫邪的？此刻从老爷子问话中才隐约猜到，敢情这家伙是睡觉的时候掉下床来摔死了……

真是纨绔强人啊！睡觉也能掉下床来摔死！

君邪心中表示了由衷的敬仰之情，这样的高人实在需要仰视。

“嗯什么嗯？”君老爷子一拍桌子，吹胡子瞪眼，看见他这惫懒的样子气就不打一处来，“混账东西，被人暗中下了黑手都不知道！若不是老夫早有防范，你这个时候早已经去见了阎王！你说说你，就不能有点出息吗？”

原来那小子是被人下了黑手！君邪极为隐秘地撇了撇嘴，心道您老那所谓的“早有防范”也不过如此，您那孙子早已经在您的“防范”之下转世投胎去了。

见他始终没说话，君老爷子心中倒是有些诧异起来，以这家伙的草包性子，怎么会这么安静？若是放在以前，听到有人对他下了黑手，早已经蹦了起来，现在却是神色淡淡的，似乎是不以为意，而且……隐隐有一种冷峭之态。

我不是看错了吧！君老爷子实在难以相信这样的冷峭之态会出现在这个不争气的孙子身上！

“罢了，虽在一家，但你却为了躲避我，刻意住到了府邸最南边，唉……明日你就搬回这里来吧！”再深深看了君邪一眼，君战天痛惜地道。再怎么纨绔再怎么不争气，也总还是自己的孙子，而且，也是君家唯一的血脉……

眼下，虽然外事靖平，但几位皇子都已经慢慢长大成人，正是内潮汹涌的时候，自己身为军方第一人，就好像一棵参天大树，每个人都想靠过来或者等着自己靠过去，而对他唯一的血脉下手，正是栽赃嫁祸的绝顶好计！若是君邪不搬回来，恐怕以后这样的事情还会层出不穷。

“我住在那里挺好的，不用搬了吧！”君邪一口拒绝。开玩笑，正要见识见识这个世界的杀手同行是什么样子，若是搬回来岂不就丧失了机会？在君老爷子说起这件事情的时候，君邪心中就有些隐隐的兴奋。

杀手……那已经是很遥远的事情了，可那却也是最亲切的记忆……

“你！混账！”君老爷子为之气结，扬起了大巴掌就要抽下来，掌到临头却又顿住，长声一叹，目光复杂，“你……去吧。”

这是这小子第一次拒绝他吗？他……今日居然敢拒绝我？而且还拒绝得如此干脆？

君邪躬身一礼，随即站直身子，转身就走。

“哦，还有一件事，以后你不得再去缠着灵梦公主，这桩事情没有商量的余地，就此作罢！”君老爷子的声音之中，有着难以言喻的颓意，还有隐隐的心灰意冷！

这几年来，君家虽然看似权势熏天，几乎就是当朝第一，但却始终有一个致命的缺点，就是后继乏人！第三代唯一的后人也只有君莫邪这个纨绔小子而已！君老爷子是已近七旬之人，心态何尝不老，洞悉世情，早就算到万一哪天自己撒手人寰，君家只怕会在很短的时间之内被人彻底从这世上抹去。以目前君莫邪的情况看，这种可能性相当大，甚至已是可以看到的最终结局。

所以君战天曾经觍着老脸，向皇帝提出希望君莫邪能够迎娶皇帝陛下最为宠爱的灵梦公主为妻，若是此事能成，就算自己西去，那么君莫邪有自己的余威庇佑，又占着一个公主夫婿、皇亲国戚的名头，只要不太出格，再怎么混想来也能保全君家香火不致断绝。

公主夫婿，看似风光，其实却是朝野上下一个最尴尬的职位，凡是甚有权势的大臣家庭，人人都害怕皇帝突然赐婚，让自己儿子娶个公主回家来，公公婆婆却要对儿媳妇行跪拜之礼。尤其是除了公主特许，驸马是绝对禁止纳妾的，万一公主性格乖张、妒忌心很重，那一家子想过好还真的很困难。可是，对像君莫邪这样的纨绔小子来说却是一个极大的保证，至少为君家香火计，是一个最好的方案！

君战天提出这桩婚事，也真是迫于无奈。

皇帝陛下自然了解这位老战友也是老大哥的心意，闻言之下也有意动，但在仔细了解了一番君莫邪的所作所为之后，再加上灵梦公主抵死不从，思虑良久，终于还是拒绝了。

“君大哥，非是小弟不愿意卖大哥脸面，可小弟也是人父啊，灵梦又是小弟最心爱的女儿，如何能够将自己的女儿委身于……唉！”皇帝陛下放低了姿态未说完的这句话，让君战天一口气几乎上不来。

身为人父？为女儿考虑？若是在十年前，我君家最鼎盛的时期，就算莫邪再纨绔十倍，只要老夫提出婚事，你还不是大喜欲狂？人情冷暖，如人饮水！这是君老爷子心中的怨念。

“哦，我知道了。”君邪在门口站住，淡淡地道。语气之中无惊无喜，平淡得像是一碗白开水，随即便一步迈了出去。

自从君老爷子表露出这层意思之后，君莫邪便一直以灵梦公主夫婿的身份自居，对灵梦公主一味地死缠烂打，让她不胜其烦。君老爷子此刻见到自己孙子这副不咸不淡的样子，却颇有些惊讶。君邪或是怒发冲冠，或是歇斯底里……老爷子都不会诧异，唯独他这样的淡然，让君战天是大大出乎意料。

“摔了一下，怎么变了性子？”君老爷子捻着胡子，看着出门的君邪的背影，目光深邃。

良久，君战天一拍手，道：“多派几位好手，日夜护卫在少爷身边，不得再有任何闪失！若是再有不开眼之人，就地格杀！无须有任何顾忌！”这种事情，可一而不可再，我君战天的孙儿，怎能容你们加害？君老爷子双目中闪过一道寒光。

空荡荡的大厅，君老爷子似乎在和空气说话，但，随即不知从什么地方传出来一个缥缈的声音：“是！”

君邪迎着朝阳走了出来，温和的阳光照在他略显苍白的面孔上，漫步向着自己居住的小院子行去，一路上不断有下人诚惶诚恐地行礼，君邪一概不理，径自在想心事。

没有人知道，这位君三公子此时此刻正在想什么。

只见他嘴角露出一丝笑容，喃喃地道：“生在现在这种家庭，我就是一个混吃等死的二世祖！”

突然一个声音冷峭地道：“错！你不是二世祖！我才是二世祖，而你，是三世祖！”

君邪眼前出现了一张轮椅，上面，一个三十多岁的瘦削中年人斜斜倚坐在上面，两条腿上盖着一条厚厚的缎子，一双似浑浊、似清明的眼睛，正玩味地看着他，双眉如剑，斜飞入鬓，自然而然地带有一种莫名的冷厉和杀伐之气！眼如鹰隼，厉光闪烁，目光深处，尚有着隐隐的鄙夷，虽然不多，却十分明显！

这人如不残疾，必是一位玉树临风的伟丈夫，铁骨凛凛的真豪杰！只从眉宇之中残留的威势来看，必然曾经是一位杀伐果决、号令千军万马的大将军！

“三叔？”君邪停住了脚步。看着这位端坐在轮椅上的三叔君无意，在君莫邪原本的记忆中，这个三叔就是一个坐在轮椅上什么都不能做的废人，全无半点用处；但此刻的君邪却敏感地从这位长年坐轮椅的三叔身上，感到了一股熟悉的气息，这股气息，让人毛骨悚然！

杀气！

足以让君邪都动容的杀气！

唯有常年征战，从尸山血海之中拼杀出来的铁血军人，才会具有这等独特的锋锐！就像一把纵然断折也绝不会被尘土埋藏了锋芒的绝世利剑，散发着咄咄逼人的光芒！

而这把绝世利剑，此时却藏于鞘里！

纵观君邪平生，如此等人物，也只见过两三人而已，而任何一人都是手握重军的大人物，事实上，这样的铁血悍将却是君邪最欣赏的人物！其实君老爷子也是这一流的人物，只是老爷子随着年岁的渐长，自身修养已近返璞归真的境地，处处深藏不露，君邪又与老爷子相处甚暂，一时忽略！

但君无意却还没到这等韬光养晦的地步，整个人如锐剑在匣，锋芒虽藏却尤有凛然剑气外泄，当然，也需要有君邪的眼力才可以分辨，等闲人，如君莫邪之流，打死他也是分辨不出的！

绝世宝剑虽然闲置匣中，空悬墙上，但寂寂深夜犹作龙吟低啸！

“难得你还叫我一声三叔。”君无意抬起头，深邃的眼珠有些讥诮地看着自己这位唯一的侄儿，“莫邪，你很有兴趣想做二世祖吗？”说完突然叹了口气，暗道今天自己这是怎么了，怎么会对这样一摊扶不上墙的烂泥有了说话的兴致？

君邪看了他半天，却是着重在看他残疾的腰腿，突然笑了起来：“三叔说笑了，您才是货真价实的二世祖，我充其量也只是三世祖吧。侄子做个平安喜乐的三世祖就已经很满足了。”

嗯？这小子今天怎么这种口气说话？虽然话中有刺，但却完全没有了往日的骄横跋扈。

对君邪答话大出意料的君无意眼睛一睁，刹那间眼中闪出一道锐利的光芒，就像一缕夺目的闪电突然划破了阴霾的夜空！他突然哈哈大笑，边笑边摇头，道：“你可知道，二世祖和三世祖的区别？”

“哦？还不一样都是混吃等死，有区别吗？”君邪挑了挑眉毛，话中有刺。看到君无意目中电闪雷轰般的目光一闪，君邪备觉如此铁血男儿消沉下去，实在是尘世的一大遗憾！

君无意眼中闪过一道苦涩和不甘，旋即隐没了下去，干净的右手抚在自己残腿上，抬头道：“此言大谬。如何没有分别？个中分别几近天差地远！二世祖，乃是父辈打好了天下，子辈坐享其成即可，完全没有什么难度，只要有一张嘴会吃，就一定死不了，而且最少也能够安享一生的荣华富贵！然而所谓的三世祖却不然。”

他看着君邪的眼睛，嘿嘿笑了笑，还击道：“所谓的三世祖，却并不一定特指第三代人，乃是第三世的传人；也就是说，爷爷辈的打下了天下，而中间父辈却出现了断层，这才叫三世祖！若你父亲还健在，那么你和我都应该是二世祖，只不过我是从你爷爷这一辈算起，而你，是从你父亲这一辈算起。这里有所不同罢了。

“但你爷爷如今已经老了，所以你就算有心做一个三世祖，只怕也做不了多长时间；而你上面，除了你爷爷，已经再没有了别的大树可以乘凉，所以，你这个三世祖，之后的人生只怕会非常艰难！想要做一个合格的三世祖，如果没有几分本事和心机，是万万不成的。所以，我这个二世祖，比你这个三世祖要幸运一些。”

君无意说着，本来是为了还击君邪的那句“混吃等死”，但说到后来，心中却不由得生出悲凉之意，偌大的君家，难道就这么完了吗？曾经鼎盛一时、一家之威令各国不敢正目视的君家，眼下竟已到了这般地步吗？大哥、二哥先后战死沙场，自己残疾；唯一有点盼头的两个侄儿，也同样战死沙场，尸骨无存；君家血脉，就只剩下了这一个废物一般的君莫邪！

突然间，君无意兴致全无，顿觉百无聊赖，连话也不想说了。

君邪沉默着，突然展颜笑道："其实我也可以做二世祖的。"君无意的话，君邪何尝不懂，他之所以要君无意说出这番话，目的却在于他后面的说辞！

君无意咳了两声，饶有兴趣却又有些懒洋洋地问道："哦？"

"若三叔你为我做大树，撑起一片阴凉，我不就依然可以做二世祖吗？"君邪笑吟吟地道。

君无意眼中闪过一丝怒色，低沉地道："莫邪，你又在嘲讽你三叔吗？"

君邪打量着他，突然道："腿上可尚有知觉吗？"

"无！"君无意把头扭过了一边，心中对这侄儿越来越是讨厌，明知道他最忌讳别人提及自己的残废，却再三提及，之前总算还是隐晦说到，现在竟当面直问。如此不懂得尊敬长辈的后人，当真有不如无！

"之前腰骨可有碎裂？"

"无！"君无意大怒，"混账东西，若是腰骨碎了，我还能活到今日吗？"

"也就是说，三叔你顶多只是经脉受损？是被人下了阴手？"君邪眼神一亮，看来是经脉被人截断或者是用阴毒的功夫侵蚀，致其萎缩了，若真是这样的话，只要气血未亏，倒还有几分希望，以自己的医道，应该还有机会救治。再怎么说也是这一世的血脉近亲，而打动君邪的，却是那一份铁血男儿的峥嵘锋锐！

君邪觉得，既然自己有能力，这样的一个铁血男儿，就应该让他站起来！不管他是不是自己的三叔！

君邪看着他，慢慢地道："我听说你是在战场上受的伤，可在战场上下这样的阴手比直接杀了你要困难得多，为什么会这样？是不是你以往的宿敌故意要整你，才将你变成这么不死不活的样子？"

一句话被捅到了痛处，君无意牙关一咬，额头青筋暴跳了几下，呼哧呼哧地大喘了几口气，才勉强控制住激动，冷声道："这关你什么事？"

知道自己猜对了，君邪得意地一笑，伸手扶住轮椅，凑过头去，神秘地道："三叔想不想报仇？"

"我这副样子，还谈什么报仇？"君无意瘦削的脸上现出一丝潮红，目中神色变幻，恨极的光芒一透而出，良久，才颓然一叹，道："如今的我只是个废人罢了！"

君邪笑了笑，轻声道：“若是我有本事能够令三叔重新站起来呢？”

这句话，如惊雷炸响！

君邪这句话的音量虽然低，但听在君无意耳朵里却无异于晴空惊雷！

蓦然间，君无意双目大张，浑身突然出现了一层朦胧的黄光，堂堂皇皇，令人不敢逼视，身上透露出一股异常强大的气势，一把抓住了君邪的胳膊，急切地道：“莫邪，难道你有办法治好我？”

看来，君无意养伤的这些年，也从未停止过玄气心法的修炼，这层黄光已经表明了，他已经是地玄高手的修为。虽然还只是初阶，但以他的年龄而论，却已经是非常难能可贵了！

整个天香城里，一共才几位地玄高手？君无意能在三旬之龄就冲到地玄境界，可说是天纵奇才！更别说他的下半身经络有严重缺陷，若是没有缺陷，他的实力势必进入另一个更高深的层次！

君邪胳臂咔咔作响，几乎被君无意强大的力量抓裂，脸上神色却是一片淡然，似乎那不是自己的皮肉，一点也感觉不到疼痛一般，微笑道：“希望不大，但却可以试一试。”

君无意突然醒悟过来，连忙松开了手，看着自己的手，脸上却突然泛起一股疑惑之色，看着君邪：“你不痛？为什么不叫？”

“痛！”君邪淡然道，“叫出来就能不痛吗？若是能不痛，我肯定会大声叫出来，可惜不能！”

看到君邪脸上的淡然，君无意大大一怔，深深地看了他一眼，突然爽朗地大笑：“哈哈，我现在居然有点相信，你有本事能治好我了。”

这个侄儿，似乎和从前不一样了！君无意暗暗地对自己说。

“眼下要做的是，每天早中晚各一次，让下人给你按摩全身，最好是有武功底子的下人，顺着经脉按摩，不放过任何一处；然后每天晚上，用滚烫的水浸泡一个时辰，不能有间断。在这段时间里我准备一下，就可以开始为你治疗了，如何？”君邪笑了笑。

君无意情绪慢慢平息下来，重重地道：“好！莫邪，三叔信你一次！”君无意双手慢慢地握成了拳头，道：“纵然不成，我也认了。”有一句话没有说出来：“纵然你是在耍我，我也认了。”

有一线希望，总比没有希望的好！

“这些年来，难道三叔你就没有求过医吗？”君邪有些奇怪，在为君无意检查了一遍之后，发现君无意的情况，还真是不容乐观。整个腰部经脉已经完全被封锁，而且，似乎还有一种邪恶的药物在慢慢地侵蚀体内的经脉，若不是因为保养得好，恐怕此刻早已经肌肉彻底萎缩了，那可就彻底废了，再没有恢复的可能了！可是，对于这种病症，高明的医生，就算无法对症下药，也是可以看得出来的。

“何止！帝国所有知名的郎中，几乎都来看过。我这是被人用阴毒手法封住了经脉，更被暗中下了一种非常诡异的无名剧毒，让我生不得，死不得……”君无意恨恨地道，“父亲曾经几度尝试，可是始终无法解开那阴毒的封脉手法，至于那种无名剧毒更是无药可解，唯一的能做的只是用至强的玄气将它逼出来，这或者是唯一可以治愈我的方法。”

“那为何……”君邪问了一半，又住了嘴。

“当年暗算我的人，十年前便已经是天品高手了，要想解开他的封印，逼出剧毒，非得至尊神品的高手全力出手不可！而至尊神品的高手本就是神话般无敌的存在，平常便神龙见首不见尾，难得一见。更何况治疗我的伤势之后，受剧毒所致，这位为我治疗的至尊神品高手便会丧失一半的实力，而且永远不能恢复！”

君无意惨笑起来：“有哪一位至尊神品高手会为了我做出这么大的牺牲？莫邪，修炼到至尊神品如同登天的难度！有谁会为了别人将自己的修为生生砍去一半？”

“真够狠的！让你明知道有救治的希望，但却又等于没希望……”君邪摇了摇头，啧啧叹道，“看来这人对你不是一般地恨，用这等阴损的方法来折磨你！他的目的只怕就是要让你求生无门，求死不甘！”顿了一顿，他出其不意地问道，“那人是我君家的世仇吗？”

“莫邪，你……从何处得知治疗我的方法？”对君邪的问题，君无意目中掠过一抹痛色，刻意回避不提，只是看着君邪，上下打量着，“今天的你，怎的好像是变了一个人！”

“三叔的病，其实日夜都记挂在我心头，”君邪顿了一下，道，“我也是无意之中得知一种偏方，而且很有效。就想试一试。三叔，千万别说那些外道的话，说实话，我希望三叔早一些好起来，也是为我自己打算，我可是希望在三叔的庇佑之下，安安稳稳地做一个二世祖呀，我这人，就是这么地实在！哈哈。”

“臭小子！”君无意笑骂了一句，突然神色郑重，道，“莫邪，无论成与不成，三叔都承你的情！”这句话说得掷地有声。

“三叔，你就等着给我遮风挡雨让我做二世祖吧，哈哈……”君邪检查了一遍，心中大定：只要自己的内力能练回来一点，再配以自己独门的针灸之术，找齐另外两份药材配药，三管齐下，治疗君无意的伤势完全不在话下。

之所以让君无意先用那几种方法慢慢恢复，大部分都只是君邪的托词罢了。因为到现在，他还半点内力修为也没有！而金针刺穴，却是需要精湛的内力修为支撑的。

君无意眼睛一亮，听出了他话中强大的自信之意，微笑道：“莫邪，你只有区区三品玄气修为，比之普通人也强不了哪里去，但却经受住了我的一抓之力！甚至脸上毫不变色，这样的忍耐力，可不是一般的二世祖呀！”

刚才那一抓，无意之中虽然没有使出全力，但地玄高手的一抓岂是常人所能够忍受的？恐怕就算是金玄高手，也要为之皱眉，但君邪这个明显只有三品玄气的不入流人物竟然承受了下来，甚至完全没有动用本身的低微玄气抵抗！

其中要承受多大的痛苦君无意心知肚明，而且是毫无防备的情况下承受这一抓，脸上却不变色！这份心性……

可惜了！看着君邪，君无意心中长叹一声，可惜君邪此时的年龄已经偏大了，就算再能吃苦，今生修习高端玄气也是无望了，要不然，以他这份坚忍来看，只怕君家还真有可能出一个强大的高手！

“三叔，关于你的病，特别是那些帮你做全身按摩的人，一定要用你信得过的人，最好先不要让别人知道。到时候若是不成，你我叔侄脸上不好看。”想了想，君邪还是慎重地叮嘱了一句。

“哈哈，就算是真好了三叔也不会说出去！你三叔不是蠢人！你是怕会惹来麻烦吧？再说，如果你能治好我的腰腿，对我君家来说，无论你我都是绝妙的底牌！这一层我如何不知？你这小鬼头，偏偏还扯到三叔的脸面上去了。”

君无意哈哈一笑，捏了他的脸一把，突然怔住，心想这个小子也曾经是自己最疼爱的侄儿，自己到底有多久没有和他这么亲昵了？或者正是因为许久未曾亲近……今天再见到他才会有那一种陌生的感觉。

这么多年的纨绔外表下面，难道还隐藏着另外一副面孔不成？君无意看着君邪转身走远的背影，心中不由得隐隐有些期待。

期待着，自己的伤能够治好，更期待着，自己的侄儿是真的有另一面。

第二天一早，君莫邪又来到了君无意的住处。

“三叔，你已经是地玄了吧？”君邪似笑非笑地道。

“贼眼！”君无意呵呵一笑，感觉心中无比地畅快，道，“今年才刚刚进入这个境界，还未稳固。”

“谦虚。”君邪一撇嘴，“地玄之上呢？”

君无意脸色一正，道：“玄气初分为九品，九品之上便是银品、金品、玉品；品级到此为止，再往上便是地玄、天玄、至尊神玄！”

“一到三品，玄气显于外，便是淡红、粉红、大红；四到六品，紫色，同样也是三个阶段；七到九品，黑色！莫邪，你若是出门在外，一定要好好看仔细了，一旦看走了眼，可是要吃大亏的！”

“是的三叔，我知道了。”君邪一笑，脸色淡然。

君无意心情大好，吟道：“银玄始，金玄起，玉玄青青开如意，九玄之下尽蝼蚁；地玄裂，天玄空，至尊神玄无影形，一入九霄便化龙！”

“这便是玄气品阶歌诀！唯有到了银玄，才算是开始！而你……”君无意看着君邪，眼神显得很温和，“你自有你的路，男儿不一定非要亲手杀人的。”

君邪笑了笑：“我知道，我一般不会杀人的。”心中补充道，没有代价，我是不会随便杀人的。不过前提有一个：别惹我！

第二章

开天造化功

君邪现在对玄气根本不感兴趣，所以也没有多做了解，送君无意回房之后，君邪缓步往回走，半途却一转身，钻进了藏书阁。

之所以走入这里，实在是以前那位君三少脑袋里的货太少了，除了声色犬马、吃喝嫖赌基本就没有别的，一脑袋糨糊，君邪就算想从中理出什么有用的信息，也是不能，所以他需要花一些时间理顺脑海中的一切，起码要弄清这位君三少的脑袋里头，纵然没有多少有用的东西，但至少要了解君家上下的一切。

君邪这一进入藏书阁，就是整整一天没有出来。

“老爷，少爷从您这里出去之后，只是跟三爷在院子里说了会儿话，看上去，三爷好像非常高兴的样子，近年来三爷如此开心实在是很少见的。”

在君战天的书房里，一个老者躬身在君战天面前汇报着君邪的行踪。

君战天古井不波的面容上一阵愕然。这叔侄二人这几年来一向是水火不容，见了面也是互相冷嘲热讽，一人看另一人从来都是怎么看怎么不顺眼，今天怎么会凑在一起聊天？而且还聊得很高兴？老三居然还会开心，这实在是太出人意料了，几乎可说是诡异！

“他们聊什么了？”君战天喝了口茶，似乎很是随意地问道。

“近年来，三爷残而不废，玄气修为精进极多，已臻地阶初段，属下不敢靠近太多，故而没有听到他们说话的内容，只是看到三爷和少爷确实都笑得十分开心，聊得非常投机的样子。”那老者恭敬地回答。

“投机？”君战天一吹胡子，“这怎么可能？他们两人在一起久了不出人命就已经是天大的好事了，居然还会很投机？”

“此事却是千真万确的！老爷，而且少爷和三爷分开之后，径直去了藏书阁，到现在还没有出来，藏书阁少有外物，想来并无甚事；只是少爷与三爷相谈甚欢，实在是不寻常，我自是赶紧向老爷禀报这事！”

“你做得对，只是那小子去了藏……书阁？”君战天胡须一阵抖动，两眼大张，“你确定你没有看错？君莫邪那小子居然去了藏书阁？而不是万花阁、飘香阁之流的……那啥？”

老者用力地点点头：“就是藏书阁！没错的，老爷。”

君战天腾地站了起来，在房里踱步，平日的沉稳儒雅霎时间不知去向，扯着自己的胡子皱眉沉思：“老庞，你说这家伙去藏书阁干什么？”突然一怔，“他不会是去放火吧？”

“少爷在里面看书，一直很安静，只怕一时还不会走，我这才放心回来的。”老庞嘴角抽了抽，想笑。

“看书！”君老爷子一声惊叫，却是将自己的胡子揪了一缕下来，犹自未觉，咧着嘴道，“真的是看书？”

“是的，老爷。”

沉吟了半晌，君战天一摆手：“看书也是好事，那就暂时不要打搅他，等他离开之后，将他看过的书都给我拿来，我倒要看看，他到底要做什么，他不是在找那啥吧？嗯……就算找那啥也没关系，小子大了，看看那玩意儿也没什么大不了的，想当年……咳咳，老庞，禁止任何人打扰那小子！”

“是的，老爷。”

君战天踱了两圈，仰首向天，翘着胡子沉思起来，暗暗道：“莫不是……难道这小鬼居然真的突然醒悟了，来一个浪子回头？”摇了摇头，长叹一声，“若真是那样，老夫就真的要烧香告慰祖宗显灵了……”

直到了晚上掌灯时分，管家老庞前去收集君邪看过的书，居然抱了几十本过来。

君战天一本本放在桌子上，皱着眉头。“《大陆见闻录》《大陆山川录》《风云人物榜》《奇花异草图志》……嘶——”君老爷子整整一夜翻看着孙子读过的这些书，神色有迷茫有惊喜，时常叹气，又是摇头，又是点头，估计半辈子的表情这一晚全用光了……

接下来的几天，君邪依然没有出门，早晨一起床就直奔藏书阁，然后一待就是一天，而无一例外的，凡是他翻看过的书，君老爷子照例都会搬过去再分析一次，然后又是摇头、点头、叹气、吐气、迷惘、惊喜，原来表情还是没用光的……

另外，君家的下人们发现了这位小少爷又多了一个古怪的嗜好：白天的时候钻进藏书阁不出来也就罢了，晚上却偏偏喜欢在院子里坐着，哪里最黑暗最没有光线他就坐在哪里……真是邪门！

不过，仆人倒也不是很在意，比起这位少爷以前的作为，如今可是好太多了！

这一晚，君邪再度坐在一棵花树下，享受着浓浓的伸手不见五指的夜色，心中突然升起一种安全的感觉。是的，就是安全！对君邪这个曾经纵横天下的杀手之王来说，最安全的，就是漆黑的夜晚！唯有夜色才是君邪最好，也是最可靠的伙伴！

仰望星空，君邪突然有了一种自己正在做梦的微妙感觉。这几日将与这个世界有关的书大致地看了一遍，或多或少了解了一些这个大陆的情况，但越是了解，君邪越是迷惑起来。

若不是那白纸黑字清清楚楚的记载，君邪几乎就以为自己是回到了古代社会，太像了！同样的肤色，同样的口音，差不多的文化，差不多的服饰……

君邪呻吟一声，将脑袋插在了自己的两腿之间，两只手紧紧抱住后脑勺，痛苦地消化着自己从书中看到的一切内容。

君邪脸色如同冷硬的石头，腮边肌肉痛苦地鼓起一道棱，有一种指着苍天大骂一场的冲动！

突然，就在这一刻，由于君邪情绪极度激动，突然感觉一阵剧烈的头痛，即使以君邪那种常人难以想象的忍耐力也骤然承受不住，他闷哼出声，一阵头重脚轻，接着，便感到天旋地转……

抬眼看去，似乎整个世界都在剧烈地旋转，连那迷蒙的夜色也似乎变作疯狂吞吐的氤氲，整个世界突然间又变得如此虚幻、不真实……

君邪痛苦地喘着气，死死地咬着牙，嘴唇已经浸出血渍，两眼几乎瞪出眼眶，他却死死地忍住，不让自己发出一丁点儿的声音。

孤身来到这世界，所有的痛苦都应该由自己来承受！在这个陌生的地方，我不能依靠任何人！也不会依靠任何人！

君邪神思恍惚间，似乎觉得自己的脑海中突然出现一点遥远的光芒，光芒似乎遥远，却又在缓缓地接近中，越来越近，越来越亮，越来越大，越来越清晰，最终化作一个流光溢彩的宝塔，在他的脑海中不停地旋转着，每一圈旋转，都扫射出一道蒙蒙的圣洁的白光。

每一次旋转，却都要带给君邪不啻于十八层地狱轮回一次的巨大痛苦！

君邪身体早已麻木了，四肢早已麻痹了，意识也慢慢开始模糊了，唯有一双眼睛变得血红，死死地瞪着这天，瞪着这地，瞪着这陌生的世界，一瞬不瞬！

也不知道过了多久，一阵冷风吹过，君邪突然感到了寒冷。

初秋的夜晚，果然还是有些冷的。君邪心中想着，突然醒了过来：我感觉到了冷，就是有了感觉，我不是已经……猛然站了起来，才知道浑身的冷汗已经不知道将身上的衣服浸透了几次，浑身湿答答的，难受得很。

突然竟似又有了一种新生的古怪感觉。

在这次的痛苦经历之后，他觉得自己这才真真正正地与这具肉身融合为一，君邪也真正成为君莫邪，这具肉身的真正主人！

再也顾不得整理身上的狼藉，君邪第一件事便是盘膝而坐，闭上眼睛，神识沉入思海，细细地去体悟着什么。先前的巨大痛苦，君邪已经知道，完全是已经融入自己身体的那小塔搞得鬼，所以君邪断定，那小塔必有奇异之处，若只是单纯地融合肉身，不至于有这么痛苦，必然还有更多的古怪，这座小塔几乎已经是君邪存在的唯一凭恃，不搞明白这件事情，君邪是不会甘心的。

君邪真实地感觉到，在自己的意识中，竟然有如目见一般清晰地“看”到了一座造型优美、上有七彩流光的小小宝塔，就在自己的意识海上空悬浮着，缓缓地旋转着，君邪分明感觉到，那小塔每旋转一圈，就是自己身体的气血顺时针流动一遍，周而复始，循环不息……

这是怎么回事？君邪惊疑地看着这座小塔，这个玩意儿实在是完全超出了常识，让君邪这个坚实的无神论者陷入了深深的迷惘之中。

不知道我是否能近距离看看呢？君邪刚刚这样想，突然发现那小塔似乎慢慢地变大了起来，紧接着最底下的第一层大门突然打开，一股浓郁的白雾呼地冲了出来，霎时间君邪的整个意识都被这白雾所弥漫，白雾浓郁得几乎成了固体，君邪深呼吸了一下，感到浑身舒泰，说不出的舒服，连灵魂也有一种快乐得想要唱歌的快慰感觉……

君邪游目四顾，才发现自己不知何时已经来到塔门前，头顶上，三个若隐若现的中古文字：鸿钧塔！

君邪走了进去，里面空空荡荡的，只有深浓的白雾氤氤氲氲。突然白雾滚动起来，慢慢地眼前出现了两行大字：玲珑九层塔，亘古第一功！

接着白雾翻滚得越加急切，突然一句朦朦胧胧的口诀出现在君邪的意识之中，君邪刚刚一怔，突然有数不清的字符、图形在眼前剧烈旋转起来，然后一股脑儿地犹如填鸭一般硬灌进了他的意识之中，就像一辆疾驰的火车，突然冲进了一座小小的茅屋！而且，竟然冲进去就没动静了……

霎时间，君邪不由得头晕目眩，脑袋如要炸开一般，一跤跌倒在地。

睁开眼睛，他才发现自己依旧躺在之前的那块又湿又冷的土地上，而脑海中却清晰地浮现着一部修炼法诀，与之相配的，还有人体线路图，以及一个个的人形动作……

“开天造化功！”君邪喃喃着，眼中闪出一道精光，双拳不由得紧紧握了起来！

君邪知道，自己因缘际会，遇上了旷世难遇的奇缘！这“开天造化功”如此神秘莫测，成效必然不同凡响！而这九层玲珑塔，想来更是一件了不起的宝贝！

君邪就算再无知，总也听说过神话传说中的鸿钧老祖，传说这位大神可是太上道君、元始天尊和通天教主这三位大神圣的师父，那可是厉害到不得了的人物！这座塔既然冠以鸿钧之名，又怎么会差到哪里去？

君邪几乎有些迫不及待要开始修炼这开天造化功了，但总算他心性沉稳，勉强克制了下来，这才有时间查看自己身体，不由得大吃一惊。

只见自己皮肤表面罩着一层黑黝黝、黏糊糊的无比恶心的东西，还不停地散发着令人作呕的恶臭，居然有厚厚的一层！

一个存在于传说中的说法突然出现在君邪脑海中：难道我就这么痛苦了一次，却将身体内的杂质全部排了出来？君邪顿时欣喜若狂！若是早知道会有这等效果，那……刚才多痛一会儿也行啊！

诚然，以君邪的心性而论，只要自身实力可以提升，受些痛苦算什么，即使这些痛苦是那么地难以忍受，也是无所谓的！

君邪兴奋地站了起来，强忍着身上散发出的恶臭，一溜烟跑到家中的水塘边，“扑通”一声跳了下去。

突然好几个声音同时喝问道：“什么人？”

君邪哼了一声，道：“是我！少爷想洗澡，任谁都不许来烦我！”

“哦，原来是少爷。”就此无声无息。

书房中，君老爷子皱着眉头：“什么声音？”

管家老庞迅速出去，随即又进来，躬身道：“是少爷，说是跳到落月湖里洗澡去了。”

“洗澡？大半夜的跳到落月湖洗澡？”君老爷子顿时鼻子都气歪了，声音都差点走了调，气急突然大吼一声，“这孽障！”然后就拂袖而去，睡觉去了。这几天来一直盼望孙子改邪归正的幻想突然就此消失无踪，只觉得胸中气闷闷的，说不出的不舒服。

世事就是如此，希望越大自然失望越大，君老爷子真的恨不得现在就将那孽障抓过来，一顿棍子打得他屁股上桃花朵朵开，让这个不争气的孙子知道花儿为什么这样红……

君邪静静地仰面漂浮在水面上，整个身体平躺，只靠着两手两脚不时地轻轻做着动作，使身体不致沉下去，不禁大感惬意。

完全洗去了身上那厚厚的污垢，君邪感觉自己仿佛是从粪坑里爬出来了一般，一阵神清气爽，唯一有些遗憾的是，现在的自己虽然真正地与这具肉身合而为一，但自身的修为还远远达不到能够内视的地步，但一次性能排出如此之多的身体杂质，眼下身体筋骨的承受力绝对会令他大吃一惊吧？君邪想着想着，不由得嘴角微微地笑起来。

远处的侍卫远远看到少爷就这么漂浮在水面上，一动不动的，却沉不下去，不由得纷纷瞪大了眼睛：少爷修炼的这是什么神功？居然就这么漂在水面上？这若是按照玄气修为来解释的话，最少也达到了玉玄的境界才能做到啊！

泡了一会儿，君邪便赶紧上了岸，身体确实是清爽了，但是随之而来的却是虚弱，极度虚弱的感觉！毕竟原来的君三少几乎将这身体搞得只剩下一副空架子，现在再经过这么激烈的灵神归一，君邪没有直接晕过去已经算是意志力超人了。

强自支撑着回到房间，君邪换上一袭轻柔的白袍，端起娇俏的小侍女可儿送来的一碗燕窝粥，嘴角浮起一丝玩味的笑容。

不管在什么世界，实力都是第一位的！人，可以没有势力，但绝不能没有属于自身的实力！君邪从没有像现在这样急切地渴望提升自己的实力！

孤独一人在这个世界，君邪觉得，唯一能够让自己彻底安心的，就是自身强大的实力，足以掌控众生生死的巅峰实力！

而现在，君邪自信已经掌握了另一个宝库，那个神秘的宝塔，就是君邪今世最大的倚仗，君邪绝对不相信，这么一个神秘莫测的宝塔，里面就只有这一篇开天造化功的功诀，定然还有别的作用！而这些作用，都要等着君邪慢慢地一点一点去挖掘！

还有，那号称“亘古第一功”的开天造化功，更是让君邪心中隐隐有了底气！如此玄异的功法，岂会是平常之物？

慢慢地回忆了一下那开天造化功第一重“光照大衍”的运行线路，君邪盘膝坐在房间的地上，心神合一，宁神吐纳，缓缓地运行起来……

“灵光性动，光照大衍；意上九霄，足踏仙泉；乾坤自握，心即宝山；神魄九炼，不堕黄泉……”

运功一遍，很意外地毫无感觉，也没有出现半点所谓的气感，然君邪并不气馁，又一遍运行起来，紧守灵台，毫不放松。

也不知道过去了多久，君邪已经按照开天造化功的介绍运行了不下于两百周天，依然毫无反应！经脉之内始终死气沉沉的，长时间地盘膝而坐，让君邪的两条腿都麻了起来，这具肉身虽然经历了洗经伐髓，但肉身的负荷能力却还未得到真正的开发。甚至连头脑也感觉晕晕的，有即将晕倒的迹象了。

君邪再度长吸了一口气，努力保持脑中的清明，心中也发了狠劲：我就不信练不出气感！论邪，我才是第一！谁能邪得过我这个邪君？我偏不信这个邪！

再一次进入了漫长的吐纳之中，良久，君邪感觉到自己的身体似乎已经完全不听使唤了，全身肌肉都几乎僵硬，按照开天造化功的线路又运行了不下于三百个周天了，依然毫无所觉！

君邪闭着眼睛，将身体的疲惫强行忍住，心中只有一个执拗的信念：再来一个周天……再来一个周天……再来……

终于，不知道又过了多久，君邪突然隐约感觉头顶泥丸宫微微一跳，接着一热，经脉之内突然出现了一点点感觉，但那感觉却是微若游丝，若非全神贯注，几乎不能察觉。这道气息几乎是若有若无的，但本质却是异常实在的。这样的内息真的很古怪，因为初习内功之人，纵然可以修炼出气感，也决计不会如此凝实。只是，眼下处于浑浑噩噩之中的君邪完全没有意识到这点。

就在这根细若游丝却异常实在的气息刚刚出现的时候，在君邪的思海之中，那座七彩流光的小小宝塔，突然缓缓飞了起来，在半空中慢慢地旋转着，每一次旋转，都有一大蓬浓郁的白雾喷薄而出，白雾缓缓地飘在半空，有无数肉眼无法发觉的白色雾丝突然浮现在君邪的身体表面，再慢慢地渗入君邪的肌肤之中，渗入君邪的经脉里……

此刻的君邪依旧浑浑噩噩、无惊无喜，继续保持运功状态，似乎全然没有察觉到这一切。

说起来，这开天造化功固然神秘莫测，为亘古以来最上乘的功诀，可是天道有凭，修炼一事本就是逆天而行，最为考究个人的心性，而这门功决的入门功夫最是难练，除了需要毅力、百折不挠之外，还需要有大机缘！

所以亘古以来，即使有人有机会修炼这开天造化功，有成者却是极少的！试想，若是寻常的心智不坚之辈，恐怕运行百十个周天不见反应也就放弃了，毕竟这般的枯燥不是一般人能够受得了的。而且神魂若是稍弱，根本不能坚持下来，像君邪这样能够一口气运行几百上千个周天的怪胎，以从未有修炼经验的人来说，根本就是绝无仅有！

就算有人有这样的毅力，也会因为神识不够强大而在这个过程中走火入魔！

但君邪却偏偏就具备了修炼开天造化功的所有条件。君邪本就是一个性格极为坚韧的人，认准了一件事情，从未改变过初衷。这种性格说得好听一点就是执着，说得难听一点就是死脑筋，不撞南墙不回头，但君邪却是撞了南墙，撞破南墙也不回头的主！如今这世上第一难练的开天造化功，就好像是为他量身打造的一般。

除了心性之外，君邪本身的福缘也起了很大的作用，鸿钧塔，正是君邪最大的福缘，本身并无大机缘之庇护，也是决计没有希望入门的。

此外，君邪神识本就不弱，又得鸿均塔之助，与君莫邪的肉身形神归一，神识更强大。以上种种，竟然让他在一夜之间一举突破了第一重难关！

这份成就，不但是空前的，只怕也是绝后的！

头顶泥丸宫跳动得越来越厉害，到得后来更是有规律地跳动起来，越来越热，君邪白皙的脸庞慢慢地变得通红……

这一坐，竟然一直到了凌晨天色微明之时！君邪明显感觉到，身体内运行的那细细的如同丝线一般的气感越来越活泼，更逐渐地连成了一条线。

就在这条细线首尾连接起来的时候，君邪蓦然间感到眼前突然五光十色、色彩斑斓，似乎全世界的花朵一瞬间在眼前绽放，所有的七色彩霞都围绕在自己身边一般，同时头顶上似乎雷声阵阵，霎时间电闪雷鸣，隆隆作响。

但君邪现在眼睛却还是闭着的，也就是说，这些都发生在他的思想感应之内！这，正是开天造化功第一道难关：定心！

君邪虽然明明“看到”了这些奇异景象，却始终牢牢记着，自己修炼的时候，乃是闭着眼睛的！也就是说，自己本应是看不见的，但现在却是偏偏看到了，这代表什么？说明了这一切全是虚幻的！

所以君邪毫不在意，紧守灵台那点清明，继续运功，不闻不问。

“轰！”就像一颗炸弹，在君邪的脑海之中突然爆炸，君邪身躯一震，突然感觉自己失却了分量一般，神魂飘飘荡荡，“哇”的一声，吐出了一大口鲜血，远远喷了出去，紧接着便晕了过去。

这口鲜血喷在雪白的床单上，竟然诡异地呈现乌黑的颜色，宛若固体一般，居然并不流动，看上去简直就像一块漆黑的炭块。

君邪晕倒在地，没有了知觉，身体轻轻抽搐着，肌肤之中再度慢慢地渗出点点乌黑的汁液，将他身上轻柔的白袍一点点慢慢地浸湿、染黑……

这才是真正意义上的洗经伐髓！

先前身体内渗出的污渍，只是排出了肌肤或者肌肉里面的大部分杂质，而眼下排出的，才是真正属于骨骼内部的，至于君邪吐出的那一口浓黑的血块，则是五脏内的杂质，亦是人体最难排出的污浊之物！

君邪现在的状况，若是用修道之人的话来讲，是为“脱凡”之境！也就是说，从现在开始，脱离了凡夫肉体的桎梏，正式迈进了修道的行列！

要知道每一位修道者达到“脱凡”境界，都要经历一段相当痛苦而又漫长的过程，用时短者数月，长者数年或者数十年，更有甚者，终其一生也是无法达到这个境界！而君邪居然只用了一个晚上！这实在是奇迹之中的奇迹，若是说了出去，只怕没有一个修道者肯相信！

这当然不是君邪的体质特殊，也不是因为君邪现在的精神力强大，其中自然另有原因，那白雾便是其中重要的因素，那本就是最为纯净的天地灵气！只不过君邪此时还不知道而已。

君邪虽然是一个武功高手，但却从未接触过修真领域，甚至在他的认知之中，所谓的修真成仙根本就是无稽之谈！所以，就算他明明白白知道自己身上的变化，也只会以为自己是走了大运罢了。

君邪再次醒来的时候，发现自己到了一个大木桶里，周身被温暖的热水包围着，还有人正在努力为自己擦洗着身体。

睁开眼睛一看，却发现小侍女可儿头发也被汗浸湿了，脸上被热气熏得通红，小手中正拿着一块柔软的布巾，气喘吁吁地在为自己清洗着身体。小小的嘴唇紧抿着，脸上是一副困窘得要哭的表情，一双俏丽的眼睛刻意地望着头顶，唯有需要换一个地方擦洗的时候才会低下头来看一眼，却又接着把眼睛挪开……

“小丫头害羞的表情实在是可爱！”这么一想，君邪神思顿时回归，这才发现身上竟然是一丝不挂，不由得有些不好意思，干咳了两声，道：“还是我自己来吧。”说着就要去接过可儿手中的毛巾。

一声惊叫，可儿抓着毛巾退出老远，哆哆嗦嗦地看着君邪，眼睛满是惊慌：“少……爷，你你你……醒了？”

君邪无奈地叹了口气，道：“如果不是我醒了，难道跟你说话的是鬼？”

可儿一声惊叫，君邪突然发现自己可以清楚地看到这个小丫头脸上细细的汗毛都竖了起来，一张小脸煞白煞白的，真如见了鬼一般。君邪不由得叹了口气：“别叫了，就算是真见了鬼，也不过是你现在这个脸色，你的演技实在是很到位了。”

“砰”的一声，房门突然被撞开，一个魁梧的身影大踏步地走了进来：“莫邪，你醒过来了？发生了什么事？”正是君战天君老爷子，身后还跟着几名侍卫。

君老爷子的声音很愤怒，刚才已经将守卫君邪的三十六名侍卫都痛骂了一遍。昨天的事情可以说是意外，想不到今天又来了这么一次！老爷子气冲斗牛，快要爆炸了：难道我君家看起来就这么好欺负？看来我不发发威还真不行了！要是人人都打上我孙子的主意，这日子还过不过了？

老爷子将君邪的晕倒当成有敌人刺杀……

君老爷子自然没有想到，今天晚上的异常根本就是他的孙子得了一项天大的好处，根本没有什么人来刺杀，却一味地联想到其他方面去了。他听说君邪大半夜地跑到落月湖里去洗澡，气愤地去睡了觉，没想到睡得正香却又被一阵鸡飞狗跳惊了起来，一问居然又是君邪这边发生了问题，登时一头火就冒了出来。

“我没事，好得很，真的好得很。”君邪下意识地一把将毛巾抓过来捂在了裆部，满脸窘迫。赤条条地在水里，却突然闯进来了十几个大老爷们儿，人人居高临下地看得通透无比，饶是君邪的脸皮厚得很，心境也够沉稳，却也还是有些受不了。

“捂什么捂？就你那点东西，在爷爷面前还有什么害臊的？”君战天一句话让君邪几乎一口气憋晕了过去。

背后，那几个五大三粗的侍卫双肩耸动，每个人大毛脸都憋得通红，个个喘着粗气，挤眉弄眼地互相做眼色……

“谁干的？”君战天一张脸沉了下来，如寒冰，杀机隐现。

“嗯？”君邪有些糊涂，转眼就明白过来，做出一副惭愧的样子垂下头，“没看清，我就倒了。”

“废物！”君老爷子气哼哼地骂了一句，语气中满是失望。

仔细看看孙子，确定没什么事情，也就没了在这里看孙子裸体的兴致，就自己孙子的小身板，一点也没有兵家子弟的素质，大姑娘身上都没这么白！哼！实在是……老爷子无奈地点了点头：“你好好休养吧。”转身走了出去，一众侍卫也纷纷跟了出去。君邪这才长出了一口气，将捂在胯下的毛巾取了下来，一头冷汗。

翌日，君战天老爷子在皇帝的金銮殿上大发脾气，指着几个国舅、太师什么的皇亲国戚、首辅大臣的鼻子一顿大骂，情绪异常地激动，并扬言，若是再有人去行刺他唯一的孙子，每一家都要拿出一条人命来！

沉寂了十年的老元帅一旦发飙，满朝文武噤若寒蝉，连当朝皇帝也轻声细语地连连安慰。

不过也有不识相的，大皇子的老丈人，也就是当朝御史大夫宋世谊，本是新晋贵族，借着大皇子的势爬到了如今位置，对这位老元帅认识不深，又自恃身后有大皇子撑腰，便顶撞了君战天两句，并向皇帝参了一本，却当场被君战天打得脸如猪头，还掉了两颗牙齿。

大皇子硬着头皮出来劝解，被老爷子一脚踹在小肚子上，成了滚地葫芦。顿时没有一个人敢动了。最后还是皇帝陛下和稀泥、打圆场，亲自担保君三少今后的人身安全问题，君战天才愤愤拂袖而去。临走时在各位皇子的支持者身上一个个扫了一眼，让那些人都是两腿颤颤如面条……

老爷子已经有十年没有发过威了，十年不动，一朝发威，却令得满朝文武顿时屁滚尿流！在金銮殿上大打出手，连皇子都敢动手，还有什么是不敢的？

唯有皇帝陛下看着君战天离去的背影，却是从心中长叹。君战天今日这一番发飙，虽然威风，但皇帝陛下却已经知道，君家的那位仅存的三少爷已经让这位老爷子彻底失望！再联想到君战天曾经向自己请求迎娶灵梦公主，现在想来，那应该就是君战天为了保全君氏家族血脉而做出的最后的努力。

而自己当时却无情地拒绝了。

君莫邪但凡有一点出息，君战天都不会这样在金殿上暴跳如雷，今日之所以如此失控，只因为老爷子已经看不到君家有任何的未来！君战天和君家在国家内外树敌无数，只要他撒手西去，仇敌们谁都不会放过他的子孙。

所以老爷子现在绝不介意强势到底！谁敢动我君家动我孙子，我就先动你！反正我君家已经如此了，我何必还要忍辱负重？

难道烜赫一时的君家，曾经是天香帝国保护神的君家，就这么没落下去了？皇帝叹了口气，心中突然感到了极度地后悔。或许当年，不应该……

见识了老元帅的强势，老部下们人人眉飞色舞，所有暗中打着主意的人也纷纷打消了原有的计划，即便是被当场抹了面子的大皇子，也没有更多的怨气，说到怨，他也只会埋怨自己的老丈人，不知好歹，自取其辱，没看见这老东西已经半疯狂了吗？

当然仍有不少人心中不忿，难道你这老东西还能长生不老不成，等你咽了气，当日就让你君家绝种断后！

但，顶多也就是现在心中想想，在天香帝国，没有任何势力有胆量在君战天老爷子有生之日，明目张胆地对抗于他！

唯有……

当朝太师、首辅大臣李尚一直冷眼旁观，不发一言，但君老爷子离去之后，却很是隐秘地皱了皱眉头，脸上随即露出了笑容。看来，君战天对自己这个不争气的孙子还是维护得很啊。既然如此，君莫邪就是君战天的弱点了？这么一个弱点，可实在是太好掌握了，当一个人有了明显弱点之后，无论这个人本身的实力多么强大，又拥有多么强盛的底蕴，都不足畏惧……

无人注意的角落，李太师与对面的护殿将军孟如飞互相看了一眼，各自嘴角牵出一丝神秘的笑容。

且说君家，君邪的房间里。

门关上，可儿羞红着俏脸，扭身要逃出去。

君邪赶紧穿起衣服，来到可儿面前，微笑道："睁开眼睛吧，没事了。"

可儿慢慢将手挪开了一条缝，偷偷看出来，发现君邪确实已经穿上了衣服，这才放心地将两只手拿了下来，俏脸红红的，煞是可爱。

君邪看着小丫头着实可爱，忍不住伸出手，在她头上轻轻拍了拍。可儿顿时又是一惊，抬起头来看时，却发现君邪眼睛里一片温煦，就像是看着小妹妹的大哥哥一般，不知为何心中一定，竟然不再害怕了，想道："现在的少爷，看起来倒也挺顺眼的。"心中刚一这么想，突然又是一惊，"我怎么会这么想？他明明还是那个好色之徒、纨绔恶少！我决不允许他玷污我的清白！若他用强，唯死而已！"不由得倔强地又退后了一步，满脸警惕之意。

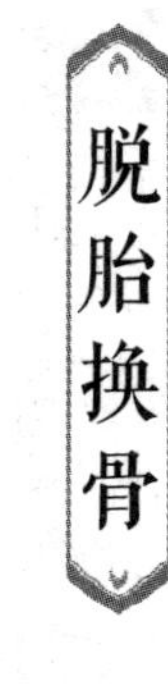

第三章

君邪一瞥之间，已然洞悉了小丫头的心思，不禁哀叹，自己竟成了个连贴身丫头都不待见的主，实在是失败极了，叹了口气，道：“这里不用你伺候了，你出去吧。”

可儿一躬身，心道：只要我不靠近你你就做不了什么坏，再说你现在接连受伤，身体虚弱，也抓不住我。她这才退了下去。

君邪走到窗前，长吸了一口气，任由体内气流转动，对自己的身体进行检查。

他刚一醒过来的时候，就已经发现了自己和前几天有了非常明显的不同，只是一直没有时间查看罢了。此刻一旦用心检查，顿时大吃一惊：眼睛明显能看到更远的地方，三丈之内，哪怕是地上的一只蚂蚁，他都能看得到有几条腿，整个世界在自己的眼中，似乎也变了样子，树木草丛无不葱翠欲滴，生机盎然。

太阳刚刚升起，君邪瞪着眼睛看着初升的朝阳，良久也没感觉到有刺眼的感受，只是一团温暖的大火球……

耳朵也清楚地听到几丈之内草丛里有小虫在爬来爬去，甚至还能听到地下蚯蚓蠕动的声音，顿时感觉这个世界无比奇妙。

记得自己以前内力大进，迈入先天之境的时候，只有在突破的那一刻才有如此奇妙的感受，而且也没有如今万物一体、天地一息的超然境界，君邪不由得大喜欲狂：难道一晚上的功夫，我就已经再度达到了先天之境不成？这也太神速了吧？运起体内气息一看，不由得怅然若失。

体内还是那微弱的气流，只不过连贯了许多，像这等气流，若是切切菜还成，根本还不能用来动武，如果真到达了先天之境界，断不至于如此孱弱。

但转念一想，若不是到了先天之境，却如何能出现这等惊人效果，那便定然是这开天造化功的奇妙之处了！想到这里，君邪微微失望之余精神却是愈显振奋。

捋起衣袖一看，君邪顿时无奈了，这还是一个大老爷们儿的手臂吗：肌肤雪白粉嫩，就算是大姑娘也绝对比不上自己肌肤的细嫩，忙不迭地走到铜镜前面，君邪终于死了心。脸还是原本的那张脸，不过却明显白嫩了许多，这样的面孔，本是以前的君邪最看不上的类型：奶油小生、超级小白脸，而且还是身体貌似非常孱弱的小白脸！

真真是活见鬼了！君邪嘀咕着，不由得哑然失笑：自己来到这世界，本就是活见鬼了，再发生一些比较奇异的事情，又有什么值得奇怪的？

不过经过昨天一晚上的练功，自己现在对于开天造化功，应该稍窥门径了吧？怎么身体还这么弱呢？

心念一转之下，再度检查身体，这一查之下，君邪真个大吃了一惊，原来自己的身体若只看表相，当真孱弱至极，实则肌肉组织之间韧性十足，便是以前的自己，只怕也要有所不及，而周身骨骼经络目前的素质也已经达到了非常高的地步，如今的身体当真可谓得天独厚，相信对之后的武道进程，必然是一个最佳的载体！

而且，以眼下的面目出现，绝不会有人愿意相信，这样一个孱弱身体的主人，居然会是一个绝世的杀手，实在是一个极佳的天然伪装面具！

这么一想，君邪自然又更加努力练功，以求早日恢复原本的实力。

接下来的一个月，君府发生了一件让所有人都觉得不可思议的事情：本朝有名的纨绔子弟君莫邪大少爷居然一个多月没有出门胡作非为，没有去眠花宿柳，也没有去斗鸡遛狗，更没有去杀人放火；就算待在家里，也是规规矩矩，不是待在自己小院里，就是去藏书阁，居然没有见他调戏哪个侍女！

竟然对所有的下人也变得很和气！

这让君府的所有人都感到匪夷所思，难道是太阳从西边出来了！又或者太阳从南边、北边出来了，反正肯定不是从东边出来的！

苍天啊大地啊，您终于开眼了，君三少总算是有些改邪归正的迹象了啊！

看着孙子的变化，君战天老爷子老怀大慰：这小子，貌似有点改邪归正的迹象！

一个月的时间里，君邪终于将第一重开天造化功练得入了门，境界也稍有巩固了一些，对这儿的了解也更加深入了几分，虽然依旧不能跟一些所谓的史学家相提并论，但比起原来的君莫邪来说，现在的君邪实在已经可以说是专家的级别了，说一个天上、一个地下是半点也不过分……

唯一让君邪感觉到不爽的，就是自己脑中的那座七彩九层鸿钧塔，整整一个月的工夫，君邪始终在第一层徘徊，曾经无数次想要开启第二层，只要是感觉到功力稍有进步，便去尝试一次，但每次都是吃一次大大的苦头！脑海中犹如千万根针一起扎过来一般痛苦！

这实在让君邪心痒难熬，第一层已经有这么逆天成果的开天造化功，第二层第三层岂不是会有更多的好东西？但……进不去啊！

进不去怎么办？

一次又一次地尝试，就是不行，即使以君邪的韧性，也顶不住了。到了最后，君邪终于确认想要以普通状态开启第二层，肯定是不可能了。估计是要跟第一层一样，机缘到了，有意无意中就进去了；若是不到，撞得头破血流也是白搭，这与尝试多少次无关，自己还是老老实实地练功吧。

当然，君邪也将家传的玄气了解了一下，发现这个世界的玄气与内力修炼很接近，但在性质上却又偏向于斗气一样的类型，属于介于两者之间的一种练气法门。不过这玄气每修炼到一阶，玄气就会因为质变而产生颜色上的微妙变化，这一点，倒是与君邪曾经遭遇过的五毒功夫有些类似。不过玄气却肯定是没毒的。

有开天造化功在手，君邪自然看不上这所谓的玄气，不过为了掩人耳目，还是象征性地练了练——勉强提升到了四品玄气，君邪认为也就够了，便停止了继续练习。

玄气，从一品到九品，然后是更高层次银玄气、金玄气、玉玄气、地玄气、天玄气、至尊神品。一品到三品是红色，淡红、粉红、大红；四品到六品是紫色，淡紫、中紫、深紫；七品到九品是黑色，紫黑、灰黑、黑亮。银品银色，金品金色，玉品绿色。地品黄色，天品蓝色，至尊神品无色。

而玄气每一品的进步都是非常艰难的，而且进阶的时候，都会伴随极大的痛楚，很有些内功修炼的意思！君邪现在能够发出的，乃是淡紫色四品玄气，对世家子弟来说，这实在是一个极为可怜的成绩！

这一日，君邪闲着没事在逗着可儿说话。这段时间以来，由于君邪行为性格皆是大变，小丫头终于不再像从前那样害怕他了，虽然还是不肯接近他的身边，但却已经不再极度排斥他了，更不排斥君邪讲的故事。每到这时候，小丫头便两只小手托着香腮，大眼睛一眨一眨的，安静地坐在君邪面前，聚精会神地听故事，唯恐漏过了哪一句。更随着故事中人物的遭遇或悲或喜，或哭或笑，或俏眼圆睁，紧张不已……

君邪讲了一个男女主角被迫分开的故事，直接让小丫头感动得泪水如同江河决堤，抽抽噎噎地哭了一天……从那之后，君邪心中对自己赌咒发誓不再对女人讲悲剧故事！

眼泪淹死人啦！

“少爷，唐公子来了。”君邪正讲到孙猴子被关在了八卦炉里，面前的少女托着香腮眼睛一眨不眨听得正入神，小手绞在一起，显得小丫头心中对孙大圣的遭遇紧张之极，此时突然一名侍卫急急地进来禀报。

“唐公子？”君邪愕然抬头，随即便翻出了有关此人的记忆，“快请。”

远远地一个肉球从院子里滚了过来，一边滚一边喊，声音甚是凄惨：“三少，莫邪兄弟，救命哇，这下可了不得了！”

君邪瞪着眼睛，张大着嘴巴，错愕地看着滚来的肉球，实在难以想象一个肉丸子居然会说话！直到这肉球来到近处，君邪才发现这乃是一个人！

此人是决计没有脖子的，至少以君三少的眼力是没看出来，肩膀既宽且厚，手臂既短又粗，圆圆的头颅以下呈流线型发展，两条大腿长不过尺许，粗却有一抱！走起路来浑身的肥肉犹如长江后浪推前浪。总而言之，除了竹竿说他像什么都行，不过就是不大像人。

从院门口走到这里，貌似也没几步路，居然已经气喘吁吁，不住地抹汗，显然很是劳累。此人正是天香城中与君家齐名的另一大家唐家的大少爷——唐源！

的确很像，就是大了几号。君邪心道。

“哦……唐大少爷，你这是怎么了？怎么闹到了要救命的地步？哪个不开眼的家伙招惹您了？”君邪看着眼前这位君莫邪的死党，强忍住内心中的笑意问道。

“哼，还不是李家和孟家、宋家的那几个家伙！”唐大少很是愤慨，努力将眼睛从肥肉之中撑开一条缝：“这几天在我们那千金堂里，哥哥我十天没出来，输了整整十五万两银子。三少，你可要救救我，要不然我……我回去之后非得让老头子打死不可！”

“十五万两银子！”君邪吓了一跳，“怎么会输了这么多？你哪来那么多钱！”

唐源唉声叹气：“开始的一天我还赢来着，我赢了整整五万两……”

“不让你赢，你会继续赌吗？到底玩啥输的？你也真敢玩！”君邪瞪着他。

唐源不敢反驳，嘴里嘟囔：“上个月你不也输了十万两？我就比你输得多一点，还说我……”

“说那些有什么用。唉，我说区区十五万两银子，你唐大少也不是输不起，至于来找我喊救命吗？”君邪顿时想了起来，眼前这几个货可不能用常理揣测，这都是一些极为典型的败家子！“就算这样，你爹也绝不会因为区区十五万两银子就打死你吧？这数字你又不是没输过……”

“可是我到后来没银子了，我说回家去取，李博就激我，说大家都累了，我要是走了就散局好了，我一狠心，就……”唐源可怜巴巴地看着君邪，满脸后悔莫及。

“就什么？”君邪突然感觉有些不妙。

“输人不输阵……我一着急……就把玉佩和宝剑都押上，押了三十万两银子，寻思很快就能赢回来，没想到……没想到最后也输了。”唐源哭丧着脸，欲言又止。

“你这叫输人不输阵！我记得你的剑是你爹高价拍回来的那柄名剑吹雪吧？那可是削铁如泥的神兵利器！加上你那极品暖玉制成的玉佩，我记得这两样东西当时花费了一百万两才购得的吧？你居然两样加在一起才押了三十万两？就算是甩卖也没这么卖的吧？”君邪有些无语，这哥们儿……也太能败家了吧？

“我不是没法吗？当时僵到那儿了，也不知怎的，脑袋里面一犯迷糊，就……”唐源嘟嘟囔囔。

“就算你输了这两样，当时也说的是抵押，之后赎回来不就行了，你爹那么疼你，顶多也就训斥你几句，还能杀了你不成？反正你家有的是银子！百八十万的银子，你会真当回事？”君邪哼哼两声。

“废话，这两样东西可是宝贝，我难道不想当场赢回来？”唐源有些愤慨了，“老爷子的家法你又不是不知道，上次你还看着我领略过一回……那可是能打掉一层皮的！”

“所以你就继续赌了？这次你押的又是什么？你值钱的玩意儿也不少，但值个百八十万的可就没有了！”君邪可是阅历过人的，尤其熟悉赌徒的心理，这胖子定然是把最不该押的东西押上去了，要不然不会这么着急。

“是啊，我当时身上真的没有太值钱的东西了，最……最后，我一急眼……我……我就把老婆押上去了……”唐源哭丧着脸，懊丧得想要自杀的样子，“那可是我还没过门的老婆啊。”

“啊？”一边的可儿一声惊呼，睁大了俏丽的大眼睛看着唐源，眼中满是不可思议，眸子深处还有着厌恶！心中埋怨：少爷好不容易变好了，这帮狐朋狗友又来了！

“啥？你把老婆给押了？这种事你还带着老婆过去？”君邪差点从椅子上摔了下来，几乎晕了过去！太震惊了！简直是匪夷所思！

唐源的未婚妻可不只是他老婆而已，还是刑部侍郎孙成何的女儿，大家闺秀、名门千金！这桩事要是传了出去，那笑话可就大了。

户部尚书的儿子赌博，将刑部侍郎的女儿输了……这要是传出去，唐家老爷子非将这胖子一身肥油全抽出来不可！

“我……我没带她去……”唐源都快哭了，“可是我写下了借据，用她抵押了一百万两……白纸黑字，还有我的画押……”

一个刑部尚书的女儿、户部尚书的儿媳，这等关系两大家族名声前途的大事！居然只抵押了一百万两！君邪气极反而笑了起来，“你居然还画押！……那一百万两呢？”

“输了……也输了……”唐源一屁股坐在地上，号啕大哭，地面顿时一颤。“他们说要是三个时辰之内没有一百五十万两拿过去，这钱也不要了，人也不要了，要把这借条公之于众……”

君邪无语了：“怎么会是一百五十万两？不是一百万两吗？”

“这……这是宽限我三个时辰的条件……”唐源一把鼻涕一把泪，“三少，你可一定要救救我，我……已经走投无路了啊。”

“我救你，你让我怎么救你？我哪有这么多的银子？”君邪断然拒绝。开玩笑，这种人我杀还杀不完，居然还要拿出银子支援一个这样的赌徒？莫说没有，就算有也不会借！

“你不用银子！”唐源顿时来了精神，小眼睛一眨巴，道，“李峰和孟海洲提出条件，说是君三少好久没来了，只要我将你带了去跟他们赌几局，借据就能还给我。”

“我居然有这么大面子？”君邪摇了摇头，以这位纨绔少爷以往的所作所为来说，恐怕在赌场上也高明不到哪里去，至于声望……恐怕全是恶名！

“千真万确啊！三少。”唐源一把抓住了他的手，君邪顿时感觉自己的手被包裹进了一层肥油之中，“他们的确就是这么说的！说只要三少你到场，就马上将借据给我，什么事都没了。”

“哦？他们真这么说？”君邪一皱眉，眼中瞬间闪过一丝阴霾。他已经察觉到不对劲的地方！怎么听着听着事情有些变味了呢？本来是这胖子输了老婆，怎么却慢慢地将所有事情都转变到自己身上来了？似乎，这里面有什么诡秘，而目标就是他？

这绝对是一个圈套！别的不说，就以原来的君莫邪那超级草包的脾气，一听到他的弟兄受了这等欺负，马上就会火冒三丈，再听到对方如此给他面子，登时就会飘飘然不知所以，一定会不加考虑就趾高气扬地前去，而这一去，才正好地落进了对方早已布置好的圈套！对方既然有本事如此耍胖子，貌似对付以前的君无邪也不会有什么难度！

如果说这是针对君莫邪的一个局，那么设置这个局的人对君莫邪的性格倒可以说是了如指掌！

不对，相信针对君莫邪也只是表面一层而已，没有人有兴趣对一个完全无害的纨绔子弟动这样的心计，他们真正要针对的应该是君老爷子！而在他们身后，或者还另有人指使，毕竟君家、君老爷子不是什么人都能招惹得起的！

君邪审视地看着眼前的胖子，暗自盘算着这胖子在这个局中又充当了什么角色，到底是敌是友呢？看着唐源此刻表现出来的几乎屁滚尿流的样子，君邪暗中下了定论：若是这胖子不是装出来的，那他实在是一个超级傻瓜！如果这胖子现在是装出来的，那么，估计是一位超级演技派选手，而且还是一个隐藏得非常深的危险人物！

去还是不去？

君邪瞬间就做了决定，这么好玩的事情，不去怎么行？凭自己的赌术，难道还能输了不成？再说了，若是不去，怎么能知道究竟是谁想要对付自己？君邪向来没有任由敌人隐在暗处的习惯！抓出来干掉，才是他一贯的作风。

暗中运转了一下体内的造化神功，君邪嘴角露出一丝笑容，就算是赌博，我也是不会输的，这股内力想要作弊实在是太简单了……

“咱们还有多少银票子？”主意打定，君邪转身问可儿。

听到君邪问话用的是“咱们”这两个字，可儿心中突然泛起一股羞喜，心中莫名地有些小甜蜜，红着脸道：“自从上次老爷克扣了少爷的开销之后，目前少爷的银箱里还有十二万两银票，金票三万两，金叶子三百两，白银一百锭，碎银子……”

“够了够了。用不了这么多。”见可儿还要细细地数算下去，君邪赶紧打住，要不然这个死心眼的丫头可能还会数出有多少枚铜钱……

“取出五万两银票，另外再多预备十来两碎银子就行了。”君邪道。

“这么点怎么够？”唐源几乎跳了起来，满脸哀求，“兄弟，三少，这些连零头都不够啊，你这不是要活活逼死哥哥吗？哥哥求你了！”

“胖子，你刚才不是说了，我到场你的欠条不就完事了？我们是去赌博，又不是去送钱！带那么多干什么，多累赘啊？难道你还不相信我独步天下的赌术？”君邪正色道。

“你独步天下的赌术？”一双细细的眼睛出奇地瞪得浑圆，这对唐源脸上的肥肉来说，绝对是个高难度的动作。唐源嘴角抽了抽，若不是心中实在惶恐烦闷，几乎要大笑出声，腹诽了一声：你那独步天下的赌术，貌似从来就没见你赢过……若是从输钱这方面来说，你自称独步天下还真是差不多。

不管了，反正你只要去了就行，只要我将那借据拿了回来，就什么都不怕了！当初我怎么会一时头脑发热将老婆押上了？这件事情可真是奇怪，少带点钱也好，起码不会输太多！

君邪揣上银票，吩咐备了两匹马，唐源早已迫不及待，圆滚滚的身子马上“滚”到了门口，小眼睛四处逡巡，很是害怕的样子：“快走啊三少，若是正好碰到你家老爷子回来了那可就真的完蛋了。你都不知道，哥哥我每次到你家来找你不知道要顶着多大的压力，唉……”

君邪笑了笑，跳上马背，斜眼道：“我看你今天来也没有多害怕啊。”

唐源腾的一下跳上马背，压得那匹健马长嘶一声，四蹄一软，几乎趴下，努力一挺，才站直了。可能这马心中也在纳闷儿：我可是驼过不少人了，就算是顶盔带甲手拿兵器的将军我也能奔跑自如，怎么今天这个人这么重？一时失算，差点害得本马失了前蹄！

君邪忍不住笑了出来，两腿一夹，马蹄如飞，身后八名侍卫人人虎背熊腰，各自挎着刀剑紧跟在后面。

唐源胯下的那匹马也艰难地起步，一路打着响鼻，跟了上来。

出门便是东风大街，在天香城可算是最为奢华的街道，人来人往，川流不息；唐源哪里还顾得上马儿受得了受不了，一马当先冲了出去，遥遥领先，不住地回头望，一脸着急，显然是嫌君邪走得太慢。

转眼已经出了东风大街街口，往南走不远便是一座酒楼，千里飘香楼，正是李家的产业；酒楼后面是一座闲置的大院子，便是唐源口中的“千金堂”了，这里地形隐蔽，正是贵族少爷们一掷千金的销金窟！只要是能够想得到的玩意儿，这里都能赌！

君邪正要策马前进，突然路边过来几个人，当先的乃是两个少女，一人气鼓鼓地走在前面，似乎很生气的样子，口中大叫：“不要再跟着我啦！烦死人了！”另一人一路小跑追着，口中不住劝解。在两人身后，同样是八个面无表情的侍卫紧紧跟随着，看起来也像是某个豪门的千金小姐。

君邪一眼看去，见那少女嘟着嘴，一脸的刁蛮，长得却甚是漂亮，那少女本就正在气头上，一眼看见君邪目不转睛地盯着自己，不由得啐了口唾沫，叉起腰来骂道：“看什么看？登徒子！”这女孩心情正在最烦闷的时候，却又看到了君邪这个臭名昭著的花花公子，而偏偏花花公子又正盯着自己看，不禁生出了“正好拿他出气”的念头。

君邪心中一震，突然想起他也曾遇到过一个这样骂自己的少女。回忆到这里，不由得略有些怅然。

此刻的君邪宛如历史回眸，心中不禁一暖，再看这少女也莫名其妙地感觉亲切了许多，索性微笑道：“这位姑娘，我们似乎在什么地方见过，我对你甚是眼熟。”

那少女咬着牙瞪着他：“呸，本姑娘对你这败类也很是眼熟！君三少，今天你又想耍什么花招？扮初遇吗？”

嗯？原来还真是认识的？君邪迅速地从记忆中调出了面前这刁蛮女的资料，不由得尴尬一笑，没话找话道：“真是有缘啊，原来我们竟然认识的，独孤小姐。”

这样就是有缘？这是什么话？

那独孤小姐错愕地瞪着眼睛，身后那名少女却是忍不住“扑哧”一笑。这时，唐源见君邪没有跟上来，也兜马回头，听到君邪这句话，不由得佩服得五体投地，原来君三少与美女搭讪如此在行。不过，胆量更是值得佩服，敢跟天香国第一刁蛮女独孤小艺这么说话的，相信在整个天香城都找不出几个！

那少女瞪着眼睛，看着君邪，眼中慢慢地泛出凶光：“君莫邪，是不是上一次挨打还没挨够？正好本姑娘今天心情不好，可以亲自帮你松松筋骨！”

君邪一怔，这才想起来这位独孤小艺姑娘却是君莫邪最为害怕的一人，好像是曾经做了什么事情被独孤小艺暴打了一顿，之后差不多半个来月才能下床……

“独孤小姐别来无恙，咳咳……我是说啊……小弟其实还有事，就先告辞了，回见了。”君邪准备脚底抹油。看这小辣椒的架势，好像张牙舞爪地又要扑上来大打出手。在君莫邪的记忆中，这个小辣椒年纪不大，手下却是高明，再有几个君莫邪也不是对手。君邪固然不惧怕，可此刻无论如何也不能过早暴露自身实力，自然要非常明智地选择保身，嗯，好男不跟女斗！

“给本姑娘站住！”独孤小艺下巴翘得高高的，用一种睥睨天下的眼神看着君邪：“你们要到哪里去？是不是又要去做什么坏事？告诉你君莫邪，既然遇上了本姑娘，你什么坏事也别想做，给我乖乖的！让本姑娘消了这口气，就放你走！”

唐源脸上大汗淋漓，一个劲地跺脚，心中叫苦：“我说君三少，这位姑奶奶躲还来不及，你咋挑选了她去招惹呢？长得再漂亮可也不如自己的小命重要不是？”

看着面前这少女明亮的大眼睛，却又摆出一副跋扈嚣张的样子，君邪心中突然生出一个主意，故作躲躲闪闪地道：“独孤小姐，我们要去的地方，这个……咳咳，女孩子去可是非常不合适。”

“难道你们要去逛窑子？”果然彪悍，连这种话都能张口就来！

独孤小艺冷哼了一声，鄙夷地看了两人一眼：“下流无耻的坯子！”

“哪个说我们去逛窑子？你当谁都像你一般的想法吗？”君邪顿时做出怒气冲冲受了冤枉似的表情，“我们只不过是去千金堂，赌两手罢了……”似乎突然发现失言，君邪急忙住嘴。

“千金堂？赌博？”听到君邪的话，独孤小艺不觉双眼一亮，接着眯着眼睛一笑，眼珠一转，一对可爱的小虎牙露了出来，“我还真没去过，带我去！”她命令似的口气不容辩驳，实在不能不佩服，女人思想的跳跃性之大实在是让人吃惊。

“小姐……”身边的那少女显然是她的贴身侍女，怯怯地拉了拉她的衣袖，表示劝阻，这实在很合理，天香城两大纨绔公子要去的所在，十有八九不是什么好场所，自家小姐乃名门千金，如何可以与之厮混。

独孤小艺丝毫不理会，兴冲冲地道：“放心了，我那两个哥哥天天都说千金堂，想来是个特别的所在，这次本姑娘可要好好地去见识见识！”说着一把揪住君邪的耳朵，“快带我去！只要你带我去，我今天就放过你！”

君邪要想躲开本是轻而易举，但心念一动，还是没有躲，只是苦着脸，任由她揪着自己耳朵向前走去。

身后八名侍卫人人面带苦笑，相对看了一眼，跟了上去。与独孤小艺的八名侍卫倒是很投机，不投机也不行，因为这十六人处境基本一样，跟着君邪这个纨绔大少自然心中憋屈，其实跟着独孤小艺也未必就能好受多少，其实人人心中都是憋屈得很，当然容易说到一起去。

唐源长吁短叹，怎的半路杀出这么一个母老虎？若是我的借据不小心被她看到了……唐源打了个哆嗦：这位可是很有把握在半天之内传遍帝都，两天之内举国皆知的主……那我还不如利利索索地自杀来得痛快。

一行人浩浩荡荡地来到千里飘香楼，穿厅过院，来到后面的大院落，唐源急不可待地冲了进去，大叫一声："君三少来了，快点把那啥还给我。"

随着一阵得意的笑声，正厅门口出现了六个青年，一露面，还未来得及说话，便看到了正拧着君邪耳朵进来的独孤小艺，顿时人人面色骤变，脸如土色。

目前在皇子之间保持中立的两大派系，一是独孤，二是君家；偏偏这两大势力有举足轻重的地位。

而这位独孤小艺小姐正是独孤世家唯一的掌上明珠，独孤世家男丁颇旺，共得七个男丁，却只有这一个女娃娃，物以稀为贵，自然宝贝得不得了，自幼便娇纵惯了。不过这位小艺姑娘非但天赋极高，小小年纪，玄气修为就颇有造诣，更兼极富正义感，在天香城里可以说是声名远扬，被誉为"纨绔克星"，今日在这里包括君邪在内八个大少，个个都吃过她的苦头。

说来独孤家的老爷子独孤啸天，也是一位超级玄气高手，据说其造诣已然达到了天级境界，更是在帝国唯一一个能够与君战天当面叫板的老家伙，职位也是相当，亦为大元帅；至于独孤小艺的父亲独孤无敌和三个叔叔如今都是大将军，他的七个哥哥均在军部任职，可说是权势熏天，就现在来说，与君家相比犹有过之。

独孤小艺

第四章

偏偏这独孤世家从老到少都有一个不是特别好的习惯，就是极为护短，尤其独孤小艺的父亲独孤无敌，护短护到了蛮不讲理的程度，堪称帝国第一滚刀肉。若是有人胆敢欺负了他的女儿，独孤无敌甚至能够马上调遣大军前去报复。

这样敢随随便便调动军队的滚刀肉，谁敢招惹？君莫邪有君老爷子罩着，独孤小艺照样敢修理，倒不是君老爷子奈何不了独孤无敌大将军，实在是只要老爷子兴师问罪，那边的独孤老爷子肯定也会站出来对阵，因为无敌大将军的护短秉性，根本就是继承自他老爹的！所以在君莫邪的记忆中，最畏惧的人第一是爷爷君战天，第二就是这个独孤小艺，不对，第一是独孤小艺，第二才是他爷爷，毕竟爷爷也就是对他说教，还不舍得真打自己，可是落到这位姑奶奶手里，肯定是一顿暴打，而且被打还是白打！

连君莫邪都招惹不起的“大”人物，其他纨绔子弟就更加不用提了！

而现在，这位独孤世家的小公主竟然来到了这里……

“我也没法。”君邪斜着脑袋，摊摊手，指了指仍在自己耳朵上拧着的白嫩小手，“看这架势，能有啥法？你们要是谁有想法，大可自己下逐客令，反正千万别说我就是了！”

“怎么？你们不欢迎我来？难道本姑娘没银子吗？”独孤小艺一瞪凤眼，哗啦啦掏出了钱袋子，得意地晃了晃，挑了挑极为好看的眉毛，“姑奶奶我有的是银子！”

一干纨绔子弟避之不及。您是有的是银子，可问题是：谁敢赢您的？谁赢了您的银子您爹第二天便会带着大军上门讨债，这还是好的，若是独孤老爷子来了兴致，到我们家溜达一趟，那……还让不让我们活了？

唐源可不管他们心中怎么想，两眼早已经冒出了火光：“先别说那些没用的，赶紧把我的那啥还给我！君三少已经来了又跑不了。这可是你们答应我的！大丈夫言出有信，人无信何足立于天地之间！”

即使以君邪的沉稳，听了胖子最后的说辞，都差点吐了，就你的为人、作为，还敢自称大丈夫，你可别埋汰大丈夫这个名词了！

六个青年里，其中神色沉稳的青年叫李峰，乃是太师李尚的孙子，他身后两个青年分别是李震、李林，都是他的兄弟。而在他身边站着的那个身材瘦削的青年，留着两撇小胡子，眼中神色深深沉沉，乃是孟海洲，吏部尚书孟江湖的大儿子，为人甚有才干。他身后两人一个叫孟良，一个叫孟飞，也都是孟家人。

李峰满脸堆笑，道：“独孤小姐芳驾光临，我等欢迎还来不及，快，快请进。”说着侧过脸来：“好好伺候独孤小姐！若是独孤小姐不满意，我就扒了你们的皮！”转过头来，又是一脸笑容，对孟海洲使了个眼色，道，“既然君三少已经来了，那这个玩笑也该结束了，看唐大公子急的，都出汗了，大丈夫生于天地间，岂可言而无信，还是先将那东西还给他吧。”

孟海洲点了点头，向着唐源道：“唐大少，东西可以给你，不过那一百五十万两银子可绝不能少！”唐源只求拿回借据，至于那一百五十万两银子虽然不是一笔小数目，却还不放在心上，闻言连声答应。

君邪冷眼旁观，心中只是冷笑：这件事情唐源固然害怕，然而这两人未必就全然没有顾忌！就算是唐源不把自己请来，他们也是绝不敢贸然将唐源那张借据公布出去，因为那样势必会引起唐家和孙家全力地反扑，更会被这两家引为死仇，最终也只能是玉石俱焚的结局！所以这件事情看似很大，其实只要想透彻了也没什么大不了的，他们的目标，大抵还是在自己身上！

只不过唐源拿回了借据之后，却没有了这方面的顾虑，势必会谣言四起，用谣言来打击唐家。这是可以预见的事情。

“什么东西能让唐大少这么着急？给我看看，也好开开眼界！”独孤小艺显然不甘寂寞，好奇心极强。见唐源拿到手里一张纸条，满脸如释重负的样子，顿时大感好奇，伸出了白嫩的小手。

唐源脸色一苦，以迅雷不及掩耳之势，将那张纸条扔进了嘴里，嚼了两下，一伸脖子咽了下去，满脸的无辜。难为他一脖子肥肉，居然瞬间就能伸展得如同长颈鹿一般！

“死胖子，你敢玩我？真是好大胆！”独孤小艺顿时大怒，张牙舞爪地扑上来，一把揪住了唐源的衣领，竟然将他将近四百斤的身体拎了起来，怒气冲冲地大喝一声，“赶紧给我吐出来！”

其余七人包括君邪在内，一个个看得眉眶不住地暴跳，暗暗咽了几口唾沫，嘴歪眼斜，唇青脸白。

“咳，那个独孤小姐，其实那纸条也没啥。君三少这段时间被君老爷子禁足，出不来，大家很是想念；刚才就跟唐胖子打了个赌，纸里面写着‘来不来’三个字，要是君三少不来，那么这张纸条就由我吃下去；若君三少来了，那么就是唐胖子吃。嗯嗯，就是这样简单的事情，唐胖子不愧是男人大丈夫，果然言出无悔，哈哈。”孟海洲干笑了两声，急忙出来打圆场，此人倒也算有几分急才，只言片语便圆得天衣无缝。若万一唐胖子真将那纸条呕了出来，又让独孤小艺看到了其中内容，那事情可就真变成大事了！

君邪眉梢一挑，暗暗看了孟海洲一眼，心道此人能在极短的时间内想出这么一个天衣无缝的理由，更脸不变色心不跳地说出来，有条有理有据，倒的确是个不简单的人物。说实话，刚才的那一瞬，君邪几乎就打算暗中出手令胖子呕出纸条，彻底借独孤小艺之手引爆这场风波，不过唐胖子虽然不肖，却始终是君莫邪的好朋友，再说要整治眼前的几个纨绔，君邪自信随便几下，就可以让他们灰头土脸，终于还是恋恋不舍地打消了这个念头！不过万一若是……还是要……咳咳咳……

独孤小艺半信半疑地看着众人，众纨绔顿时纷纷点头如鸡啄米：“就是这样子，没错的。”她这才将唐源放了下来。

唐源被她刚才勒得满脸几乎发紫，接连干呕了数声，但唯恐自己呕出纸团，终于勉强忍住了。

“诸位里边请。”李峰乃是这宅院的主人，做出肃客之态。

君邪嘿嘿一笑，摆出一副嚣张跋扈的神态，大步走了进去，“啪”的一声坐在一张太师椅上，二郎腿已经跷了起来，一晃一晃，看他这样子，当真是一副标准的流氓架势，典型的浪荡姿态。

独孤小艺眉头大皱，顿时极不顺眼，差点又要上去踢他两脚。

“你们不是想我吗？正好我也想你们……的银子了。”君邪邪邪地一笑，“想要怎么玩？”

“三少果然爽快！”孟海洲挑起大拇指，赞了一声，“不愧是君家三少，当真是豪气冲天，真有君老爷子当年的风范！”此言似褒实贬，个中讽刺意味十足，不过若是原本的君莫邪却未必能听出来！

说话间，孟海洲斜眼看着唐源：“刚才我们就是跟唐大少小玩了一会儿骰子，唐大少就支撑不住了，不如我们仍是在骰子上一决胜负如何？不知道三少有没有这个胆量？”唐源顿时脸红过耳，哼了几声，却不说话。

“骰子？”君邪念了一句，“就赌这个，难道本少爷还会怕了你们？”心中又是一叹：又来一个激将法！若是原来的君莫邪，不被人家牵着鼻子走才怪了！

“我也算一个！”独孤小艺兴致勃勃地开口。孟海洲顿时头大如斗。

“来人啊，还不给贵客上茶？”李峰急忙开口。

几杯茶水送了上来，每人面前摆了一盏，唐源端起茶杯，一饮而尽。抹了抹嘴，道：“三少，哥哥可全指望你了，可要替我出口怨气啊！”

君邪张狂地大笑一声，端起了茶杯，眼底余光却迅速地在众人脸上游走一遍。

就在这一刻，君邪敏感地感到李峰和孟海洲都是一喜，不由得心中疑惑，低头打量一下茶水，凑在嘴边闻了闻，道：“这等劣质茶水也能拿来招待人吗，档次实在太低了。”说着，他便将茶杯重重地墩在了桌上。

君邪一闻就已经闻了出来，茶水里面有着极重的迷幻草味道，这种古怪的味道，跟迷药的味道有些类同，想来功效也是差不多的；喝下去之后未必会对身体有什么大碍，但对人的神智只怕有些影响。再看孟海洲身上衣服色彩鲜明，图案却有些杂乱，让人一看之下便觉得古怪，而且身上还有一种味道，与这迷幻草的香味一混合，顿时让人有些心旌动摇。

看来这茶，这衣服，这香味，都有问题！而且是一环扣着一环，看来，在这些人背后，还有一位极为强大的药剂师！

难怪唐源之前居然连老婆也押上了，原来如此！

再看独孤小艺手中的茶水却是清澈见底，毫无异样，显然没有放药。毕竟，独孤世家，他们还是不敢得罪的。

“还不快给三少换一杯茶！”李峰不动声色地喝道。见君邪没喝，顿时又生一计。

“算了，这么麻烦干什么。来这儿是赌钱的，又不是来喝茶的，真要喝茶就不到这儿来了。”君邪懒洋洋地道，“就这杯吧，不用换了。”他仰头一饮而尽，“赶紧开始吧，我都等不及了。”

李峰和孟海洲等几人都是面有喜色，道：“就依三少之言。”说着命令仆役带路，几人鱼贯而进，来到一个空荡荡的大厅里。里面除了一张大大的石桌和数十把椅子之外，再无别的东西。一路之上，竟然没有发现别的人！看来为了对付君莫邪，今天这里暂停营业了……

走在路上的时候，君邪突然仰天打了个喷嚏，顿时都喷在了唐源的身上，袍子上顿时湿了一团。唐源怪叫一声，急急忙忙擦拭。

君邪揉揉鼻子，“呸”的一声吐了口唾沫，自言自语道：“怪事，怎么晕晕的老想打喷嚏？”李峰与孟海洲两人对望一眼，都是一脸喜色：药效已经开始发作了，哇哈哈！

太师府中，太师李尚半闭着眼睛倚在软榻上，悠然听着幕帘前的歌女婉转悠扬的美妙歌声，微笑着问道：“这次的事情，怎的交给了李峰、李振那几个不成材的东西去做？若是当真办砸了，岂不是错过了大好机会？那君家小鬼自不足惧，但他背后的君老鬼却是极难招惹的，若是让他知晓，我们虽然不怕，始终也是麻烦！”

他话语里似乎有怪责之意，但口气中却显得很是轻松自如，虽是疑问句，但他神情中却表现出了对对面的人很放心、很有把握的样子。

在他的对面，是一个面目英俊、轻衫白袍的俊朗青年，唇红齿白，眉清目秀，身形颀长潇洒，好一个翩翩浊世美男子。他身子端坐如山，一举一动均是从容不迫，透露出优雅高贵的风度，闻言轻轻一笑，轻声道：“爷爷行事从来都是如此小心，孙儿佩服，不过那君莫邪只是一个彻头彻尾的纨绔子，对付这样的人若是还要出动重量级的人物，未免将他看得太高了，就算一计不成，以其为人，我们必然另有更多的机会，实在不必过于重视对待。再说，若是以较高层次的人与这等不入流的纨绔子混在一起，反而会显得格格不入，更易败露行迹，误了大事。君莫邪虽纨绔，可也自视甚高。若是让一些清高多智谋之辈去对付君莫邪，只能是弄巧成拙。”

他长眉一挑，嘴角露出一丝嘲讽：“李峰、李振两人行事虽然不肖，却可以与君莫邪臭味相投，这就是每个人都有每个人的用处了！以纨绔对付纨绔，尤其是如君莫邪这般的无脑纨绔，以他们二人为主，反而会收到意想不到的奇效。若是对付君莫邪这种人还要动用我们的核心实力，恐怕君莫邪反而不会买账，更何况，呵呵……”他轻轻笑了笑，余下的意思，不说出来，但所有人都全明白：杀鸡焉用宰牛刀？

高手就是要对付高手的！好钢当然要用在刀刃上！让绝顶高手去对付手无寸铁的普通人，他们非但不会感觉任务容易，还会有一种备受侮辱的感觉！

阳春白雪若是弹奏给屠夫听，非但奏曲者憋屈万分，就连那屠夫，也是如坐针毡，抑或是昏昏欲睡。

“说得也是！”李尚赞赏地看着自己的大孙子李悠然，对他的说法给予了肯定，对这个孙子当真是越看越满意。长孙悠然作为自己家族年轻一辈的领军人物，无论举手投足还是言谈表情，尽显领袖风范，当真是无懈可击！不但心机智谋出类拔萃，甚至玄气的修为也是天才般的超卓俊杰，才不过二十五岁就已经晋入金玄高手的境界。这样的速度，就算在整个天香国，也绝对是独一份！

而最难能可贵的是，李悠然心性甚是沉稳，不骄不躁，更兼为人低调，极善于暗中筹谋，布局一切，年纪轻轻便已经有了运筹帷幄之中、决胜千里之外的雏形，便是当年的自己也远远不及！可以想见，李氏家族若要腾飞，下一代的希望便在这李悠然身上！有孙如此，自己委实值得骄傲！

李悠然最大的优点就是从不会小看任何人，就事论事，就人论人；就算是评价君莫邪这样的下三滥，李悠然口气中也是淡然，没有半点鄙夷不屑，只是单纯地评论而已。

这样的人物，不论放在哪里，都是人中翘楚！

“这次计划虽也算周全，但也要以防万一，若能一次成功自是最好！”虽然觉得君莫邪绝对不可能逃脱这次的算计，毕竟，这次的计划乃是由李悠然亲自策划的，而且是通过唐源迂回过去，以君莫邪的草包心性若是能逃脱才是怪事！只要君莫邪落入局中，李悠然自然有进一步的计划，让他永远无法脱身！而那时候，君战天那一系就算不倒过来，也势必会因为这个不争气的孙子而分崩离析，不能再构成任何威胁！

“万一？”李悠然皱了皱眉，所有计划瞬间又在心中计算了一次，自信地摇了摇头：“不会有万一的！更何况，此次还有孟海洲在旁边看着，孟海洲虽然并不算是什么人物，但对付君莫邪，还是不在话下的！君莫邪逃不出我的手掌心！”

“若是他逃出来了呢？”李尚分明是将这句话当作一个笑话。

“逃出来了？” 李悠然却认真地思考了一下，终于失笑，悠然地看着门外，道，“那他就不是君莫邪了！”

诚然，任谁也不得不承认，李悠然对君莫邪的设计针对了君莫邪的性格，面面俱到，可谓相当到位，几乎可说完美无缺，然天意弄人，这个完美的布局，眼下却有一个很特别的缺憾，他们布局的对象若是君莫邪的话，成功肯定是板上钉钉的事实！

然而如今的君莫邪已然是君邪，计划是否还会顺利呢？

……

千金堂中。

“就按三少的习惯来如何？是一千两起？还是……再稍大一些？”众人围着桌子坐下，李峰开口笑道。

“一千两起？”独孤小艺惊叫一声，白嫩的小脸涨得通红，“你们赌得这么大啊？”她虽然是独孤世家唯一的千金，但平常吃穿用度都被准备得妥妥当当，她一个女孩子除了兴致所至买点金银首饰之外也没什么太大的花销项目，出来身上装着百八十两的银稞子已经是多的，却怎么也想不到到了这里居然一把就是一千两！荷包里的银子总共加起来也只得十分之一……

其实，这才正常，千两纹银有几十斤的分量，就算是暴发户也不会当真带着几十斤的银子四处乱逛，毕竟这个世界还是有银票这个物事……

“一千两？那得玩到什么时候去？本少爷可没那么多的时间，痛快点，每注一万两打底，上不封顶，就这样好了。”君邪哈哈一笑，“本少爷有的是银子，区区数目，何足挂齿！”

唐源吓了一跳：“一注千两已经不小了，三少。”他可是清楚地知道，君邪一共就带出来了五万两，若是当真万两为底，上不封顶，运气不好的话，分分钟就输干净了。但转念一想，早点输光了也好，今天已经输了不少，再说字据已经拿回来了，可不能再把兄弟也搭上，若只输个五万两，倒也不算太大的事，如此一琢磨，也就不阻止了！

“还是君三少为人爽快！我就最喜欢骰子这玩意儿，大家各凭运气，一翻两瞪眼，公平又公道。”孟海洲哈哈一笑道。

“少废话，赶紧的，怎么玩？比大还是比小，还是猜点？”君邪有些不耐烦的样子，若是有细心人，便可以看到，君邪的眼睛似乎已经红了，这表示药力已经开始发作了。

机会接近了！

孟海洲不动声色地看了看君邪的眼睛，道：“就赌简单一点，猜大小，如何？”

君邪点点头：“行！”

公平起见，凡是参与玩的都拿出足够的银票，然后轮番掷骰子，谁的点数最大，谁坐庄。按人头数，若是七个人，那就是一庄七把骰子，若是六人，就是六把。然后结束这一轮之后，便有最后一把谁胜了谁坐庄。

众人谦让一番，计有君邪、孟海洲、孟飞、李峰、李振五人参与赌局；唐源现在身上一穷二白，只有旁观的资格。独孤小艺气势汹汹地前来，身上带的银子却不够，银子不够，就算是老天爷也没情面讲，也只好沦为看客。一张俏脸气得通红，显然是觉得丢了面子。

君邪心念一转，如此大靠山岂能不利用一二，道：“独孤小姐乃是女儿身，自然不能跟我们凑在一起胡闹，依我看来，独孤小姐不如飘红如何？”

“什么是飘红？”独孤小艺眼睛一亮。

“所谓飘红，就是局外赌。就是说你不参与赌局，但还是可以押注！比如说你押五两银子我胜，我若是输了，是我拖累了小姐，则你这五两银子也就拿不回来了，算是公共陪注，为另外的赌客平分，但若是我赢了，则是小姐带旺了我的运气，你就可以连本带利合共拿回十两。”君邪细细解释。

“好！”独孤小艺顿时兴致勃勃，“那么第一把我押你五……五两！”

君邪大笑：“美人押注，大涨运气！我必胜无疑啊。”

李峰等人冷笑地看着他，人人心道：笑吧，笑吧，马上你就该哭了！

众人都掷过了骰子，只剩下君邪一人，现在是孟海洲点数最大，乃是一个六点，两个五点，十六点，以三枚骰子而论，这已经是相当大的点数！若是不出十八点的祖宗豹子，就只有十七点能赢他。

李峰等人脸上都露出得意扬扬的神色。只要是孟海洲做了庄，就有把握一口气做下去，让君邪这傻小子输得连裤子也脱在这里！先让他输红了眼，就能顺利地继续事先定的计划了。

君邪将三粒玉石骰子拿在手里一掂，脸上似笑非笑，心中却不由得大骂，光在茶水里搞点名堂也就罢了，居然骰子也做了手脚！里面分明是灌了别的东西，轻重分外不好把握。

此中灌的肯定不是铅，因为若是灌铅，会偏重，但现在里面分明很平均；唯有灌注水银一类的流动性物质，才能使个中玄机变化莫测，只有熟悉其中奥妙之人，才能投出理想的点数，若是常人，就算发觉其中有诈，也无可奈何，至于自己呢……

君邪吹了一口气，手腕一旋一提，三粒骰子哗啦啦掉落骰盅，碰撞着发出悦耳的声响。同时，君邪右手贴在桌案上，一缕细如针尖的气流，神不知鬼不觉地从指间发出，绵延到了骰盅之中……

众人不约而同地屏住了呼吸，张大了眼睛看去。

三粒骰子滚了几滚，停了下来。

“这……这怎么可能？”李振瞪着眼睛惊叫出口，一脸懊丧。

孟海洲一方众人纷纷发出失望的叹息，唯有唐源高声喝彩，手舞足蹈，哈哈大笑。

两粒六点，一粒五点，十七点！正好比对方点数最大的孟海洲大了一个点。

孟海洲一方希望落空，人人目瞪口呆：君莫邪这家伙今天真是走了狗屎运啊！

君邪喜出望外地叫道：“哈哈，独孤小姐果然好运气，把我带旺了，真真是天遂人愿，今天合该本少爷大杀四方！”说着合上骰盅，在手中不住地摇晃，催促道，“下注，下注，快下注！”一副急不可待的模样儿。

“啪！”君邪将骰盅砸落在石桌上，随即松手，一只手却轻轻地扶在了石桌边上，一脸的紧张，但内力却已经潜到了骰盅底部，蓄势待发！

李峰等人纷纷看着孟海洲，在这些人里，孟海洲赌术最精，对听骰也有一些火候，尤其这本是他自己准备的特制骰子，自然是颇有把握，人人都是憋着一股劲，非要让君邪尽快输光不可！

孟海洲闭着的眼睛突然张开，胸有成竹地道：“大！”说着拿起五万两银票押在大上。李峰等人纷纷效仿，都押在了大上，一脸等着看好戏的表情。

唐源见状不觉一惊，他可知道君邪如今一共也只带了五万两银票，若是输了，只怕连这一铺也赔不起，这可怎么是好！

内力一催，骰子瞬间无声无息地翻了个个儿，君邪慢悠悠地吆喝：“买定离手——开啦。”骰盅揭开，三粒骰子一个二点，两个一点，合共只得四点，小！

孟海洲脸色大变！这怎么可能，自己明明清楚地听到三颗骰子至少有一颗是六点，大的机会占了九成，可是开出来，竟没有六点，难道是自己疏忽，将一点听成了六点？

君邪可是老实不客气地将众人面前的银票都收了过来，先递给独孤小艺十两银锞子，又抽出一张一千两，递给了她：“独孤小姐，恭喜发财！多谢你的好运气，飘红之外，另给你吃红一千两！”

独孤小艺小手拿着银票，不由得眉开眼笑，大眼睛眯成了一条线，非常哥们儿义气地拍了拍君邪的肩膀：“好样的，君小子，下把我还押你！连这一千两全押了！”浑然忘了面前此人乃是一位自己非常讨厌的超级纨绔……

李峰干巴巴地笑了笑，道：“三少运气真好，旗开得胜。”他暗中却向孟海洲打了个疑问的眼色。孟海洲脸色沉重，摇了摇头，显然自己也不知道是怎么回事！

君邪已经吃了迷幻剂，骰子又是自己惯用的使了“水玉”的骰子，难道只是偶然？不过自己这听骰子的本领确实也未臻极高的水准，听错也是有可能的，反正只是一把，只要后边赢回来就是，时间、本钱都有的是……

可是接下来的几局，君邪仍是稀里糊涂地大杀四方，连连得胜，面前银票霎时间开了会，高高的一摞，已经有三百来万两，带着独孤小艺已经赢了整整两万两银票，至于那李家兄弟和孟家兄弟，人人面如土色。

“你……你要诈！你出老千！”李振满脸通红地站了起来，他押得最狠，身上的七十多万两银票已经只剩下了可怜的几张，他指着君邪，愤怒得满脸通红。

莫说李振，连孟海洲也狐疑起来，怎么自己居然会连连猜错？而反观君邪，似乎一双眼睛越来越迷乱，但却为什么财神附体一般连赢不输？一把两把的巧合或者有的，可是这么多把的巧合实在是说不通的！

“没钱就下去！输不起就别玩！”君邪连看也不看他，鼻孔朝天，鄙夷地道：“捉贼要捉赃，捉奸要捉双；你哪只眼睛看到我使诈了？独孤小姐可是位大行家，就坐在我旁边，我有做什么手脚吗？”

李振狠狠看着他，似乎要将他一口吞下肚去，但君邪扯上了独孤小艺，再加上他们心里本就有鬼，即刻使他哑巴了！

独孤小艺其实不是很懂其中规矩，更加不是君邪口中的什么大行家，但她一直押注在君邪身上，这几局下来，已经赢了两万两，正是高兴的时候，闻言不由得小嘴一撇：“真没劲，赢了就笑，赶着人家去搬救兵，输了就说人家要诈，你们李家可真做得出来！我就在君小子旁边，他就是很平常地投骰子，这玩意儿怎么做手脚，什么叫出千？”

“谁……赶着人家去搬救兵了？”李振有些底气不足。

“他！”独孤小艺一指唐源，“他去把君莫邪叫过来，若不是搬救兵就算怪了！更何况赌得这么热闹，出名好赌的唐大少居然只是看着，这就说明了你们几个早已经把他赢干了！他身上没银子了才会不赌！真以为你家姑娘我傻？”

众人都有些意外，没想到这平常风风火火的小辣椒居然有这等缜密的心思！

……

太师府。

“报告公子，君莫邪已经进入了千金堂，不过，他还带着独孤世家的独孤小艺小姐。”一个侍卫禀报道。

“独孤小艺？她怎么会去千金堂？”李悠然微微皱眉，讶然问道。

“应该并无预谋，他们确实是在路上巧遇，独孤小姐甚至还将君莫邪打骂了一顿，最终也是她逼着君莫邪带她到千金堂去的。”那侍卫隐在暗处，将过程看得清清楚楚。

“纵然并无预谋，奈何变数已生，君莫邪！这小子的运气还真不错！”李悠然吸了一口气，淡淡笑道，“既然如此，你马上去通知李峰、李振和孟海洲，今天计划取消，让他们找理由脱身，就算输上一些也无妨，一定要与君莫邪另定后会之期。去吧。”

“是！”那侍卫答应一声，如飞奔出。

“不错！当机立断，正是大家风范。”李尚呵呵一笑，“有独孤小艺在，君莫邪若是按照原计划落入了我们的圈套，独孤小艺回去一说，那些老家伙就能反应过来，打草惊蛇，反为不美。所以，放弃是最正确的选择！而且，被那纨绔小子赢上一点也没什么，更可助长其气焰，方便下一次的计划！”

李悠然淡然一笑，心中一动，暗想君莫邪会不会是故意将独孤小艺带去的？转念一想，顿时自己也觉得滑稽——以君莫邪，怎么可能有这么灵活的头脑？

看来，这家伙今天的运气真的不错呀！

李悠然却不知道，此刻已经迟了！

此刻，已经不是输一点就可以解决的事情了！

千金堂里。

接下来，由于李振的抗议，众人连续换了三次赌法，而君邪也继续狂妄至极地叫嚣着，将几大纨绔气得七窍生烟，最后将他们赢得一个个的荷包空空如也！

君邪得意扬扬地与眉开眼笑的独孤小艺旁若无人地忙着分钱，一大堆的银票，对面几个人面面相觑，呆若木鸡地坐着，看到君莫邪夸张至极地一张一张数银票，几乎将肝也气得疼了。

那可全是我们的！

趁着君邪不注意，独孤小艺两眼一转，猛地抓了一把银票，有十来万两的样子，以迅雷不及掩耳之势塞进了自己怀里，道：“君莫邪，你这次能赢，完全是我在你身边带旺你的缘故，我多拿一点，你不会介意吧？”

你都揣进怀里了，我一抢就是要流氓，我怎么介意？他摸着鼻子苦笑道：“不介意，我怎么会介意。若不是独孤小姐带旺了在下的运气，怎么能大杀四方。应该的，应该的。”

独孤小艺眼睛一亮，小虎牙又露了出来：“那……我再抓一把？”

君邪吓了一跳，斜了她一眼：“姑奶奶，你飘红的赌注收了，我的吃红也收了，做人不能这么无耻啊！”

“哈哈哈……本姑娘就是逗你一下，就那点小钱，瞅你的小气劲！”独孤小艺笑得十分开心，只感觉自己今天真是出来对了，不仅过了一把赌博的瘾，而且还一下子有了如此丰厚的收入！自己的押注加上刚才强抢的一把，现在纯收入将近二十万两！真是快乐呀。

小钱？好几十万两，还是小钱？一旁的胖子也有心分一杯羹，可是眼巴巴地看了一会儿，实在是没好意思下手，可怜兮兮地看着君邪，可君邪连正眼也不看他，他顿时无比郁闷，自己怎么说也是个男子汉大丈夫，不能学一个小姑娘一般，硬抢来着，我哭，我为什么不是小姑娘！

君邪心中也郁闷：你说你一个四百多斤的大胖子，做出这副幽怨小媳妇的表情，像吗？本来还想给你几个零花，但一看你这脸……收回了！

第五章

君邪伸了伸懒腰，站了起来，轻狂地笑了笑：“还有银子没？若是没有了，我可要回去睡觉了！才赌了这么一会儿，就赢这么几两银子，真是扫兴啊！独孤小姐，你说是不？”君邪知道，自己到现在可以说已经破了对方一个局！而现在，就应该是对方图穷匕见的时候！

“你不能走！”李振等人果然急了。此刻，包括孟海洲在内，人人脑子里都是一团糨糊，浑然不知道自己一伙的人为何会输了，而且还是输得稀里糊涂的！

自己一帮人每一个的赌术都要高于君莫邪，而现在四个人联手，居然仍然输光了！而且君莫邪之前明明已经喝下了迷幻剂，骰子也是自己人做过手脚的，而孟海洲的身上还特意撒了一种香料，这种香料可以让那些服用过迷幻剂的人脑袋格外混沌，从而不知不觉中就会受自己的摆布！

但饶是这样，四人依然输得狠，这又作何解释？

难道是君莫邪的运气太好了？可是，每一把的点数只大一点点，巧合也没有这种巧合法啊？如果说他出千，他怎么出千？一个喝了迷幻剂、赌技还一塌糊涂的人也能出千，那才真是见了鬼了！

事先制订好的计划本来从唐源入局就顺顺利利，哪知道盼星星盼月亮地将君莫邪这位正主等了过来，却所有计划还未来得及实行就胎死腹中——自己六人都输成了光屁股，还谈什么计划？

可是，一旦想到完不成任务回去的后果，几个人都打了个哆嗦，眼中忍不住露出恐惧之色。

李悠然那温文尔雅的面容，在这几个人的心里，却是比魔鬼的狞笑还要可怕！因为，就算李悠然下达杀人灭族的命令的时候，脸上表情也是温文尔雅的！

那就是一个比魔鬼还要魔鬼的存在！

“我还要跟你赌！我还有赌本！”孟海洲将自己腰上挂着的玉佩解了下来，扔在桌上！

“哈哈，你们真当我是收破烂的？”君邪不屑地笑了笑，“拿点破烂货色就要和我赌？那我还不如回家去睡大头觉呢！”摇了摇头，他转身就要走！

“慢着！”孟海洲大叫一声，眼睛森然地看着李振等人，“能拿出手来的都拿出来！”

李振等人同样知道，若是就这么回去，下场恐怕会极惨，纷纷解下身上值钱的玩意儿，什么宝石珍珠、玉石饰物的都尽数拿了出来。

“这是唐源公子的佩剑和玉佩，我也一并押上！原本是一百五十万两，我现在只押一百万两！”孟海洲紧紧盯着君邪，“君莫邪，想必你非常希望给他赢回去吧？”

独孤小艺有点愣神，她也知道唐胖子的佩剑、玉佩的来历，冰雪聪明的她瞬间已经明白了此间的赌局只怕并不单纯，不过她却并无惧意，也没有置身事外的打算，这样的好戏可是很有趣的！

“他是他，我是我！他的东西跟我们之间的赌局有什么关系？”君邪像看傻子一样看着他，“要是我赢了，那可就是我的战利品了，属于我的东西，我爱送给谁就送给谁！跟唐源有什么关系？帮他赢回来？你可真会寻思！唐源用这个向你们押了银子，那是他的事，跟我没有关系，等唐源拿了银子去找你们赎回来，那也是你们之间的事，跟我有什么相干！”

说着，君邪忍不住看向那块玉佩和佩剑，心中却是嘿嘿一乐：不是凡品啊。

君邪嘴角露出一抹邪笑：“孟大少爷，你说，是不是这个道理？”

听君邪这么一说，在场所有的人全傻了眼。包括唐源和独孤小艺，也是大大出乎意料！唐源刚刚露出喜出望外的表情，顿时又哭丧了脸。

孟海洲脸色顿时苍白了起来，君邪的意思他听得很明白，正因为明白，他才有些进退失据！若是这佩剑和玉佩今天输了给君邪，明天唐源却另拿着银子来赎，该当如何是好？

君莫邪的说辞虽似颇不仗义，但在道理上，游戏有游戏的规矩，抵押品除了到期无法赎回才可以变卖，若是现在就变卖，实在是说不过去的！

唐源今日莫名其妙地吃了这么一个大亏，岂肯善罢甘休？以他睚眦必报的个性，若是他来赎的时候自己反而拿不出来，定然又是一桩大大的祸事！到时借机生事，却是自己理亏。

但孟海洲随即心中一横：眼前这一关尚且难过，还管什么以后？更何况，我也未必会输！

“至于唐公子那边，我们自然另有办法交代过去！这一点就不劳君三少操心了！更何况，这些个东西，君三少也未必有本事赢得过去！”孟海洲将所有的玉佩、明珠、佩剑统统在桌子上往前一推，咬着牙，直接开门见山地道，“君三少，这是皇上他老人家赐的玉如意，这是我叔父最宝贝的佩剑，这是李太师给李锋的夜明珠……这些，都是有价无市的东西！相信若是估价，最少也能当千万两！以三少目前的银两数字，似乎还是达不到的。若是三少肯赌，手头却不是很方便，我可以做主，允许三少用别的赌注！”

“那你打算让我用什么当赌注？难道你家里还有一位嫁不出去的妹妹，要招我做你妹夫？可我怎么没听说你有妹妹啊。”君邪斜着眼，掏了掏耳朵。

独孤小艺忍不住“扑哧”一笑，接着却板住了脸，从桌子下面狠狠踢了他一脚。君邪顿时龇牙咧嘴。

孟海洲脸上青筋突突跳动，有些怒不可遏，差点气得吐血，却强行忍住：“三少玩笑，赌注很简单，若是我输了，这里的一切自然尽归三少所有；反之，若我侥幸赢了，三少却须答应我一个要求，替我做一件事情，如何？”

“开玩笑，那怎么行！”想必他们憋到现在也憋得很是辛苦吧。君邪忍不住暗笑，却摇头拒绝，“若是你们让我去自杀，难道我也去？若是你们要我将我君家全部家产给你，难道我也给你？你这个条件真是，真当我傻？”

“我可以担保，三少考虑的那些肯定不会发生。这件事情，不但不会要君三少一两银子，还不会对三少有任何的伤害！而且三少是绝对可以办得到的！若是之后三少觉得自己做不到，就当没这回事也无妨！”孟海洲几乎忍不住将眼前这个可恶的家伙暴打一顿再踩上一脚。

“这么便宜？那赌又何妨！”君邪一口答应，“怎么个赌法？”

“就赌骰子！”孟海洲脸上现出孤注一掷的神情，颇有经典赌徒的色彩，脸上有些狰狞，“就你我两人对赌！比大小，无庄！谁的点数大谁赢！君莫邪，你敢不敢？”

“哈哈，难道我还怕你这手下败将？赌骰子！你以为你能赢我吗？笑话！”君邪一副没有脑子张狂得快要上天的样子。

李振、李峰等人眼前一亮，人人都有些兴奋，他们知道，孟海洲对于掷骰子其实很有些造诣，平常基本没输过，而那副骰子本就是孟海洲预备的，若是只有两人对赌，孟海洲要是还赢不了，那才是见鬼了！对君莫邪的赌技水平，在场的这些人心中都是有数得很，虽然不知道刚才他走了什么运，但现在单挑孟海洲，君莫邪实在是一点希望也没有！

“谁先来？”君邪晃着腿，刚才被独孤小艺踢了一脚，到现在还痛。

“我先！”孟海洲一把将骰子抄在手里，在手中不住地掂量着，平心静气，努力让胸口翻腾的气血平复下来，闭上眼睛，口中念念有词，似乎在乞求着什么。这一把骰子，可是押上了己方的所有身家了！若是输了，后果实在是不堪设想！

君邪叹了口气，手指轻轻敲着桌面，悄声对独孤小艺道：“你说，他会不会请动他祖宗来帮忙？我咋觉得气氛这么怪，阴森森的，好像很不对劲的样子。”

说着一把捋起衣袖，大惊小怪地道：“看哪，鸡皮疙瘩都起来了！”

独孤小艺因为发觉此间古怪而板住的脸顿时崩溃，笑得东倒西歪，以前咋没发现，这个纨绔的家伙居然是这么有趣的一个人呢。

对面的李峰等人却对君邪怒目而视，以为他故意出言打搅孟海洲的状态。君邪和唐源毫不示弱，反瞪之。

良久，孟海洲一声大吼，提腕转指，一连串清脆的响动，三粒骰子落入骰盅，滴溜溜地转动起来。

“六！六！六！”李峰等人紧张地看着转动的骰子，口中一起激烈地大吼，唾沫四溅，气氛之热烈，如同到了数百人的大赌场。

第一粒骰子停止了转动，果然是个六！紧接着，第二粒骰子也停住，居然依然是个六！

李峰等人大喜。第三粒骰子虽然仍在转动，但众人似乎已经胜券在握，顿时人人双眼狂热起来，声嘶力竭地大吼：“六！六六……”若是三个六，那君邪就是输了九成九，除非他也掷出三个六打平，否则必输无疑！

但三个六岂是这么容易出的？几个人看向君邪的眼神已经充满了得意。

最后一粒骰子终于降低了转速，眼看就要停下来，看表面的颜色，赫然也是个六！

连孟海洲都长长地舒了口气，今天这铺真正地超水平发挥，平时能掷出两个六已经是好彩了，这次赢定了！

哪知道就在此时，那粒骰子突然一个慢慢地翻滚，滚到另外两粒骰子的中间，“砰”地一歪，将左边的骰子碰得翻了个身，又如喝醉酒一般，回转身又把右边的骰子撞了一下，然后两粒一起翻身，这才停了下来……

霎时间房中鸦雀无声！

李峰、李振、孟海洲等人喜滋滋地看着，原本脸上的狂喜表情瞬间冻结了，但六个人的眼珠子却一下子都红了起来，年纪小一些的李林和孟非一咧嘴，居然都要哭了出来。

三粒骰子静静地躺在骰盅里，一个一点，一个两点，一个三点！若是孟海洲坐庄的话，按照赌博的规矩，他这一把就是通赔！也就是说，不管别人押什么点数，他都输了！

完了！孟海洲双目一闭，晕了过去。其余五人如丧考妣，呆呆地一动不动，看着骰盅里三粒骰子，目光呆滞，都有一股想要放声大哭的冲动。

“哇……哈……”唐源一蹦老高，让人实在很难想象这样的大胖子究竟是怎么样才能蹦起来的，他狂喜地一把抓住君邪的肩膀，“三少，你今天的运气真是没治了！财神临身啊！”

“什么财神临身，分明就是赌神驾到，现在轮到我了。”君邪一副余悸犹存的样子，“刚才可吓死我了！怪不得孟兄准备了这么久，原来是要玩这么高难度的动作，真是令我崇拜啊。”他啧啧两声，“这水平，简直是想要几就是几，随心所欲，真是厉害啊！这样的技术，可万万不是平常人能有的。你，你真是赌神啊！”

“什么轮到你了？三少，你不用掷了！你已经赢了！他是幺二三啊，通赔啊！”唐源又是一蹦老高，浑身的肥肉顿时波澜壮阔地一阵剧烈起伏，颤动了好久才平息下来。

“你还没赢！这把不分庄闲的！”李峰嘶声大吼，两眼通红，浑身颤抖，“要是你也掷出一把幺二三呢？”

“你觉得有这种可能吗？”唐源非常鄙视地看了他一眼，居然问出这样弱智的问题！我先前怎么会输给这帮弱智的？

“说得也是。”君邪哈哈一笑，“那么，本公子就展示一下我盖世无双的赌技让你们见识见识！那谁，赶紧把孟大少叫起来，若是一会儿推说没看见耍赖可怎么办？眼见为实嘛。”君邪语重心长地道。

这家伙今天怎么这么精明？李峰等人面面相觑：最后一条路也没了……

独孤小艺看热闹的不怕事大，笑呵呵地凑热闹道：“还没醒，没关系，我踢他几脚，他肯定就醒了！”

躺在地上的孟海洲其实早已醒了，打的正是耍赖的主意，只要君邪一掷之后，其他几人立即便承认他赢了，然后把骰子收了，然后孟海洲再爬起来耍赖，说没看见，不算，重来！

甚至孟海洲都把说辞准备好了：你是跟我赌的，不是跟他们赌的，他们说你赢了，可我没看见！我没看见当然不算！

哪想到居然被君邪看破了，要是让独孤小艺踢上几脚，我的天哪……

还没等他主动起来，唐源一脚踢在孟海洲身上：“别装死了，快起来吧。”一天的怨气，借着这一脚算是出干净，孟海洲“哎呀”一声痛叫，坐了起来，正见到君邪、唐源和独孤小艺对着他微笑。

没皮没脸地站了起来，孟海洲满脸沮丧，眼中满是怨毒。若不是独孤小艺今天来到了这里，孟海洲甚至有一股强行囚禁君邪的冲动……

门口脚步声起，一人急匆匆地进来："孟公子，李公子……"突然他住口不说了。来人正是那奉令传信的侍卫，但一看到此刻李峰等人脸上的表情，知道事情又有了什么重大的变数，只是怎么也不会有人想到，事情居然会是这个样子的……

"看清楚。"君邪得意扬扬地抓起骰子，看着孟海洲，孟海洲等六人脸上一片死灰之色，看着君邪表演，人人口中牙齿咬得咯崩响……

"发大财啦！"君邪哈哈大笑着出门而去，身后一名侍卫提着一个大大的包裹跟在他身后。在君邪等人离开之后，原本众人喝茶的杯子却少了一个……但，众纨绔都在垂头丧气之中，竟然无人发觉……

独孤小艺跟在君邪身后，眼睛一个劲儿地向那侍卫手中的大包裹上瞄去。她本来觉得自己今天收入已经很是丰厚了，但最后一局君邪却又一下子赢了这么多宝贝，这些玩意儿其中有不少都不是用金钱可以衡量的……

这让一向感觉手头不宽裕的独孤小艺顿时心中又不平衡了……为什么这么一个混吃等死的纨绔子弟能赢到这么多好东西？而我一向乖巧听话却什么也没有？

独孤小艺眼珠不住转动：该想个什么办法从这家伙那里再要点什么过来？可是自己开口，是不是有点没有大家闺秀的风范了，该死的君莫邪，也不说主动奉上几件！

唐源一张嘴几乎咧到了耳后，看起来更像弥勒佛了，走起路来虎虎生风，带劲得很。

"三少，你今天可真是让我彻底服了，看到那几个家伙输得一干二净的，哥哥我心里这个痛快就别提了，兄弟，那佩剑和玉佩是不是该给我了？"

"给你？"君邪吃了一惊，停下了脚步，讶异地看着唐源，"你在说什么，为什么要给你？"

为什么？唐源顿时怔住，道："难道……难道你不打算……还给我？"

"还给你？"君邪脸上的表情更奇怪了，"我欠着你什么？居然要还给你？你到底在说什么？"

"那……我……咳咳……"唐源的表情可怜极了，这才想起来，那些东西可都是君邪自己赢的，也就是说，那些东西都已经属于君邪了，自己凭什么跟人家要这么贵重的东西？可是……可是自己回家之后若是父亲问起来，咋办？钱固然不是大问题，问题最大的反而是东西已经到了君邪手中，他反而更加不好取回了！

唐大公子终于发现，虽然君邪大胜而归，但自己的难题却还是没有解决！再想到他老爹狰狞的面容，唐胖子真个不寒而栗！

“还给你肯定是万万不行的。”君邪大大摇头，“没有好处的事情我从来没有做过，今天不会，以后也不会。”说到这里，看着唐源满脸沮丧的神色，突然口风一改，“不过，卖给你却是可以的。在这件事情上，你得到多少好处，就用多少好处买回去。”君邪神秘地笑着，伸出一个手指头。

“果然是好兄弟！”唐源死里逃生，喜极忘形，忍不住心中的兴奋，也没仔细想想自己已经输得一干二净还能得到什么好处，一跃而起，抱住了君邪。

他却没想到他的体重，这么一下子跳到君邪身上，以君邪现在的身体却还不能承受他的重量，顿时，君邪被压倒在地。唐大公子不愧是重量级的人物，将君邪压在了身下之余，满地只看到肥肉不住地哆嗦，居然连君邪的衣角也无法看见……

独孤小艺顿时笑成了掩口葫芦：这两个活宝！真是太逗了！

众人手忙脚乱将唐源拉了起来，下面的君邪几乎要憋死了——满是肥肉，居然连空气也不能透入，君邪无比郁闷。

“唐胖子，我非常生气，决定提价了！那佩剑和玉佩，低于一百万两银子我不卖！就给你留到明天，后天来，就是一百五十万两！”君邪爬起来，只觉得自己满鼻孔还是一股肥猪肉的味道，几欲作呕，不由得恶狠狠地道。

“啊？”唐源惨叫一声。

一行人浩浩荡荡地走出街口，不约而同地站住。

向东，乃是君家和唐家的方向；向西，则是独孤家的方向。

临到分手之际，独孤小艺突然感觉自己心里多了一点莫名其妙的古怪感觉……看着君邪笑的样子，独孤小艺心道：君莫邪这家伙虽然名声不佳，乃是一个彻头彻尾的纨绔，不过，经常拿他逗逗乐，却也挺有趣的。

想到这里，独孤小艺喝道：“君莫邪，等我爷爷生辰的时候，你来不来？”

君邪一怔，道：“若是家里人让我去的话，那是肯定要去的。”

“要是你家里不让你去呢？”独孤小艺咬着嘴唇。

“那我自然是不去了。”君邪觉得很是莫名其妙：不让我去我还去？

“浑蛋！”一听君邪这么说，独孤小艺也不知道怎么回事，突然很是生气，顿时冲了过来，一阵拳打脚踢，恶狠狠地道，“你要是敢不去，我见你一次打你一次！听明白没有？”

君邪顿时感觉虎落平阳，可悲啊，堂堂天下第一杀手，此时居然被一个小丫头欺负得毫无还手之力！这具身体什么时候才能符合条件啊，他尽力捂住脸，连声道：“我去！肯定去！一定去！”

“这还差不多，算你小子识相！到时候要准备好寿礼，不能比你今天赢的少！”独孤小艺恶狠狠地看着他，灵活的大眼睛又很不舍地在那大包袱上溜了一圈，这才转头，甜甜地笑着，揉了揉手腕，娇俏地“哼”了一声，转过身去，两只小手背在身后，微微抬着下巴，就像一头骄傲的小鹿一般，一蹦一跳地走了。

原来这丫头还是想从君邪手中多淘摸东西……不过，这样的态度，比以前已经有了很大改观了。虽然，在独孤小艺心里，君莫邪依然是一个一无是处的纨绔……

见独孤小艺走了，君邪回过头来，似笑非笑地看着唐源：“唐大公子，你可真厉害呀。啧啧，居然连老婆都输掉了，真是让我佩服至极。”

唐源顿时脸红脖子粗！

看着唐源，君邪的眼神慢慢地变得冷冽：“唐源，你自己胡闹不要紧，可你这一次，差点把我害死了！你知道今天的事情有多玄吗？”

“啊？害死你？”唐源顿时傻了眼，做梦也没想到君邪突然冒出这么一句石破天惊的话来。

“你真的以为，你自己的运气就这么背？你真的就这么糊涂？输了银子再输佩剑，输了佩剑再输佩玉？输了佩玉居然连自己的未婚妻也押上去？唐源，你问问你自己，你真是这样的人吗？就算你真是，可是这件事情的后果将会有多严重？两大家族的名望一朝扫地！你负担得起吗？你竟然没有想过这些！难道你就没觉得有什么不对劲？”

君邪狠狠瞪着唐源，两道眼光如同利刃，一直刺进他的心里：“你自问你有这个胆子吗？”

唐源苦着脸，慢慢地平静下来，他也不是蠢人，相反，他其实也是个很精明的纨绔，随着君邪的话一点一点地回想，立即发觉了太多的不对劲之处！这件事情，根本就不像是自己能够做得出来的！纵然是做梦，也未必会这么做！

可偏偏这样离谱的事情他做出来了！为什么？

我难道真的就这么不堪吗？不！不是的！我虽然不是什么好人，我虽然也经常胡作非为，但有些事情，我还是懂得的！今天发生的事明明是我宁可死也不会做的！可是我今天却偏偏做了，而且是还做了一件比自己认为宁可死也不能做的事情更过分、更丢脸的事情！这样的事情，足以让整个家族蒙羞！让自己永世不得翻身！

但，我为什么会这么做呢？

霎时间，唐源脑海中一片混乱，唐胖子几乎崩溃了。

“你在进去之前，孟海洲是不是也是穿着这件衣服？”君邪眼神凌厉，但嘴角却隐藏着笑容。

“是，但这又有什么关系？有什么问题吗？”唐源茫然不解。

“你是不是闻到孟海洲身上有一种特殊的香味？很好闻吧？”君邪再问。

“是……好像有一点，确实是很特别的香料。”唐源有些不确定。

“你在进去之后，是不是也像我今天一样，先给你端上来了一杯茶？”君邪步步紧逼。

“是，不错，那有什么？”

“那有什么？哼！”君邪冷笑两声，“也没什么，只不过是你万劫不复的开始罢了！”

唐源并不是一个笨人，将君邪的话咀嚼了一遍，顿时跳了起来，一脸震惊：“你是说……那茶，其实是有问题的？”

“仅仅是那茶吗？”君邪冷笑，“孟海洲那衣服，那香味，那茶，通通都是有问题的！一些赌徒凑在一起，居然要先喝茶？这是什么规矩？你这个脑袋！这么明显的破绽你居然到现在还没察觉？”

“那……你不是也喝了吗，为什么你没事？”唐源依然有些迷糊。

“还记得我喝了茶水之后，在进去之前，曾经打了一个喷嚏？”君邪脸上也说不上来是一种什么表情，似笑非笑，“还把你的衣服弄湿了，对吧？”

“对啊！有这回事。”唐源顿时想了起来。

“一般人打喷嚏最多喷出一些唾沫，而我，却直接将你的衣服弄湿了一大片，难道，你就没怀疑过什么？”君邪歪着头看着他。

“原来如此！”唐源恍然大悟，随之却又是一脸不解，“可你怎么会知道得这么清楚？”

我怎么会知道得这么清楚？君邪一怔，这倒是个难以回答的问题，难道要告诉他，我在梦里对这类药物早就熟悉得不能再熟悉了，不用鼻子不用眼睛用汗毛孔就能感觉出来？

君邪摸了摸鼻子，只好再给自己泼上一盆脏水：“那个，我曾经用这个干过同样的事，你明白？”

“不愧是君三少！当真好手段。”唐源立即佩服得五体投地，崇拜地道，“果然是大行家啊。”

君邪啼笑皆非，提醒他一句：“你的条子虽然毁了，但你输掉老婆的这件事情，只怕还是会被他们传出去的，你还是先想想自己该怎么办吧。”

“对呀，我该怎么办？”一提起这件事情，唐源顿时惶惶然没了主意。

“目前，你只有一条路！就是立即回家，然后将这件事情完完本本地告诉你老头子，一点也不要隐瞒，一点也不要夸大！来一个先下手为强！让他赶紧给你拿主意，提前制定对策。要是等你老头子从别人那里知道了再来问你，那你就真完了！”君邪肚子里笑了两声。

“而你，完全是被陷害的，相信你老头子绝对不会过多地责怪你！而且，这件事情需要怎么做，你老头子绝对比你在行！你现在不是对他们一肚子气吗？那再告诉你一个高招，你的宝剑、佩玉都暂时留在我这儿，然后你拿一百万两银票去向他们几个讨回抵押品！而他们拿不出来……明白我的意思吗？”君邪压低声音，就像一个正在引诱世人犯罪的魔鬼。

“不错！”唐源一拍大腿，“这是唯一可行之道，也是唯一能够争取主动的机会！可是，他们只要用钱向你讨回抵押品，不就……”

“傻瓜，当时他们是用那些东西，对赌我的一个承诺，可不是赌具体数额的银子，这其中可是大有分别的！我会给他们吗？笨！都这么说了，你还不明白，还等什么？”君邪嘿嘿地笑。

“对了，我再送给你一件东西。”君邪变戏法一般从怀里一掏，摸出来一个茶杯，最令人惊奇的是，茶杯的底部还有几颗水珠……

“这就是他们那个有迷幻剂的杯子，我顺手牵了这头羊。”君邪嘿嘿一笑，“里面好像还有点。”

“哈哈哈……高！实在是高！三少实在是高啊！”唐大胖子小心翼翼地接过杯子，就像是屁股上被砍了一刀的野马，名副其实地“滚滚”而去。

“想算计我？那我就先算计算计你们！”君邪看着唐胖子卷起阵阵尘烟的背影，笑得异常得意。以唐胖子和他岳父的家世，想必这次李家和孟家都会很热闹吧？君邪已经做了搬着小板凳看戏的准备了。

此次若不是有独孤小艺的意外参赌，还有君莫邪变成君邪，最终结局必然会改写，就算自己不惧，但要破局，只怕就要暴露出自己的真正实力，成为众矢之的。那可就得不偿失了！

虽是明面的对手同样是几个纨绔，但这些纨绔身后站着的，都是京城第一流的家族！若没有家族的授意，就凭这几块料就敢给唐源和君邪下药，行事敢如此嚣张、肆无忌惮？

不可能！决计没有这种可能！

要知君莫邪本身虽然是个非常不争气的标准纨绔子，但身后站的却是君老爷子，乃至君家！君家虽然现在明面上只有老爷子一人支撑大局，但瘦死的骆驼比马大，将近三分之一的将领都是出自君老爷子帐下！可以说，只要君老爷子还在一天，这些人就全是君莫邪这个纨绔的坚强后盾！因为他们的身上，不管愿意不愿意，都打上了“君”字的烙印！

一旦出了事，就是足以轰动朝野的滔天风波！君家一旦倒了，这些人也同样没有好果子吃，必定树倒猢狲散，被其他派系打压，不得翻身！但只要君家犹存，这些人就有主心骨，就能够团结在一起，共抗外敌！

所以君家不能出事！所以君莫邪一旦出事，这些人都不会袖手旁观！虽然每个人都从骨子里看不起这个纨绔，但该出手的时候，相信不会有任何一个人犹豫。

唐源所在的家族也是一样！唐家的势力虽然不如君家，但在京城也绝对是排得上号的！如果唐家和君家联手，就算是现在如日中天的独孤世家也要退避三舍！

当然，这并不等于说君家就比独孤世家差多少，君家在最鼎盛的时候，也曾经压得独孤世家抬不起头来，而且是足足维持了七年的光景，然而如今君家人才凋零，独孤世家却如雨后春笋，不断地向外冒新人。在这一点上，比君家的后备人才要充足得多。

所以独孤世家现在是极有潜力的，至少在外人看起来，绝对是要比君家有潜力。

但君家只要一日有老爷子在，一日就巍然不倒！哪怕是皇帝，想要动君家，也要好好考虑！甚至可以说不敢！

但现在，李家和孟家却同时对唐源和君邪下了手！这就显得有些不同寻常了。

非常不寻常！事若反常必有妖！

是的，这次出手的只是几个纨绔，货真价实的纨绔子弟，就算是真的把事情闹开了，就一般意义而言，也不过就是几个小孩子胡闹过了火，大家哈哈一笑完事，谁也未必就当真记在心上，可是反过来，若是他们得逞了呢？

君邪清晰地推测出，若是今日他们得逞了，唐源和自己就完全落入了对方的掌控之中！唐家还无所谓，还有另外的继承人，但君家，却只有他一个。

虽然只是一个要求，但放在不知轻重的君莫邪身上，天知道会演变成什么样的祸事出来！多半闯出祸来，还不知道自己闯了祸，还要得意扬扬一番！反正爷爷会替他收拾残局！

若是到那个时候，一旦斗争明朗化，有把柄牢牢攥在人家手里，就算老爷子真的肯壮士断腕、大义灭亲又如何，但那些将领怎么选择？哪怕是一点点迟疑，都会造成不可估量的后果！

君邪感到自己需要充电！此时此刻，君邪明显感到了他的不足！

首先就是所谓的时局敏感性，这一点是他最为欠缺的！若是他还当一个独往独来的杀手，当然无所谓，但若是想要在这大家族之中立足，并且保护他所在乎的人不受伤害，维持住这个大局势的平稳，没有时局敏感性根本就是在痴人说梦！

他可以不做官，不在朝野上沉浮，但是，这份斗争的觉悟却是必须要有的！

君老爷子回家的时候，已经是晌午时分。回来的路上，正好遇见唐家老爷子唐万里怒气冲冲地一马当先，带着一众侍卫武士浩浩荡荡地从大街上纵马而过，一路向北去了，看那样子必然是寻谁的晦气去了。

北面，正是李家、孟家等几大家族的所在地！瞧唐万里脸黑得像是锅底，眉宇之间怒火几乎要烧了出来的样子，君老爷子一阵暗爽：可是好久没见这老东西发这么大的火气了，一向和气生财的唐老倌居然能气成这个德行，无论是针对谁，这出大戏必然很好看！

孰不知，导演这出大戏的主角正是自己那个瞧来最不顺眼的孙子君莫邪！

君老爷子很是好奇，问道："唐兄这是何往？为何如此行色匆匆？莫非有人抢了你的孙媳妇不成？瞧你老小子这气急败坏的样子！哈哈哈……"老爷子本意就是开个玩笑，但他哪里知道，唐老爷子唐万里之所以生气，无巧不巧正是因为这件事情！

"君老匹夫，你老小子莫得了便宜卖乖，你也不是什么好东西！等老夫扫平了李家和孟家，再回来跟你这老匹夫算账！"唐万里雪白的胡须吹得笔直，气咻咻地瞪了他一眼，一甩马鞭，绝尘而去。他也知道君莫邪是什么货色，只怕还不如自己孙子，自己孙子倒了霉，他反而大获全胜，背后必另有高人作怪，十有八九就是眼前的君战天，又见君战天揣着明白开自己玩笑，自然不将好脸色给君老爷子！

只剩下君老爷子站在原地有些傻眼，这唐万里老小子什么意思，单单一句话就骂了他三四遍，还说了个不清不楚，这叫什么事？他良久才啐了一口唾沫："李家和孟家又咋得罪你了？不过你这老小子去闹一闹正合我意，俗话说狗咬狗，两嘴毛啊……"

唐源跟在他爷爷后面满脸羞惭。话说唐胖子回到家中时，正好父亲在大堂上坐着，于是张口就哭爹叫娘地喊了一句"出事了"，把他爹吓得一哆嗦差点从椅子上摔下来。仔细一看，原来是最害怕的爷爷唐老爷子也在座，这时候选的……

于是，接下来就没什么推理性了，在唐老爷子的逼迫之下，唐源使劲地挤着眼泪，把事情原原本本地说了一遍……可想而知！唐家父子二人勃然大怒！再看到唐源拿出来的那只茶杯，上面还有药品残留，让家族的一位药剂师前来一看，顿时便证实了唐源所说的一切全是事实！

李、孟两家如此狠毒！这摆明了是让唐家臭名满天下啊！这让一向重视家族声名的唐老爷子如何忍得下去！

唐老爷子立时怒不可遏，一把揪起唐源肥滚滚的身子，劈头盖脸就是几个耳光，然后扔在地下，喝令唐源带路，马上去李家和孟家讨个公道！

唐老爷子的年纪比君老爷子尤长，可谓三朝元老，近年来深居简出，已经有几年都没出过门，这一次出门居然是前呼后拥、声势浩大、杀气冲天！看来这一去，李、孟两家鸡飞狗跳是免不了的。

君老爷子虽被唐万里老爷子没头没脑地说了几句，不过见唐老爷子是在火头上，更知唐老爷子乃是去寻李、孟两家的晦气，心中不但不恼，反而颇有几分快慰，也就没有多问，一看就知道肯定是那个唐源大胖子惹的麻烦。幸亏我家的莫邪这段时间攻读诗书，十分乖巧听话，可是让老夫省了不少心啊，若是也给老夫惹来大事……啧啧，那唐老匹夫真可怜，这么一大把岁数了，还在为儿孙生这气……

看着唐万里近乎歇斯底里的样子，君老爷子不自禁地有些幸灾乐祸，哪知道得意扬扬地一回到家中，便被告知君邪带着银子、带着侍卫明目张胆地出去赌博去了，气得兴冲冲地回家来的老爷子顿时一个趔趄，银子输赢是小事，万一再有点别的什么，事情可能就会发展得不可收拾了！

一听到君邪回家的消息，老爷子自是怒气冲冲地杀上门来，进门顿时一怔：硕大的床上，一个包袱被随随便便地扔在上面，里面珠光宝气，竟无一件是凡品，而身材娇小的可儿正笑得眯着眼睛，一件一件地掰着手指头计算能卖多少银子……

待仔细一看，君老爷子又是大吃一惊，别的不说，光是其中三块上好的玉佩，晶莹剔透，散发着暖莹莹的光彩，一看就知道不是凡物，这也还罢了，真正让老爷子吃惊的还不是玉佩本身，而是上面刻着的字：“×年×月贺孙儿锋周岁”“×年×月贺孙儿震周岁”……

这不是李家嫡系后人才有资格佩戴的家族玉佩吗？这也是李家身份的象征！而且，锋、震两个字正是李太师的两个孙子的名字。这两样东西……怎么会到了莫邪这里？难道这小子出去一次乃是去打劫的？君老爷子捻着胡子，目光有些惊疑不定。

再看另外的，君老爷子一声闷哼，却是用力过大，将胡须揪下了一根：那两个玉如意，分明是皇室的东西！此外还有一枚孟家的家族玉佩，还有那明珠……还有那……

“这里的东西都是哪里来的？”问出这句话的时候，老爷子脸上都在抽搐，已经做好了为君邪善后的准备：若是这些真是这小子抢劫而来的话，可真是个大麻烦啊！

不是说君老爷子脑子不好使，完全没想到，这些东西是自己的宝贝孙子赢回来的，而是老爷子实在太了解自己孙子了，决计没本事赢到眼前这些“高档次”的东西！

可笑他刚才还在笑话唐万里，没想到自己家里等着的，居然是这样的一个天大麻烦！君老爷子不觉一时无语……

可儿这才发现家主就站在门口，不由得吓了一跳，急忙跪下行礼，答道：“这些宝物都是少爷之前出去赌钱赢回来的。”

“赢回来的？真的！”君战天嗓音有些微微变调，心中却是又惊又喜，若不是定力超强，险些惊叫出来。只是，这惊讶之意远在喜悦之上，君老爷子自然狐疑，什么时候这小子也能赢钱了？貌似从几年前他学会赌博这玩意儿开始，就从来没赢过……若不是君老爷子严格地限制他的零花钱，估计君莫邪现在已经将整个君家都输出去了，而眼下不但赢了，还赢回这些高档货色……

“是，这些宝物确实是公子赢回来的，婢女天胆也不敢欺瞒家主，除了这些宝物之外，另有银票三百万两，都是公子这次带回来的。”可儿肯定地回答，“听说这些财物是从李公子和孟公子他们那里赢来的。回家之后，公子将这些东西扔在这里让我收拾，然后就去藏书阁看书了。”

可儿很骄傲，因为公子从来就没有赢钱回来，但这次居然赢了这么多。在小丫头的心里，公子突然变得厉害了，虽然可儿还是很害怕公子，可是近日来的公子真的和以前不同了，起码不像以前那么讨厌了！

“那小子又去了藏书阁？”君老爷子此刻心中的喜悦已然远胜惊讶了，再也不用担心替孙子收拾烂摊子了。可是又听到可儿说明孙子的下落，不禁两眼发直，很有些受不了打击的样子，他颤巍巍地抬起手摸了摸额头，确定今天并没有发烧，也没有听错，这才回过神来。

“哦，等他回来，让他到我那里去一次。”老爷子说完这句话，带着管家老庞走了，只剩下小姑娘两眼冒着金光，一遍一遍地点算，“这三块玉佩至少能卖十万两，那珠子、宝石起码能卖十五万两，还有那个能卖……加上这些银票……”

“老庞，你怎么看？”走在路上，君战天有些拿捏不准，实在是孙子这个月以来的所作所为太让他看不明白了，他究竟想做什么？他又究竟在做什么？

“老奴不知，但小少爷如今的行事却是好的。”老庞看来也迷糊，不过只要不用替君莫邪收拾烂摊子，怎么也算是好事。

“若是他对看书真的那么有兴趣的话，你说我将他送入文星书院如何？”君老爷子突发奇想，有一种做梦般的憧憬，文星书院，那可是天下顶尖的读书人做学问的地方，里面连先生带学生全算上貌似也不过千人，这个数字对于天香帝国数亿的人口来说，实在是极小极小的比例！也就是说，只有各地身家清白、非常优秀的顶尖人才，才有资格、才有可能进入这里学习，而学成出来的人员，尽数会为国家所录用，只要你真正达到毕业资格！但想要真正达到毕业资格，就连那些出名的才子，也是要经过艰难的学习的！

可以说，文星书院就是天下文人的金光大道！

不管你地位多么煊赫，哪怕你是公主王子，若是没有真才实学，也绝对进不去文星书院！

君老爷子居然打算让君邪进文星书院，看来心中已经相信君邪是浪子回头了。

“或许很难吧……”就凭君莫邪这块料也能进文星书院？所有能进入那里的可都是

寒窗苦读十几年、声名赫赫的才子，他们才有资格参与入学考试，您真以为您那不学无术十六年的孙子看了一个月的书就能进去？

当然，老庞不好意思说得很直白，继续含蓄地说道："文星书院那些老夫子实在是太迂腐，若是老爷亲自前去，反而碰了钉子……咳咳，我认为还是慢慢打算，再……斟酌一下。"

"唉！可惜的是，这小子的玄气修为实在是不入流，若是能进神玄学院当然是最好，我君家世代都是沙场为将，若真是出一个酸溜溜的小夫子，还真显得不伦不类。"君战天也明白这件事实在是不好办，想当年二皇子进文星书院的时候，就连皇帝陛下还吃了老夫子的一顿闷气，才勉强进去的。自己与那酸丁一向不怎么对付，肯定是要难上加难。

更何况莫邪的个性……

"老庞，你说，莫邪以后我要给他安排一条什么路为好？"君老爷子今天没断了叹气，"让他从文吧，这小子肯定不是那块料；让他从武吧，这家伙是半点天赋也欠奉，还半点也不能吃苦，不堪造就；让他从商吧……估计他连老夫的棺材都能赔进去！难道就这么让他混吃等死？"

说到这件事，老庞也是一筹莫展，安慰道："小少爷近来颇为长进，说不定现在正在奋发而起，浪子回头，小少爷年纪尚轻，相信一切都不晚……"

"最烦的就是这等假惺惺的安慰！现在连你也学会了！"君战天皱起眉头，有些不耐烦，"老庞，这可不像你，当年那个在战场上一人独闯数万大军的庞烈，可不是你现在这个样子。"

老庞苦笑：我何尝想这样说，可除了这样我还能怎么说？我还能直接说，儿孙自有儿孙福，您老就别费心了，您那孙子任谁都知道就是一块扶不上墙的烂泥，您再怎么操心，再怎么安排后路，他还是能照样给您败坏得一干二净？这样说？那您还不直接对我拔了刀？

"还有个办法，可以保护少爷，让老爷你没有后顾之忧。"老庞突然想起来一件事。

"什么办法？快说。"君战天有些意外，今天本来是发发牢骚，没想到老庞居然有办法！

"这个办法实施起来还是有些难度。"老庞话到嘴边，却又有些踯躅，"就是给少爷买一头年幼的八级以上的玄兽，然后我们不惜代价地催生起来……"

"停停停！"话没说完，就被君战天强行打断，"老庞，你在说梦话？你自己说，这可能吗？"

老庞瞪着眼睛想了想，垂头丧气地道：“不可能。”

“既然知道不可能你还说个啥！”君战天闷闷地叹了口气。

玄兽，是玄玄大陆的一种特产生物，任何一只高级玄兽都具有极其强悍的能力，传说中，任何一只八级的玄兽都能够匹敌一个天玄级别的高手而不落下风！若是更强的九级攻击性玄兽，甚至可以与至尊神玄高手比拼也毫不逊色！

但玄兽却也如人类一般是分等级的，而且划分更为严格，人类高手若是掌握一些特别的技能、手段，是有可能越级挑战，甚至战胜玄气修为比自己更强的对手的，可是在玄兽之间的战斗，是不可能的！

四级以下的玄兽充其量只能说是野兽，或者说比普通野兽的破坏力更大一些，只有从第五级开始，才有可能具备一些特殊的能力，但五六级的玄兽也并没太大用处，幼兽更是如此。更特别的，只要是成年的玄兽便再没有驯化的可能，而幼兽却需要几十年才能成年，有的甚至需要上百年！那么，等一个幼兽长成，人也老了，要来还有什么用？何况五六级的玄兽最多只有银玄高手的实力。所以，这个级别的玄兽价格也不高，也就相对容易找到。

但七级以上的玄兽就不同了，七级以上的玄兽有了本质上的突破，已经可以说是拥有了不逊色于人类的灵智，除了天赋技能之外，还具有一种特殊的能力。就是这种特殊的能力，让幼兽的养成变得不再那么困难！

三级以上的玄兽身体中会自动形成一种晶体，名为“玄丹”，而七级以上的玄兽这种特殊的能力就是，它能够吸取别的动物身体内凝结的玄丹的能量，从而促进自己的快速成长！

但也就因为这样子，使得七级以上的玄兽幼兽极为难得，只要出现一只，价格就是天价！至于说八级以上的玄兽幼兽，那更是有价无市！直接就是传说了……

最少近几十年，还真没有听说过谁能够拥有一只八级以上的玄兽幼兽的。

高级玄兽主要集中在天罚森林的深处，那是一个连至尊神玄高手也不敢深入的危险地方！天罚森林幅员辽阔，无边无际，几乎占据了四分之一个大陆的土地！外围多是一些弱小的玄兽和一般的野兽，但越往里就越是凶险，而且，即使遇上了可以击败的高级玄兽，它们只要一甩屁股就能逃了，在天罚森林中，就是高级玄兽的天堂，根本无法追踪！若是实力不济，甚至没有活着出来的希望！

若是想要获得八级玄兽的幼兽，需要最少三位天玄以上的高手，击败最少两只成年的八级玄兽才有这个可能，谈何容易？而且，玄兽的防御比一般的人类天玄高手要强悍得多！更何况若不是遇上两只而是遇上一群……那就算是至尊神玄高手也要葬身其中！

世间的高手只要是到了天玄这个级别，哪一个不是一方之雄或者是大有身份的人物？荣华富贵要啥有啥，何必去做这种提着脑袋吃饭的买卖？

所以君老爷子很是为这个提议哭笑不得。

“去藏书阁，看看这家伙到底在做什么！”君老爷子始终觉得孙子这几天有些诡异。两人一前一后，闲庭散步一般，向藏书阁走去。

到了藏书阁，却又扑了个空。

“少爷一个时辰前出了藏书阁，不知道去了什么地方。”看守藏书阁的侍卫很无辜地禀报。

两人面面相觑。

“回书房吧。”君老爷子走得累了，有些意兴阑珊，顺便吩咐了一句，“将他刚才看的书，都给我搬过来。”

就在唐万里老爷子带着大队人马前去李家和孟家为孙子讨公道的时候，也是君战天老爷子为了自己的孙子烦心不已的时候……

第六章

有仇须报

李氏家族大院，李悠然颀长的身形潇洒飘逸地站在一株牡丹花树下，一袭白袍一尘不染。英俊的近乎完美的脸上含着一丝浅浅的微笑，目光深情而执着地看着远方黑云涌动的天空，良久不语。

一阵和煦的微风吹来，李悠然衣袂飘举，使他整个人更如琼楼玉树，让人一看就不由得心中油然而起赞赏之意——如此风致，真可说是凤毛麟角，举世罕见！

在他的面前，李峰、李振兄弟三人笔直地站立着，此时的秋风本应最为宜人，唯这三人脸上却尽是大汗，却连擦也不敢擦，任凭汗珠一滴滴落下，落到鼻尖，落到眉梢，浸进眼眸，难受得要命，却连眼睛也不敢眨一下。

“事已至此，再说什么也于事无补，就此作罢；这次就算是君莫邪运气好吧。至于你们……”李悠然说到这里，三人同时身躯颤抖起来。同属李家下一代，但三人却似乎对面前这温文的少年已经害怕到了骨头里。这少年从来没有人见他大发过脾气，但三人每次见到他，总是感觉从骨髓里飕飕地向外冒凉风……

“……你们每人去领四十家法棍，另扣除半年例钱。”李悠然温柔地笑着，举止潇洒飘逸，眼睛看向远方，眼波温柔，如春水荡漾，“明日开始，该做什么，还要做什么。明白吗？”

领取四十家法棍，纵不至筋断骨折，至少也要皮开肉绽，而明日原本该做什么就还要做什么……这惩罚简直可说已经是严苛至极，完全没有半点人情味，尤其眼前这三人，还是李悠然血缘极近的堂兄弟！但李悠然就这么平静地说了出来，语气清淡、眼神平和。似乎他处置的不是自己的堂兄弟，甚至不是三个人，而是处置了三条可有可无的狗……

但李峰三人却是如蒙大赦，连连道谢，仿佛这惩罚是多么法外施恩，多么微不足道。

“嗯，君莫邪……呵呵……”李悠然轻柔地一笑，淡然道，“去吧。”听到这两个字，三人才敢挪动一下身子，异常乖巧、顺从地走了出去，每个人脸上居然都是庆幸万分的模样！

“来人。”李悠然轻轻拍了拍手，瞬时有两名黑衣人无声无息地出现在他身边，躬身听令。

“嗯，细细地调查一下，此次君莫邪究竟是凭什么能够赢钱，而迷幻剂又是什么原因没有起作用。还有，确认一下独孤小艺的出现，是否是意外……纵然有独孤小艺去了，但君莫邪却仍然不该有机会赢的……以上这几件事，一旦调查清楚，立即回来报告给我知道。”他说话依然是轻柔淡然，似乎就连说话也不愿意多花半分的力气。

“是！”两名黑衣人恭恭敬敬地行礼，还未转身，就见一个青衣人气喘吁吁地跑了过来，来到李悠然面前十来步的地方，轻轻地放缓了步子，极力地调整了一下呼吸，却把脸憋得通红，这才控制着粗重的呼吸，来到李悠然面前：“禀公子，唐家老侯爷唐万里带着唐大公子和百多号人马，正一路疾驰，气势汹汹地向我李家而来。”

“哦？倒打一耙？”李悠然轻轻挑了挑眉毛，轻声道，“不意连唐源都有这等心思算计？看来之前的某些计划，必须做出调整了……呵呵……嗯，去告诉李振他们，唐老爷子一会儿问起来，就……如此如此……回答。另外，家法立即执行！等打到一半的时候，再带唐老爷子去问话。”一名黑衣人领命而去。

李悠然嘴角勾起一丝微笑，突然转身，问道：“唐老爷子这次带来的从人之中，有没有我们一直注意的人？”

“有！”那青衣汉子没有丝毫犹豫，“有三个。”

“三个……足够了，”李悠然脸上泛起一丝神秘的微笑，仰头看看天上乌云滚滚，原本和煦的秋风又多掺杂了丝丝凉意，他微喟一声，低不可闻地自语道，“要下雨了，而现在唐家精锐尽出，倒……或者是个不错的机会。”抬头，眼神中第一次有了一丝慎重，语声稍见急促，“立即通知秦虎，趁此唐家空虚的机会，将我之前提过的那东西取出来。只许成功，不许失败，机会只此一次！”说着抬头看看天色，道，“告诉他，他有一下午的时间来运作！”

“告诉他，让他动用一直没有出现的那几个人，无论成与不成，不准留下半点痕迹！”

“是！”另一名黑衣人如飞而去。

“你去吧，我知道了，这次你……做得不错。”李悠然温文地看着青衣汉子，慢慢说道。

青衣汉子顿时一阵激动，抱拳道：“多谢公子，属下告退。”仿佛那一声“不错”已经是一个至高的赞誉！

李悠然面色依旧平和如水，微微颔首。青衣汉子低着头倒退了十步之外，才转过身去，大步行出，直至此时，辛苦憋下的一口浊气才敢悠长地吐了出来。在这位公子爷面前，他竟然连大声喘气也是不敢的！

“来人，立即知会现在在宫中与陛下议事的祖父大人，告诉他老人家，唐万里带着很多高手来李家了，但无须烦恼，来者固然不善，却也是一个极好的机会，万事皆有利弊，就看能否把握得住。”李悠然淡淡地笑着，满头黑发在风中轻轻扬起。

暗影处，一人答应一声，接着一阵窸窸窣窣的声音，那人已经疾奔而去。

“这次虽然跑了君莫邪，让君家能够侥幸置身事外，不过，若是唐老侯爷上孟家去狠狠地大闹一次，必然会将孟家逼得狼狈不堪。若是此时，祖父大人再加以运作让孟、唐两家彻底成仇，便可将孟家彻底地拉过来，甚至是收服……君家三代子孙只有君莫邪一个后人，要对付决计不难。唯有那独孤家，可现在却还不得动，亦不能动……”

李悠然微微地叹了口气，伸出手掌，修长的手指洁白细致，干燥整洁。他似乎怕惊扰了面前牡丹花树的安静，轻柔地摘下一片叶子，低头温柔地看着手中的绿叶：“不过就算这样，倒也是……很不错的，至少很有趣。”

远远的蹄声如雷，已经到了大门前。

李悠然轻轻玩味地一笑，眉梢一扬，道：“打开中门，以最隆重的礼节迎接唐老侯爷！”

说完这句话，突然修长的手指一弹，身上黄光一闪，手中的绿叶带着一道金灿灿的光芒飞了出去，无声无息地嵌入了面前的牡丹花树干……

就在绿叶出手的这一刻，天上突然现出一道闪电，乌云滚滚，已经来到了头顶上，狂风呼地刮了起来。

闪电闪现的那一刻，李悠然白袍在狂风中悠然荡起，挺拔的身形似乎动了一动，然后一闪，整个人仿佛直接从院中消失了……

君邪又去了哪里呢？

他却是去了一个君老爷子做梦也不会想到的所在。君老爷子曾经很肯定地认为，君邪只怕这一辈子都不可能再到这个地方来。因为，就是在这个地方，君莫邪曾经结结实实地挨了两顿揍，每一次都是半月没起床，这两顿揍，却也是君莫邪降生以来挨的仅有的两顿暴打。

那个所在，是君莫邪三叔君无意的院子。

君无意一生军旅倥偬，连自己住的地方也是尽可能地靠近君家的演兵场。

君无意异常安详地坐在轮椅上，透过花丛看着校场上君家的侍卫在操练，目中神色变幻，那久违的雄心似乎又在蠢蠢欲动。

君邪蹲在他的面前，两手暗运玄功，在君无意毫无知觉的双腿上缓缓移动着，从上到下，再从下到上，这一次是非常仔细地检查了一遍，包括每一寸筋脉，每一处经脉，甚至每一丝肌肉！

君邪一个月之前身上始终没有得心应手的内力，无从医治，甚至无从检查，但如今身上不但有了内力，而且这内力还是号称“亘古第一功”的开天造化功，君邪自然要再仔细检查一遍，确保万无一失，才能决定如何治疗。

良久，君邪满头大汗地停手，站了起来，眼中稍有喜色。

“如何？”君无意轮廓分明的脸上似乎毫不在意，口气清淡，但一双手早已经牢牢地攥起了拳头，手背上青筋暴起，显然，他心中并不是如此平静！

虽然他已经见到了君邪脸上的喜色，却又不敢相信，残废许久的双腿真的有复原的希望！

君邪，几乎已经是他唯一的、最后的希望！

他甚至不敢问君邪能否治好，只敢用“如何”来询问！

他太希望能够得到肯定的答案了！

“情况虽然不算很乐观，不过却也不用太悲观。”君邪笑了笑，“确实是要费点功夫，但我却很有把握可以让三叔重新站起来！”

“好！”君无意终于忍不住喜形于色，兴奋之余，仍有几分狐疑，毕竟多少位当世名医都拿自己的腿束手无策，自己这个纨绔侄子，近来虽然行事古怪，却如何有偌大本领救得了自己？可是此时的君无意却如溺水待毙之人，只要有一根稻草也要尽力抓住，即使侄子是吹牛，顶多也只是再失望一次罢了。君三爷心中各种滋味外人又岂能尽知。

“等下我说几味药，三叔安排人出去寻找购买吧。只要这几味药找到了，相信三叔重新站起来的日子就不远了。”君邪道。

“好！是哪几味药呢？可有什么特别名贵的药物，我立即安排人出去寻找！”君无意显得很急切。

“裂肠花、通心草、九叶草、断续根，还有焚经荷。”君邪一口气说出了五味药，当然是以这种药草在这个世界的名字说出来的。之前数日，君邪可是翻遍了藏书阁中的医药典籍，才确认了这些药物在当下通用的名字，这还多亏了藏书阁中的医药典籍当真不少，君邪配药所需要的药材也都有，只要按照典籍中的药物图谱一一对照新名就是。

“通心草、断肠花和断续根我倒是听说过，九叶草和焚经荷是何物？”君无意皱起眉头问道，要知君无意可谓久病成医，对于医药的见识可说颇为不凡，而自己却完全不知道这两味药，反而从君邪的口里说了出来，自然大为奇怪。

君邪一笑，从怀中取出一本书，正是一本《奇花异草图志》，拿到君无意面前翻开："这是九叶草，这是焚经荷。这几样药草，除了焚经荷比较难找，很难见到之外，其他的几味药都很常见，咱府中的药材库或者就有，即使没有也能在城中药铺买到。而这些药加起来，再配以我的独门方法，当有七成以上的把握治好三叔病疾！"

"好！"君无意眼睛死死地盯着书页上的这几味药，如获至宝，声音不禁有些颤抖。

整整十年了！终于又一次感到希望就在眼前！

"三叔要注意，若是咱们府中的药材库中没有现成的药物，出去买药也不要只派一个人出去，最好多派几人，一人负责其中的一味药，但不要让任何人知道买这些药到底是做什么的！虽然别人不一定知道这几味药合起来可以做什么，但我们也要预防万一！即使最终凑全了所有药物，也要让我仔细检查，才可以制成药！"

君邪慢慢地道："眼下我们君家江河日下，日渐萧条，但三叔若是恢复了，我君家的局面必然不同如今！相信这京城之中，也有无数的人希望三叔永远站不起来，所以，此事必须慎重！只要三叔站起来了，那么，三叔就是我君家的一张秘密底牌！三叔，我的意思想来你应该明白吧？"

"不错！"君无意非常欣慰地看着自己的侄儿，"莫邪，你真的长大了！就算三叔再没机会站起来，只要君家有你，相信君家也不会垮！"这些道理君无意当然懂得，但君邪竟然能说出来，而且考虑得如此周到，甚至连以后的道路也有了规划，这才是君无意最高兴的地方！

君邪有些干巴巴地笑了一声，转过了头。曾经的天下第一杀手，如今竟然被人欣慰地夸奖：你长大了……

貌似糗大了！

"莫邪，你看我们的护卫训练得怎样？"听着远处传来的声声吼叫，看着一个个健壮的身体在挥汗如雨，君无意有种久违了的躁动。

"不过是些花拳绣腿罢了！"君邪心中正在遐想，闻言不假思索地说道，口气中的不屑丝毫不加以掩饰。

"花拳绣腿？"君无意摇头失笑，"你说这些身具七八品玄气的侍卫的训练只是花拳绣腿？莫邪，你的口气可是真不小啊！"

"这也能算是训练吗？能起到什么效果？"君邪嘴角一撇，"这些顶多只能说是锻炼罢了，怎么能说是训练！充其量也就是一群闲得无聊的人在一起锻炼体魄罢了，甚至连锻炼体魄的效果都很差劲，我完全看不出来他们所训练的东西在战场上能发挥多大作用，又或者能在与敌人对阵的时候给敌人造成什么有效伤害！在我眼中，他们和一群前赴后继地去送死的人没有任何分别！根本就是一伙人，无所事事，费时费力地瞎耽误工夫，仅此而已！”

“送死？瞎耽误工夫？”君无意忍不住竖起了眉毛，喝道，“莫邪，我知道你不喜习武，不了解这些基础训练的重要性，可你也不能就这样贬低了他们！无知并不可怕，可是用自己的无知而来侮辱这些兵士，却是不可原谅！这些侍卫，任何一个都是在战场上百战余生的精锐战士，现在没了战事，这才到了君家，成了侍卫！无论哪一个，也都是响当当的汉子！你之前的话，我就当你随口说了一句玩笑，若你再胆敢侮辱他们，休怪我对你不客气！这句话绝不是玩笑！”

君无意说到最后，森然之意骤起，即使以君邪心性之沉稳，也是一震，自己的三叔，身虽残，心却未废，一旦恢复，绝对有资格成为最佳掩护！

“我说的三叔或者听不入耳，可是我刚才说的当真是实话，同样不是玩笑话！”君邪摊摊手，一脸的无辜，“我并不是说他们无用，也完全没有侮辱他们的意思，任何一个从战场归来的铁血男儿，都是值得尊重的。他们训练确实很刻苦，也很用心，这任谁都看得出来；但并不是说刻苦用心地训练就能够在战场上打胜仗的，刻苦用心地训练几年到了战场上去送死也是很平常的事情。我说他们瞎耽误工夫，实在是因为他们训练错了方向！”

“训练错了方向？”君无意脸上仍有怒色，但却已经开始思考，目前看来，自己的这个侄子与从前大不相同，每言必中，绝无无的放矢之事，难道……

“就以眼前为例子，你看那两个人在对打，三叔，你能看得出来他们是在游戏还是在肉搏吗？处处留手，居然打出满脸笑容来了。呵呵，这还能叫训练吗？便是寻常切磋也没有这么儿戏的，根本就是在耍乐！难道不是花拳绣腿吗？”君邪用手一指，“再看那边，几个人在举原木，满脸大汗地放下来了，看上去辛苦吧？其实什么作用没有，根本就没有达到他们所能负荷的极限！他们本来就那么大力气，举到出汗的时候还有不少的余力，但却放下来了，也就是说，就算是再这样训练十年，他们的力气也不会有任何进步，唯一的作用也就是某些动作熟练了一些，仅此而已，可是他们自身本还有待开发的潜力，却彻底浪费了，不是瞎耽误工夫吗？

“这样的人，能在战场上活着下来，实在是运气！至于被称为勇士，被当作英雄，更是意外之喜！”君邪无情地看着远处这些人，“这样的材料，充其量也只配给一般的人家看家护院，至于更大的用处，一点都没有！在三叔听来，我有侮辱他们吗？”

君邪说得可谓相当地难听，但君无意却意外地没有发怒，而是沉思了起来。

君邪嘿嘿一笑："若是爷爷真想着靠这些人来保全君家，那么君家恐怕早已经被人灭了几百几千次！所以，我断定爷爷手中必然有更精锐的力量，那些人才是君家真正的力量所在！虽然我没见过也不确认，但我确信肯定有！至于眼前这些人，只是做幌子用的。三叔，你不要告诉我，这些只是做幌子的人，居然会在你心中有着很高的地位吧？"

这一刻，君无意看着君邪的眼神很奇怪，良久，才缓缓道："若是这些人都交给你来训练，又如何？可以训练出什么了不起的实力吗？"

"交给我来训练？我可没这份闲心！"君邪撇撇嘴，"天天闻这些人身上的汗臭味，熏也熏死了，兵味绝不等于汗臭味！军魂也不是喊出来的！"

"推我过去。"君无意哼了一声，微微沉思，轮廓分明的脸上有种坚定的神色，"君莫邪，让我看看你的真本事！"

两人来到操场旁边，君无意咳嗽一声，喝道："全员集合！都到我这里来，列队！"

居然是军令！

虽然十年没有从君无意的口中发出过军令，但现在君无意将这句话说出口，却自然而然地带有一股杀伐果决的气势！突然来临的希望，使这位曾经纵横捭阖的大将军又一次有了生杀予夺全在我手的豪情！

所有听到军令的人，人人心中都有一种感觉：若是不赶紧以最快的速度过去，下一刻就是人头落地，绝对没有任何回转的余地！

须臾之间，三百护院武士整整齐齐地站在两人面前。

看着面前一张张充满了汗渍的粗犷的脸庞，君无意满意地点点头，抬起一只手，指着君邪，道："从这一刻开始，你们的训练由三少爷全权负责！无论要你们做什么，都要无条件服从！听明白了吗？"

这句话说出来，下面顿时一阵骚动，竟然半晌无人答话。

君无意脸上露出怒色，但却没有说话，只是看向君邪。他已经说过，从现在，从这一刻开始，君邪就是这里的最高长官，也就是说，在他说出口来的那一刻，便已经赋予了君邪这个权力，面前这些人如何，都已经是君邪的事情！

至于君邪如何行使他的长官权力，君无意已经完全不会插手了！如果侄儿连这一关也过不了，那么就足以证明他这两天完全是在夸夸其谈！自己也可以断绝了这个指望了！

君邪心中苦笑一声，踏前一步，低沉地道："刚才，我和三叔谈到你们的训练，三叔问我，你们训练得怎么样？算不算是精锐？算不算好汉子？呵呵……"

君邪的声音不大，但却成功将这三百人的注意力吸引了过来，一个个目光灼灼地看着君邪，等他说下去。不知道在这位废物少爷眼里，对自己等人会是怎么一个评价？

“我说，你们就是一群废物！除了会吃饭会浪费粮食，根本就是一群混吃等死的废物！若是现在发生了战争，让你们这些人到战场上，一个个都会死得飞快！这一点，我深信不疑！”

三百壮士的呼吸顿时沉重了起来，愤怒的目光看着君邪，一个个脸上涨得通红。羞辱！绝对的羞辱！

一个大汉猛地踏上一步，目中喷火地看着君邪，愤怒地道：“三少爷，这话是什么意思？我们虽然是君家的侍卫，却也尽是百战余生的士兵！就算你是主子，但也不能这样随便侮辱我们！”

“侮辱你们？不，真正侮辱你们的正是你们自己，还用我再侮辱你们吗？你们够资格被我侮辱吗？”君邪笑了笑，伸出手指，轻轻摆了摆，道，“是不是很不服气啊！很想揍我一顿是吗？好，我给你们机会，只要你们能反驳我的观点，你们就可以揍我一顿，三叔绝不会插手，这是我下达的第一个命令！”

又是一阵哗然！

君邪冷冷的声音再度响起：“我问你们，你们自称百战余生，那么跟你们同时进入军旅的，想来有很多人成了将军，成了偏将，反正是做了军官，不再是寻常士卒。地位在你们之上！这一点，你们不否认吧？”

那大汉愣了愣，迟疑地点了点头，这算什么观点，战阵之上，肯定会有许多兵士积功而升职。曾经很多的同僚因功升迁，步步高升。这点很正常，少爷提这个干什么？

“但你们为什么没有成为将军？因为你们做不到！所以跟那些人相比，你们就已经被淘汰了一次！”

君邪无情地看着他们：“跟你们同一时期的人中，相信有很多人玄气实力或许当时不如你们，或许比你们强一点点，更多的跟你们差不多！是这样吧？”

是啊，我们为什么没有成为将军？所有人被刚才的那一句话砸得头晕目眩，还未回过神来，闻言不由自主地点头。也有不少人心中嘀咕：成为将军的那些人不过是抓住了机会，运气好而已。再说，你后面这句话简直是废话，没有任何实力会被选入军旅吗？实力超过太多的人，能跟我们一起成为小兵吗？

“但是他们之中却有很多人在战斗期间突破了九品玄气这一道坎，成了真正意义上的高手！从而战争之后被很多家族争相聘用，这种事情有吧？”

这种事情当然是常见的事情，众人又点了点头，气势已经不如以前凌厉，甚至有些人眼中浮现出羞惭之色，玄气的每一品进阶都是一道坎，品阶越高，进阶就越难！八级九级虽只得一级之别，却几乎是天与地的差距，有许多人早年便修成八级玄气，但终其一生止步于此，无缘于更高一级的第九层！更不要说进入更高一级的银玄之列！

九品之下尽蝼蚁！这句话绝对不是白说的！

“他们进阶了，你们没有！那么，跟这些人相比，你们也被淘汰了！有没有人不同意？”君邪不屑地看着他们。

举场静寂，众人默然！

“战争结束之后，很多人要离开军队，而有些人被一些秘密的国家组织或者私人武装挑走了，或者被其他的军队调走了，有这事吧？”君邪轻轻地笑了笑，问道。

这种事情更加普遍！众人默然之余，脸上羞赧之意更甚。

“而这些被挑走的人中，依然没有你们！你们第三次被淘汰了！”君邪继续打击，“而你们来到君家之后，谁还记得当初一共来了多少人？”

“报告少爷，一共来了五百人！”那大汉虽然明白了君邪的意思，但却涨红着脸，依然回答了。

“嗯，也就是说，少了两百人。那么，那两百人去干吗了？”君邪缓缓踱了两步，“我只知道，他们不是被赶出去了，也不是已经死了，而是被挑选走，去做更重要的事情了。为什么没有挑选你们？因为你们不如他们！显然，在这里你们又被淘汰了！”

有人呼吸粗重起来，有人眼圈红了，可是依旧没有人出声。

“你们告诉我，如此层层淘汰下来的，在你们心里是不是废物？”君邪把脸侧过来，把耳朵朝着他们，问道。

还是没有人答话。唯所有人都气喘如牛，满脸通红，直如充血！极度的耻辱充斥在每个人的心房，顿时感觉无地自容！

为什么？别人能够做到的，我们却做不到？别人能够突破的，我们却不能？曾经同一个战壕的战友，如今看着自己，已经是居高临下！而自己，为什么不能居高临下地看别人？

“你们或许会说，凡是立了大功成为将军的，都是运气超好！凡是玄气修炼进阶了的，都是天赋比你们好！别人没有选中你们，那是他们没眼光！我告诉你们，这都是狡辩！运气？为什么你们不去抓住？认为自己根骨不好的，更是已经承认了自己天生就是个废物！抱怨别人没眼光的，更是愚蠢至极！如果你是雇主，你会挑选一个废物还是挑选一个有用的人？”

集体无语，每个人都在重重地喘息着，双眼通红。

“我说这些，并不是揭你们伤疤！而是你们现在的生活太安逸，已经丧失了斗志！俗话说得好，闻过而终礼，知耻而后勇！错了不可怕，但可怕的是，你还不知道自己错了，还在沾沾自喜，引以为傲！这就不可原谅了！而现在的你们，没有一个人曾经考虑过我说的这些话，如果有，那么他现在就绝不会是在这里！

“人前进的动力有很多种，但是，耻辱永远是其中最重要的一种！你们想不想继续混吃等死看家护院？你们想不想继续被人踩在脚下任意凌辱？你们想不想继续被我骂得从心里面抬不起头来？”

君邪每说一句，下面便传来一声巨大的“不想”，起初还很杂乱，但到得后来，已经是排山倒海一般，所有人都鼓足了劲，歇斯底里地呼喊！直到嗓子如要喊破一般，浑身的热血都冲上了脑门！

“很好！这说明你们还有希望，还有救！”君邪踱了两步，突然一歪头，“你们有没有人想说……”君邪踱着步子，好整以暇，“我们就算再废物，也要比你这个混吃等死什么都不干的纨绔要强！是吧？所以你们虽然限于三叔的命令而听命于我，但却半点看不起我！是不是这样？”

很多人抬起了头，看脸上的表情，虽然不敢出声，但心里多多少少也是这样想的。

“可惜你们的想法错了，而且是大错特错！”君邪摆着手，“我不过是个纨绔子，而你们都是百战犹生的铁血男儿，但今天我告诉你们，你们不能跟我比！为什么不能跟我比？很简单，就因为我有一个好爷爷，因为我有一个好叔叔，因为我有一个好父亲，还因为我有两个好哥哥！是他们付出了一切，才换来如今的君家！而这些，你们没有！我君莫邪就算是一个彻头彻尾的纨绔。而这些，你们也没有！所以，你们不能跟我比！天道有常，有付出才有得到，就算是一个纨绔，也是需要付出代价的！而且是很大的代价！平民百姓之中，是没有纨绔子弟的！因为他们没有这个先天条件，他们的父辈没有付出过代价，所以就算‘纨绔’这两个侮辱人的词他们也没有！也永远得不到！

“别的不说，眼前就有一个最好的例子！我爷爷君战天老人家，平民出身，投身军旅，浴血百战，才有了现在的君家！你们以为，我爷爷他老人家当年起步的时候，比你们现在强多少吗？”

君战天的崛起，在天香帝国基本已经是一个传奇！对他的生平事迹，这些人自然比谁都知道得清楚。众人闻言不由得眼中射出了炙热的火花！有人全身颤抖了起来，激动得无以复加！

我们也能有这样的一天吗？

“好了，说了这么多，相信你们都明白我的意思！你们够运气，在战场上活了下来，也有了今天平静的生活，甚至可以以对练为游戏！可是，你们付出的东西，只够让你们有继续这样混日子的资格！仅此而已！”

君邪突然停住脚步，面对着他们，一字一字地道：“我只问你们一句话，你们想不想突破现在的境界成为一流的强者？你们想不想超过那些比你们走得更远的人？你们要不要去做更大更重要的事情而不是在这里看家护院，继续混日子？还有……”

君邪诡异地一笑：“你们想不想你们的子孙像现在的我一样，做一个无忧无虑的纨绔子弟而不是任人欺凌？有没有想过如果有朝一日成功了，你们的子孙只要能够有出息，你们的成功可以给他们带来眼下绝对想象不到的强大助力？你们有没有想过那样可以让他们只花很少力气就可以攀上高位！甚至可以成为现在像君家、李家、独孤家这样的大家族！子子孙孙的命运全部被你们一朝的努力而改变！”

君邪构思出的美好前景，令所有人顿时激动得呼吸粗重，双拳紧握，青筋暴跳，两只眼睛都瞪出了血丝！

蓦然，一片寂静之中，君邪大吼一声：“想不想？告诉我！”

“想！”三百人齐声大吼！声震长空！三百个发自心灵的声音一起呐喊！宛若在这一瞬间，天地都震颤了几下！

“既然想，那么，现在就听我的号令，按照我的方法去训练，任何人也不得有一丝怨言！我会让你们的付出，得到最大的收获！”君邪森冷地看着他们，“但是，所有人都给我记住一点，很重要的一点，在我的训练中，极可能有人会死，亦可能会有伤残！这是你们可能要付出的代价，我给你们机会考虑，你们考虑好了，愿意接受我的训练的，上前一步！害怕的，原地不动。我警告你们，在我的训练结束之前，除了死亡，不允许任何一个人退出！所以，你们必须要现在就在这里做出选择！”

“我数三个数！在这三个数的时间里，选择吧！”君邪大吼一声，“一！……”

二和三还没有数出来，三百人一个不少地，带着凛然赴死的表情，整齐地迈出一大步，用力之大，地上尘烟轰地扬起，连地面也似乎震颤了几下！

君无意在一边看着，眼中满是赞赏，还有佩服！

君邪这样鼓动士气，此刻，恐怕就算是让这些人去死，也没有人会皱一皱眉头！君邪已经将士气鼓舞到了极致！将这些老兵的血性调动到了极限！就连君无意这个一向鼓动别人的将军，今日听了这些话，也是浑身热血沸腾，在这一瞬间，似乎眼前又是连天战火，遍地狼烟，如山尸骨，如海血泊！

悠长苍凉的号角，似乎又以一种雄壮的频率在灵魂深处响起，带着决死千军的血性冷漠，却激起男儿心头滚烫的热血，百战无悔！

嗜血的光芒！这是这一刻包括君无意在内三百零一人的眼睛里闪现的东西！

这一刻，三百人都觉得，为了摆脱这些耻辱，纵死又何妨？

就连君邪也不知道，今日他被君无意逼上梁山，接手这些人的训练，却在日后为自己练出了一支呼啸天下、纵横捭阖，令整个天下闻名丧胆、退避三舍的杀神队伍！

这支队伍的名字就是：残天噬魂！

日后君邪用来纵横天下的第一卫队，今日初见雏形！极度的耻辱才催生起来的杀神队伍，将会爆出怎样歇斯底里的辉煌？

“既然大家都愿意，那我现在宣布训练纪律。”君邪冷冷地道，“我只说一遍，但无论是哪一条有任何人违反，没有例外，更加没有下一次！杀无赦！”

“在我的训练之中，没有军棍，没有体罚！更加没有后悔这种事！只有生，或者死！摆在你们所有人面前的，只有这两条道路！

“从现在开始，到训练结束之前，我就是你们的最高长官！在此期间，只允许听从我一个人的命令！其他的任何人都不行！记住，是任何人！无论是我三叔，甚至是我爷爷也不例外！违令者，斩！

“按规定时间操练，迟到者，斩！

“心有不满敢宣之于口者，斩！

“违抗命令者，斩！”

……

一连串的斩字，说得杀气冲天！君邪自己的眼睛，也随着这几个斩字，变得杀气凛然！三百大汉人人瞪着眼睛站得笔直，浑身的肌肉都绷得紧紧的，唯恐漏了哪一条。

坐在轮椅上的君无意，不自觉被这一连串的“斩”字说得浑身热血沸腾，不自觉地将上半身挺得笔直，似乎又回到了当年出征之前，正在接受父亲训话！看向君邪的眼神，这一刻居然有了一种狂热的色彩，逝去已久的军人铁血悍然的气度再度回到身上！

君邪的鼓动，令眼前的这些侍卫，这些铁血男儿再次化身为无畏的军士，气势更已攀升至顶峰！君无意可以想象到，若是在战场上，在战前君邪做一番这样的鼓动的话，能够取得什么样的效果！那是绝对可以让所有听到的兵士带着笑容带着豪壮无畏地冲向死亡！生死不计，无怨无悔！

如此带兵，焉有不胜？

操场的另一边，暗影处，君老爷子满脸涨得通红，即便以老爷子的沉稳也觉得热血沸腾，眼看着场中的君邪，眼睛瞪得大大的，胡须颤抖着，手指都有些微微颤抖，可见心情之激动。

这就是我那纨绔的孙子？这些话，真是从他的嘴里说出来的吗？如此壮志飞扬，如此气魄凌霄，如此……君老爷子忘形地揉了揉眼睛，却揉出了两行老泪。

勉力平复了一下激动的心情，君战天赫然转身，本已有些佝偻的身躯忽而挺得笔直，眼神如雷似电，身上再现那种舍我其谁的骄傲、自信！在这一刻，管家老庞突然感觉到，当年那个率领百万雄师纵横天下无人能敌的大将军，又回来了！

这样的风采，在君家几代人相继喋血沙场之后，老庞就再也没有从君战天身上看到过！而现在，重现了！

是的，是君邪现在的表现，给了这位老人极大的惊喜和希望！让君战天觉得，我君家还是有希望的！不但有希望，而且是有大大的希望！

这个孙子，或许可以让君家再度辉煌，不，不是或许，而是一定！

天佑君家！

“传我命令，从现在起，凡是有关于少爷的事情，他说的每一句话、做的每一件事，从此就是我君家的第一级机密！甲级封口令，违令者，杀无赦！牵连九族，尽诛之！

“将我们已经掌握的另外几家的暗奸，立即清理掉。对隶属于皇室的人，想办法调派出去。另外，幽影全部出动，密切控制君府内外，若是发现还有人向外传递消息，杀无赦！借这个机会，清理一下，尽量做到没有漏网之鱼！”

君战天的口气里，有着不容置疑的霸气和斩钉截铁的坚决！这一刻，老庞感觉到了浓烈的杀气，他能感觉到，君战天对这件事的重视程度，若是真的有人敢泄露出去，君战天是真的可以无所顾忌地大开杀戒的！

君战天不知道，自己孙子从前的隐忍到底是为了什么，却知道，孙儿既然如此，必有原因，必有所图！不过，君邪今天的表现虽然让他很惊喜，很意外，但老人家觉得，孙儿却还是有些冒失了！若是这样的消息传扬了出去，一旦被有心人得知，必然会对君邪产生浓烈的兴趣。

这份兴趣，不管是好是坏，君老爷子都不想理会！

所以这位睿智的老人所做的第一件事情，就是为自己的孙子善后！下达封口令，而且是甲级封口令，敢泄露者，诛九族！

其实哪里有什么隐忍，原因只是，莫邪不再是莫邪，而是君邪！

场中，君邪的话仍不断传来。

“现在，听我号令！给你们十个呼吸的准备时间，三百人自动分成两个大队！十个呼吸若是做不到，所有人围操场跑步一百圈！开始！”

一句话出口，队列顿时一乱，接着人员穿插来去，极短的时间里，已经迅速分成两个阵营，每个阵营一百五十人。

“好，一百五十人为一个大队，分为五个中队，每个中队三十人；再分作三个小队！现在给你们半炷香的时间，不管用什么办法，选出你们各自的大队长、中队长、小队长！

“记住！既然是你们自己选出来的，就要听从各队长的命令！若是有谁敢抗令不遵，照样按军规处置，斩！”

说完，君邪不理他们的叽叽喳喳，转身来到了君无意面前。

君无意静静地看着他，突然展颜一笑，目中仍带有浓浓的惊诧：“莫邪，你今日的表现可是真的让三叔大吃一惊啊！”

君邪摸了摸鼻子，笑道：“三叔以为如何？”

他没有问什么如何，但君无意却知道他的意思，肃容道：“本想违心挑你几处毛病，可是我却当真无法挑出什么毛病！若是我军人人能经过这样的训练，何愁不能扫平天下！”

“扫平天下……”君邪额头上浮起黑线，“三叔谬赞了，只是在这一点上，我跟你们的出发点有所不同。你们练兵，从骨子里来讲乃是为了天香国，而我练兵，却是为了咱们君家！只是单纯地为了家族安全！以这点而论，实在有本质上的分别！”

“为了国家？为了君家？”君无意原本是一位对国家忠心耿耿的大将军，但出了如此惨事之后，在家里闲了十年，这份思想却慢慢地淡去了。君无意自问家族对天香国可说是劳苦功高，但两位哥哥、两个侄儿先后战死沙场，自己更是被毁掉一生！当初若是在战场上堂堂正正地败给敌人，那么君无意无话可说，但这几件事情，分明其中疑窦重重，朝廷却始终不闻不问……

父亲君战天这些年来明察暗访，数次都找到了线索，却又很巧合地随即便被人掐断，如果说这些事情背后没有人指使，君无意却是说什么也不相信的。但朝廷却对此事漠不关心，这让君无意早已彻底寒心了。

若是十年之前听到有人说练兵乃是为了自个儿家族，而不是为了国家安危，只怕那时候一腔热血的君无意肯定会第一个跳出来将他抓起来，治他一个叛国之罪！但现在已经没有了那种想法，取而代之的，是无限的迷惘。

值得吗？真的值得吗？

“君家树大招风，风雨飘摇，朝廷更是暗流汹涌，君家随时都会万劫不复！否则做一个无所事事混吃等死的纨绔，真的不好吗？”君邪叹了口气。

“这才是你表现出真面目的原因？”君无意鹰隼般的眼睛静静地盯着君邪，“若不是家族到了这等危险的境地，你是不是还会继续地纨绔胡闹下去？我实在很怀疑，你小小年纪，哪里来的这么深的心机？”

君邪有些无语。若不是自己的话，君莫邪继续纨绔下去是板上钉钉的事情，哪里有什么深沉心计！甚至于，若君家风光依旧，只怕自己也会很忠诚地扮演这个纨绔角色，一直扮下去！

“事实就算真的如此，我以后还是会选择继续地纨绔胡闹下去的。”君邪看着君无意，嘻嘻一笑，“只要三叔好了，有三叔这棵大树撑着，那我还是那个原本的君莫邪，谁敢惹我？”

君无意一笑：“随你吧，反正啊，我是看透了……你小子啊，永远也是不吃亏的！”

这时，两个大队已经完成了君邪交给的任务，各自的大队长、中队长、小队长，都站在了自己队伍的前面。

君邪转身走了过去：“从现在开始，你们两个大队彼此之间，就是对方的最大对手！眼下，对你们的具体情况我也不是很了解，所以我暂时不会给你们新的训练计划！接下来的十天，所有的训练任务按照原来的进行，但是……”君邪加重了口气，“每一项训练，都在原来的基础上提升三倍的训练量！听明白了吗？”

全军上下都倒抽了一口冷气。

“三天之后，小队之间比武，每个中队选出一个小队来参加中队比武！五天之后，每个中队选出第一名，参加大队比武！七天之后，两个大队一决胜负！”

“大队比武，哪一个大队输了，大队长到比武台上当着两个大队三百人，自打耳光！听明白了没有？”

一片寂静。

“我再问一次，听明白了没有？”君邪森然问道。

“听明白了！”全场大吼。

“两位大队长主持训练，我不管你们怎样设计训练，我只想看到七天之后的比赛结果！我倒要看看到底是谁，在三百人面前的高台上，作为失败者，自己打自己的耳光！

“这样的比赛，以后每月举行一次！连续三个月失败的大队长，就给我光着身子去擂台上打耳光，另加学狗叫！到时候我会让全府的人都来参观这个表演！

“我现在没有兴趣知道你们任何一个人的名字，一切等到半年之后！我为你们两个大队取好了两个名字。一大队残天，二大队噬魂！不过，凡是能够加入的，必须是强者！暂时你们还不配拥有这个名字！一切看你们半年后能不能达到我的要求！若是达到了，我会一个一个地记住你们每一个人的名字！若是不能……那时候就变成一堆堆白骨！自然作废！

“回去之后，不管是吃饭还是上茅厕，都要规定时间，超过时间不回来的，不问情由，一律重罚！不管任何事情，都需要列出时间表，每个大队制订出自己的惩罚计划，然后交给我！现在听我号令，全员解散！”

两位新任的大队长，还没有经历过升官的喜悦，接着就被打到了地狱里！皱着跟苦瓜一样的脸，凶神恶煞地带着队伍跑走。

人人心中都已经打定了主意，不仅自己不上去打耳光，而且还要看看对方自打耳光的好戏，最好看看对方光着身子打耳光学狗叫！嗯，这才有点过瘾。

至于比武，谁怕谁呀？无非就是给这些小子加大训练量罢了，三倍如果不够，那就五倍，五倍如果不够，那就十倍，玩命地练呗。

从此刻开始，君家的三百护卫，正式进入了炼狱般的生活……

操场外，君老爷子长长吐出一口气，轻轻摆手，与老庞悄悄地离开了。

“老爷，是否还要叫少爷过来问话？”

“还问什么？随他去吧。”君老爷子的语气很轻松，心情很舒畅。

“老爷，为什么少爷提出惩罚的时候，只说出了惩罚大队长一个人？难道其他人就不用罚了吗？”

“呵呵，老庞，如果你是这位大队长，自己的兵打了败仗，却让他在众目睽睽之下自打耳光，你心中会怎么想？你会饶了你手下的中队长吗？同理，中队长在接受了大队长的狂风暴雨之后，你以为会对下面的小队长有好脸色吗？以此类推，人人身上都有一级压一级的重担，一级比一级重！等到了普通士兵身上的时候，就形成了前所未有的雷霆高压！这就叫作以兵管兵，是一种前所未闻却又极佳的练兵之道！莫邪能想出这般主意，若是统兵为将，必然可成一大将之才！”君老爷子很是欣慰。

“哦……原来如此！”老庞仔细想了想，“少爷这一招可真够毒的。”

“毒？不不！”君老爷子好像在想着什么，有些神思不属，“唯有这样，才能真正物尽其用，人尽其才，而真正的掌权者却又能够腾出手来去做别的事情。也唯有这样的办法，正是最节省人力的办法，算来，也是最有效的办法，不管是治军还是治国从商，都是极好的办法！至少到目前，我没有想到更理想的方法！好小子！”

“莫邪……呵呵呵……”君战天眯着眼睛，老脸笑得像一朵花，“幸亏皇帝陛下没答应那门婚事，否则……老夫差点就耽误了他！”

君无意立即着手安排心腹人手，五味药一人负责一味，前去寻找，本来君家的药库存药颇为不少，但君邪要的那几味，却尽是比较罕见的药物，都需要到药铺去专门购买！

君邪急匆匆地回到自己房间，来不及检查战利品，关上门窗盘膝而坐。

今天一天，君邪走在大街上的时候，有好几次感觉到脑海里的那翻滚不已的白色雾气有异动的现象，但回到了家里反而没有了这种感觉，让君邪大为诧异。

但静下心来，细细地运功一遍，却又没发觉什么异常。不由得大惑不解——难道，是外力的因素？

还有一点让君邪大惑不解的是，当自己不运功的时候，每每在无意识之中脑海中的白色雾气便会冲出来，顺着君邪的经脉自行绕转一周然后回归。而这样的时刻，也是那白色雾气出来得最多的时候，对君邪身体的好处也就越大。

但当君邪全心全意地运功的时候，脑海中的白雾却只是一丝一丝地出现，随同君邪练出的劲流在经脉中游走，效果反而不如那种自动涌出的时候。

君邪不明白的第三点就是——开天造化功，看这名字和诡异的来头，这门功法自然是非常了不起的！可自己自从练出气感之后，经脉之内的劲流始终就是那么一丝丝一发发，君邪无论如何努力，也无法让它壮大哪怕一点点！虽然这一点点确实坚韧之极，用起来也比较得心应手，质量足够，可是数量就始终差一些。

就对比而言，若是内力在经脉中有手指那么粗，那么劲流大约只有一根头发丝般粗细，差距无疑是巨大的，几乎没有可比性！但从质量上来讲，若内力是麻绳的话，那么劲流起码也是传说之中没有任何宝刀利剑能够损伤的天蚕丝，这还是最保守的估计，两者同样没有可比性！

第七章

佳节乡愁

这股气流虽然纤细，却可说坚韧不拔。只是君邪还不是很满足，因为现在的这股气流只是自己刚刚入门，根本发挥不出多大的功效，若是赌赌博作作弊，弄几个小动作，或者神不知鬼不觉，但若是说到举刀拔剑与人豁命相斗，则是万万不够用的！

就算是天蚕丝，一根天蚕丝确实可以支撑两百斤的重量，颇为难能可贵，但是君邪依然想拥有一百根甚至一千根一万根天蚕丝凝成的最坚韧的绳子作为自己的内力！

所以，要想让这丝气流彻底地壮大起来，充满自己的经脉而不是这样空荡荡的一条丝的存在，君邪感到自己还有太长太长的路要走！

但现在却也有一样好处，就是若用来暗算的话，却真正可以神不知鬼不觉！君邪闭上眼睛，细细地考虑着自己身体里这种特异的劲流的用处，慢慢地进入了物我两忘之境……

李家，唐万里老爷子气势汹汹地大举到来，却是如同一拳头打进了棉花堆里。李家长孙李悠然热情接待，礼数之周到，态度之亲热，让唐老爷子浑身都觉得有些不自在，实在挑不出半点毛病。纵然有心发火，但在李悠然亲切沉静的笑容之下，却又发不出来，可是憋在心里却又憋得难受，喝了口茶水，将茶杯一放，一个上好的茶杯顿时裂成了八瓣。

李悠然笑得依旧悠然温柔，微笑道："来人，速速为老侯爷再奉上一碗茶。"说到这里，突然口气又稍有放重了一些，"之前怎么如此怠慢？还不快将我爷爷房中的极品寒烟茶取来，记得听爷爷说过，唐老侯爷最喜欢喝的就是这极品寒烟茶。"

说着再度放低了姿态，一脸歉然地看着唐万里老爷子："老侯爷，晚辈擅自替您做主，还请不要在意，若是晚辈说得有甚疏漏，您老人家立即指出来，我立即让下人去换。”

唐老爷子瞪了瞪眼，张了张嘴，正如狗咬刺猬，无处下嘴，吭哧了半天，才道：“将李峰、李振他们三个小畜生给老夫叫出来，老夫有话要问他们。”

李悠然面现难色：“老侯爷要指点晚辈，自是他们三人的福气，只是老侯爷来得不巧，这三个人犯了错误，目前正接受家法惩戒，能否请侯爷略移贵步，待此三人受过家法之后，再聆听侯爷教诲……”唐家人闻言顿时就是一怔。

一众人鱼贯来到李家戒律堂，看着被打得血肉模糊的李峰三人，唐老爷子顿时满腔怒火散了一半，只是问了几句。但一听说此事却是孟家主使，而且还是孟海洲对唐源的未婚妻早有垂涎之意，而李振三人之所以受罚，大抵就是因为这件事情，唐老爷子对李家的怨气瞬时消了一大半，但对孟家的怒火却又熊熊地燃烧起来，愈发暴跳如雷了。

匆匆地打个招呼，唐老爷子带着人马立即飞身上马，向孟家赶了过去。

李悠然殷勤地亲自送出府门，连声道歉招待不周，一揖到地，殷殷话别，看着唐老爷子的骑队滚滚而去。

直起身来，李悠然脸上露出一丝飘忽的优雅笑容，唯眼神之中飞快地掠过一丝异样的阴寒，随即消失。他提起白袍，依然是慢悠悠地入府，动作飘逸，不带半点烟火气息……

天色忽地阴暗了下来，突然一声闷雷，“哗哗”地下起雨来，雨越下越大，渐渐天地连成了一片。李悠然的脚步突然停止，出神地看了一会儿雨幕，轻声笑了笑，摇了摇头，低语道：“看来唐老侯爷要在孟家多待一会儿了……”

可儿托着香腮，坐在窗前，呆呆地望着窗外瓢泼的大雨，眼神已然有些迷蒙。

君邪结束了自己的练功，站起身来，来到她身后，轻轻问道：“可儿，在想什么？”

可儿惊叫一声，转过头来，手足无措地站起来，低头道：“少爷。”

“在想什么？”君邪走到旁边的椅子上，坐了下来，习惯性地跷起了二郎腿，看着面前的小姑娘。小姑娘长得粉嫩嫩的特招人喜欢，君邪每次都忍不住逗弄她一下，正因为如此，眼见这小可人满腹心事，就忍不住要关心一下。

“我……我在想，再过几天就是金秋节了……”可儿眼神有些弱兮兮的，“记得三年前，金秋节的时候，我九岁，还与父亲母亲一起，那时候……我好快活……很幸福……爸爸、妈妈……”嗒嗒两声，两滴大大的泪水滚落下来，落在地上，后边的话再也接不下去了。

“那现在你的父亲又身在何方呢？”君邪刚刚问出这一句，便从记忆中将这件事情翻了出来，可儿的父亲是君家麾下直属的小队长，跟随君莫邪的大哥君莫忧出征，从此就没有回来。可儿的母亲亦因为思念亡夫，积劳成疾，终于一病不起，临终前将可儿送到了君府，请求君家照顾一二，现在可儿已经是一个无父无母的孤女！

想起君莫邪那小子原来对可儿可是非打即骂，从来没有什么好脸色的，而这个可怜的女孩子一直默默忍受着，君邪心中不禁泛起一丝莫名的怜惜，轻叹了一声，伸手抚抚她的头发，却没说话。听到金秋节三个字，算算日期，这才醒觉到，马上就要到这个阖家团圆的节日了。

君邪心中突然泛起一股酸涩。看来这个团圆的节日，他只好独自度过了。

可儿感受到君邪在轻轻抚弄自己的头发，出奇地柔顺，没有作声，心中却感到了君邪对自己的怜惜和由衷的歉意，顿时一阵温暖，就像一个离家的小妹妹突然遇到了自己的大哥哥，心房中一阵柔软，一阵亲切。突然间似乎感觉到，这个原本经常打骂自己的纨绔公子，此刻居然好像是最亲近的人一般，这种变化很是突兀，也很是奇异。不由得将小小的身躯向着君邪的身体靠了靠，感到君邪身体的温暖，突然觉得窗外的漫天风雨与自己再没有了半点关系。

良久，君邪揉了揉可儿的一头秀发，道："好好休息一会儿，最好睡一觉吧，我出去一下。"

"少爷，下这么大的雨，你要到哪里去？"可儿有些不解，关心地道，"要是淋了雨病了可怎么是好？我为您准备雨具吧！"

"不会有事的。"君邪淡淡地笑着，脸上依旧是漠然，随手抓起一个斗笠，戴在头上，推开门，颀长的身形便没入了漫天风雨……身后的可儿满脸满眼的担心，她能感觉到，自己的少爷此刻的心中，竟是充满了痛苦和难言的苦闷……

同样感受到了君邪内心的不平静，脑海中的鸿钧塔白气大涨，高速转动起来，白色的雾气随着君邪翻腾的气血，在经脉中快速游走，似乎要抚平君邪心中的不快、烦闷。

雨滴啪啪地打在斗笠上，君邪快步从侧门离开了君家，漫步走在大街上，大街上原本熙熙攘攘的行人此刻也因瓢泼大雨的突然降临而完全不见了，两边的店铺中却堆满了避雨的人群。不时有一阵阵的笑声或者是咒骂声传出来。

四周的喧嚷与天地间的大雨似乎融成了一片，君邪孤身漫步在雨中，看着雨点形成从天到地的巨大幕布，再啪啪地打在斗笠上，君邪由衷地感到了自己的渺小和孤单。

纵然自己曾是天下最强的杀手又如何？就算自己有莫大机缘超越死亡又如何？即便获得了神秘莫测的宝物鸿钧塔，更有机会修炼神秘的"开天造化功"又能如何！

自己始终是天地之间的沧海一粟，渺小、孤单、寂寞……

"前不见古人，后不见来者，念天地之悠悠，独怆然而涕下。"君邪苦笑着摇了摇头，心道这首诗真应该自己来写，身在异世，当真是前无古人后无来者，唯有自己一人而已！

大雨愈显浓稠，地面上水花四溅，雨雾朦胧而起，整个天地在这一刻，突然变得不真实，朦朦胧胧，连身旁正在瓢泼的大雨似乎也突然没有了声音……君邪突然感觉到周身的一切就像梦境一般，所有的人、所有的事都不存在了，整个茫茫天地之间，只得自己一人漫步在漫天风雨中……

君邪突然感觉到自己就像是一个幽灵，或者根本就是在梦游，脚步重重地踩在雨水里，踩出的声音却似乎距离他无比地遥远，这种无根的浮萍的感觉，让君邪这位曾经的冷血杀手，也不由得感到了脆弱和无力。

前方突然一暗，这才发现他在不知不觉之间已经走出了大街，走到了一个窄小的胡同里。雨幕中，一杆酒招如同死板板的咸鱼，被竹竿斜斜地挑出来，垂直地挂着，里面传来一阵阵酒香。

何以解忧，唯有杜康!

消愁唯有酒！君邪犹豫了一下，便举步走进了酒店。

小店里人很少，只有四五张桌子，却全都空着，如此大雨天，酒店的生意自然萧条，更何况是如此偏僻的小店。只小店的角落里，有一个人也戴着遮住脸面的斗笠，默默地坐着，默默地自斟自饮，像是自得其乐，更像是孤独寂寞。

君邪随意要了两个小菜、一坛酒，便也默不作声地坐在角落里，独据一桌，旁若无人地自斟自饮。

大雨，小店，一人。

举起一杯，又是一杯……

君邪旁若无人地一杯接一杯地喝着，虽似无声无息，却将所有的感情、所有的叹息、所有的孤单，都用一杯杯的酒灌了下去。随着那滚烫的酒水，落进了肚子里面！从今以后，在这个世上，我是君莫邪！君邪，只是一个令人熟悉的杀手，只是一个遥远的回忆!

小店的酒水自然不出色，甚至有些清淡如水，对喝惯了上等美酒的君邪来说，实在是有些难以入口！但君邪此刻心中却并没有觉得酒好不好，实际上，现在就是给他瑶池仙酿，他也是喝不出多少滋味的。他唯一能感觉到的味道，只是苦涩，只是心酸，只是怅惘……

在这个陌生的天地之间，软弱，放纵，只此一次!

从今以后，就是邪君之路，就是铁血之路!

异世邪君，唯我莫邪!

又是一杯下肚，君邪依旧没有半丝醉意，只是一杯接一杯地倾倒下去，倾倒下去……

君邪却不知道，他这种怪异的行径，与周遭的一切显得是那样地格格不入，似乎茫茫天地之间，他一个人自成一体，与苍天大地、漫天风雨彻底地隔绝了开来，那种遗世而独立的孤独，淡看风云的洒脱，孤独寂寞的超然，在他的身上完美地融为一体。

唯有这一刻，君邪还是君邪，那个神秘的第一杀手，而非如今的莫邪！

旁边角落里那名酒客，在君邪进来的时候只是斜眼看了他一下而已，此刻却是目不转睛地看着他，见他旁若无人，举杯痛饮，潇洒落寞，气度超尘，大非寻常人物，不由得大为好奇。

君邪已不知自己喝过了多少杯酒，几近机械地再度举起酒杯，正要把这一杯一饮而尽，突然听到旁边一个声音道：“这位兄台好酒量，此刻雨大风狂，此间只有你我二人，难得有缘相聚，不如共饮一番如何？”

君邪抬头一看，旁边的客人已经将斗笠拿了下来，露出一张方正威严的面孔，不怒自威，目光却是温润如水，正含笑看着自己。

君邪哈哈一笑，伸手将头上斗笠摘下，随手挂在身后，笑道：“秋风秋雨愁煞人，能在这小店相遇，也算有缘，共饮一番有何不可？请！”

那人想不到君邪如此年轻，不由得一怔，笑道：“如此，恭敬不如从命。”令小二再上了几个菜、两坛酒，然后端着酒杯走了过来，在君邪对面坐下。笑问道：“京城之中，如此风华的年轻人倒还真是少见，但不知小兄弟是哪位名家之后？”

“名家之后？”君邪笑了一声，不屑地道，“世间浮萍本无名，游戏人间君莫问！难道在兄台眼里，非得是名家之后才能有所谓的卓然风采？”

“哦？果然是我失言了，自罚一杯！”中年人举起酒杯一饮而尽，动作洒脱。君邪看他脸面，早知此人定非寻常之辈，只看他眉宇之间的富贵逼人之气，一举一动的潇洒自然，纵横捭阖，小店里外几股精神力量来回探测，看来是这人的侍卫保镖之流，便知此人乃是一个长期身居高位的人物。见他居然对一个素不相识的人坦承错误，甚至含笑自罚，不由得对他的看法稍稍改观。觉得如此人物，同桌喝一次酒倒也不算是辱没了自己。

“请教小兄弟高姓大名？”那人一杯酒下肚，看着君邪问道。君邪的淡然潇洒，让此人对君邪的身份实在是很感兴趣。

“同是天涯沦落人，相逢何必曾相识？只须喝酒喝得痛快，便是你我最大来意。酒后各分西东，彼此也未必挂念，名字大抵是个记号，忆之何幸，失之何伤？”君邪依然沉浸在自己略有些悲愁的情绪里，当然不会报出君邪本名，可若是说出君莫邪三个字，天知道这位仁兄会不会冒着大雨狼狈而逃？毕竟京都纨绔之名还是很有杀伤力的。

“世间浮萍本无名，游戏人间君莫问！同是天涯沦落人，相逢何必曾相识！”中年人念了一遍，不禁耸然动容，“好句，当真是好句！没想到小兄弟年纪如此之轻，却出口成章，便算是饱学之士也未必能及，在下失礼了。”说着看着君邪，笑得很是畅快，“小兄弟言之有理，是我俗了，愿再罚一杯！”

君邪急忙止住："你左一杯右一杯，我可还一杯没下肚呢，不会就是为了找个由头多喝我的酒吧？"

那人一怔，朗声大笑，一饮而尽，抹了抹嘴道："此酒虽无名，但也算是上好的酒了，有劲，辛辣，这才是男儿汉所喝的酒！不错不错，为了此酒，就算是找个名目，也要多喝一杯的。"

"这酒也算好酒？"君邪嗤之以鼻，"我说兄台，只怕是你没有喝过什么好酒，像这样的酒，只不过是偶尔碰上了，更没别的酒选择，才喝一点而已，若是这酒都算得上好酒，那么天底下的好酒岂不是太多了？"

那人眼睛一亮，道："宋老三这酒店虽说是不大，但这酒在京城却是大大有名，好酒者无不神往，今日若不是下雨，此间早已宾客满座！也因为如此，今日才能得以痛饮此酒。这也正是你我的运气！要知道宋老三每天只卖二十坛酒，午市十坛，晚市十坛，当真是多一坛也不肯卖的！小兄弟这话若是让宋老三听到，只怕是不会与你善罢甘休的。"

"哈哈哈……你这人不错，在我这么郁闷的时候，竟然能把我逗笑了！"君邪本不想笑，但此刻却觉得有些压抑不住，"真是太好笑了，这样的淡酒，竟也限量供应？本少爷以前喝过的最次的酒，只怕都要比这酒强过百倍！"

这话倒不是吹牛，概因这酒充其量也只是不到二十度的白酒，且酒质略浊，对于饮过世间美酒的君邪来说确实是劣酒，而且这酒看起来有点浑浊，貌似还有些不干净！

那中年人的脸色有些难看起来："小兄弟，吾本观你亦为雅士，怎可大放厥词，饭可以乱吃，话可不能乱说！须知就算是大内皇宫之酒……我也是喝过的，与此酒相比，不过是多了几分华贵，却少了几分辛辣、后劲！更难以激起男儿心头的热血。就我看来，此酒已经是非常难得的世间佳酿！小兄弟说以前喝过的最次的酒也强过此酒百倍，未免太过于伤人！"

"呵呵，你不信吗？"君邪斜着眼睛看着他，"你不信就算了，我也没有非让你相信，哈哈哈……不过，喝酒！喝酒！哈哈哈，这位老兄，你知道什么是喝酒？你懂得什么才能算作喝酒吗？哈哈哈……"

中年人皱了皱眉，默然不语，心中已经有些后悔不该过来。这小子也太邪了，别人好心来结交，居然一点不领情！而且还如此出言不逊，即便是有些才华，也不过是个恃才傲物的狂生，难成大器！

君邪哼了一声，低沉地道："真正的喝酒，喝的乃是心情！又或者是意境！并不说将酒灌进肚子里就算是喝了酒，那只能说是糟践酿酒的粮食罢了！酒啊酒，酒啊酒，想不到这个世界，非但没有好酒，而且也没有什么人懂酒，更加没有人会喝酒，更不要说什么品酒、赏酒！古来圣贤皆寂寞，唯有饮者留其名，可惜，天地茫茫，竟无一个饮者！为这天大的悲哀事，浮一大白！”

痛饮了一杯酒的君邪站起身来，仰天长笑：“举目苍苍百万里，茫茫人海千万余。居然没有一人配与我同席共饮，更没有一种酒浆配让我欣然入喉！可真是悲哀！哈哈哈，酒逢知己千杯少，话不投机半句多！酒不好，人更乏味，如此喝酒，哪里有半点意思！走了。”

这等垃圾酒居然也限量卖，说说还有人反对……君邪心中愤愤，顿时有一种对牛弹琴的感觉，觉着这个世界简直就是由一群土包子组成的……

这样的人怎配与我君邪同席共饮？

“啪”的一声，一锭银子落在桌上，君邪狂傲地大笑着出门而去，一头撞进了茫茫雨雾，转眼不见踪影。

那中年人再好的涵养也被他气得七窍生烟，这人年纪轻轻，居然如此骄狂！本人怎么说也是大有身份的人物，自己最看好的酒，最爱喝的酒，在他嘴里居然连垃圾还不如？那岂不是说自己实在是……

不过心中又有些羡慕君邪那种快意洒脱，无拘无束狂傲近乎邪异的个性！什么时候我也能这样纵意人生啊！这京都，简直就像一个大大的囚笼……

“虽然有些骄狂，但率性而为，也不失为真性情，古来圣贤皆寂寞，唯有饮者留其名，当真好句！”中年人默默地想着，举起酒杯，一饮而尽。却不知道是心理作用还是什么别的原因，只觉得往日这喝不够的美酒，今日居然真的有些不堪入喉。

“有说古人七步成诗，我还道是吹捧古人，然见此君，便说是七步成诗也绝不为过，尤其那最后两句，当真了得！”说着口中轻轻吟哦，“……酒逢知己千杯少，话不投机半句多！不错不错，这酸生果真有几分真本事。”

说到这里，中年人突然愣了愣，又哑然失笑：“这家伙的意思，居然敢说我不是他的知己，与我话不投机呀，哈哈……临走还骂我一句，还是酸溜溜地拐着弯骂的……真是酸生一个！不过综观整个天香国，敢当面骂我的包括皇兄在内还真是一个也没有，这小子倒是让我尝了尝新鲜。”

君邪一生之中，什么样的评价都曾有过，什么杀人狂、血魔……不计其数，但唯独“酸生”二字从未落在他身上。君邪自己自然也不会想到，他触景生情、有感而发的几句不连贯的诗句，居然就被人定格成了“酸生”！而且是拐着弯骂人的狂生。若是知道，定然会啼笑皆非。

邪君若是要骂人，那必然会是指着鼻子骂的，怎么会拐着弯？当面骂还觉得不过瘾呢。

中年人笑了一会儿，突然感觉有异，一回头，却见到一个瘦小干枯的老者睁着有些昏黄的眼睛，出神地看着君邪离去的方向，一动不动，脸上神情居然满是遗憾。

“宋老三，你这是怎的了？可是被这小子气糊涂了？”中年人提起酒壶，自己满上一杯，笑吟吟地道，“只不过是一个少不更事的狂生，随口胡说而已，你素来气度宏大，料来不至于如此小家子气，他不认可你的酒，我可是认定了的。”

“王爷有所不知，我宋老三一生之中最自傲的成就就是酿出此等好酒，其他的种种，对我来说，不过是过眼烟云而已。区区小子轻视我的酒，老夫自当一笑置之，不予理会！”宋老三出神地看着君邪离去的方向，“可惜我听到他最后那段话再出来的时候，他却已经走了，酒国知己，缘悭一面，才是真正可惜之事。”

“酒国知己？可惜？”那被称作“王爷”的中年人有些惊异。

“不错，正是可惜！”宋老三肯定地点点头，“这个少年，能说出这番话来，当真是一个真正懂酒的人。”说着口中喃喃道，“真正的喝酒，喝的乃是心情！喝的乃是意境！并不是将酒灌进肚子里就算是喝了酒，那只能是说糟践酿酒的粮食罢了！会喝酒，会品酒，会赏酒，错过此酒国知己，当真是生平最大之憾事……”

斜眼一看，君邪原本放在身后的斗笠不知何时竟然已经消失不见。

宋老三神色一动，突然目中精光一闪，眼瞳中闪出一丝淡淡的碧蓝颜色……

同样可惜，那“王爷”就在他的身后，却全然没有发现宋老三目中的异样。

地品黄，天品蓝！

这个邋遢至极的只知道酿酒的宋老三，赫然是一位深藏不露的天玄级高手！至尊神玄之下，天玄高手已可算是站在玄玄大陆金字塔顶峰的人物！这样的人物，居然屈身在这样一个偏僻小酒馆之中！

可惜，若是君邪尚没走，以他独特的灵觉，必会发现这宋老三的不凡之处，而且也必会抓住这宋老三爱酒的嗜好大做文章！可惜，君邪现在已经走得连影子都看不见了……

君邪走出酒馆，一路缓缓步行，心中逐渐恢复清明，脑中也逐渐清醒。从之前的神异状态之中解脱出来，之前的状态几乎可以代表邪君君邪，那一刻的癫狂，正是邪君傲视天下的真性情！不怕得罪人，想说就说，想做就做，虽万千人吾往矣！哪怕是世人千夫所指，当初的邪君也只会狂傲地迎面而上，独对千军！

随心所欲，无所顾忌，根本不会在乎任何人的感受！世人赞我誉我夸我将我夸到了天上去，我自坦然受之，心安理得！世人毁我骂我鄙视我，那也同样是理所当然！

这份邪异的性格，也正是他“邪君”之名的由来！

但现在一番发泄之后，恢复理智的君邪自然不会继续保持刚才的“邪君”性情，周身气机尽敛，如此大雨也没什么好去处，自然而然地向家的方向走去。

第八章

惩奸除恶

不意就在准备从前面的街角转向的时候，君邪突然神情一怔，脚步慢了下来。因为从转角后传出一个低低的声音，混在漫天大雨之中，若不是君邪耳目远较一般人要灵敏得多，险些不能听见。

这声音是：“……总算是成了，要不是老天下这场大雨，还真不一定能摸到唐家那老头的东西，当真是上天庇佑……”

唐家？君邪心中一动，顿时想到唐源的家族。思虑一转，身子闪电般一闪，借着大雨的掩护，躲在墙角后一个突出的土墙后面。这土墙在平时也不算很高，无论如何也不会藏得下一个人，但在这滂沱大雨之中，万物朦胧，几乎对面也不见人，却是极佳的掩护。他慢慢地将头上的斗笠拿了下来，任凭雨水浇灌，瞬时从头到脚一身透湿。

只因为雨水打在斗笠上的声音与打在土墙上全然不同，所以君邪不得不小心，本来雨水打在人身上的声响与打在墙上也有细微的不同，但较诸斗笠，却又不可同日而语了。

喘气声中，五六人似乎非常费劲地走了过来，丝毫不曾怀疑这么大的雨街上竟还能有别人，其中一人提着一个包裹从街角转了过来，一人道：“这件事情已经筹划了很久，却始终不能得手，这一次我们兄弟总算是成了，大当家知道了，定然高兴至极。”

另一人喘着气道：“成是成了，不过代价却也不小，怎么也没想到，唐家六位高手出去了四位，余下的人仍能发现异常和我们的秘密潜入，若不是那神秘人将唐家剩余的两位高手引开，又有十四位兄弟拼死断后，我等恐怕也……咳咳咳……”说到这里，剧烈地咳嗽起来。

“不过这东西着实重要，万万不得有闪失，我们还是尽快赶回去交给大当家才是正理。赶紧处理了这件事，我们也能够安稳一些。唉，这段日子以来，真是够了！我们不要再耽搁了，小心夜长梦多。抓紧时间赶路！”

“是，不过，狼哥，我们去的时候可是唐家那小舅子带我们进去的，万一要是唐家事后查起来……只怕你小舅子难逃一劫吧？”

“怕他个啥！等他们真正调查到咱们的时候，我们兄弟拿了赏钱，远走高飞，四处快活了，天大地大，唐家又凭什么能找得到我们？至于我小舅子，估计现在早就没影了，还等着唐家去抓他？那小子滑溜得紧，有时间担心他，还是担心咱们自己吧！”

“说得也是。”

六人急匆匆地迈步前进，离君邪越来越近。君邪在一边看得明白，六个人之中，竟然有四个人受了重伤，其余两人也受伤不轻，一路走一路不停地流出鲜血，更有两人不停地咳嗽，每一次咳嗽，地面便多了一缕红，不过那缕嫣红，随即便被雨水冲散了。

他们究竟拿了唐家什么东西？如此重要？进去二十个人被留下了十四个，只逃出了六人，而这六人中还有四个受了这等重伤，居然还是很满意、很得意的样子？

唐家若是有好东西，唐源岂能不向自己显摆？

突然，其中那位受伤最重的人突然身子一震，停止了咳嗽，厉声喝道：“谁？出来！”如电般的目光向着君邪这边扫射过来！浑身上下突然银光灿烂起来，已经聚集起了浑身的玄气，随时准备雷霆一击！

这个受伤如此严重的人，居然是一位银玄级的强者！

而他，居然发现了君邪的踪迹！

银玄始，金玄起。说的便是玄气冲破九品到了银品玄气的时候，就算是真正开始了强者之路！玄玄大陆上，玄气的修炼方法可说是相当泛滥，就连军营中的普通士卒，也大多身具玄气修为，但绝大部分的人却都在九品以下的关口止步，终身再无寸进！

这也正是之前君邪痛斥君家侍卫，并无一人反驳的主因，三百人的侍卫中超过八成的玄气修为都已至八品，其中更不乏八品顶峰，可是却并无一人可以达到更高一级的九品之境，只是一层之别，却几乎是咫尺天涯之别！

而九品到银品之间，却又是一个巨大的分水岭，将两边的人以天堑般的距离彻底隔开！“九品之下尽蝼蚁”，这句话便足以说明一切！而真正的玄气修炼的高级功法，从银品这里，便开始有了极为巨大的分别。

银玄强者之外的剩余五人亦已同时止步，六道锐利的目光穿破了雨幕，其他五人身上都是一片浓重黑气，这五个人居然都有九品顶峰修为！领头的那人虽然受了重伤，但运功起来浑身上下仍是银光耀眼，显然已经是银品巅峰，即将迈入金品的行列。也正是他发现了君邪！

怪不得能在唐家偷出东西来，正好选择在唐家实力最空虚的时候，一下子进入二十个好手，又事先踩好了点，以有心算无心，又有内应，若是再拿不出来，那么唐家的实力就近乎恐怖了。但事实上这二十人最终也只出来了六个，被留下的那十四人若也全是九品的人物，那唐家的实力也仍是不可小觑的！

大雨仍在疯狂地倾泻着，浓密的雨丝和腾起的雨雾，将天地间弄得即便对面也难以看清人，更何况，这本就是在一个秋天的黄昏！

君邪有些沮丧，自己目前的实力还是低微了一些，虽然已经极力地隐匿自身的气息，但却毕竟不能隐藏得天衣无缝！看来，今天势必要有一场恶战了！但以自己目前的实力，能否打赢这六个高手，实在是半点把握也没有的事情。就算是对上其中的一个，以君邪现在的功力，也是无法匹敌的！可惜，自己已经见到了对方的龌龊事，就算想抽身也已不能，对方势必要杀自己灭口才可保完全，为求保住小命，只能另想办法。

自己堂堂一代杀手之王，今时今日竟陷入了如此恶劣的局面，真是一个莫大的讽刺！

正在这样郁闷地琢磨着，君邪突然察觉了一件事，一件很重要的事情，这件事的察觉令他郁闷到极点的心情瞬间转为愉悦，甚至是兴奋莫名，几乎要笑出声来，虽然是面对六个自身实力都比自己强的高手，但此刻君邪心中已经有了必胜的把握！

君邪的身子在雨雾中若隐若现，对面的六人虽然感觉到自己的对面有人，但却并不确定对方到底有几人，更看不清君邪的样子，所以一个个小心翼翼，不敢妄动！毕竟他们刚刚大战一场，实力大损，更有人身受重创，稍不注意，便有杀身之祸！

但同样的情况对君邪来说，却实在是与白昼没有两样！甚至比白天还要明显得多！

开天造化功虽然玄妙至极，自有大玄机在其中，但君邪毕竟只是修炼了一个多月，修为浅薄，自然难通其中玄奥，远远还没有到达能夜视的地步，但对面六人唯恐别人看不到他们一般，一个个将身体内的玄气运行到了极致，银光黑气在一片雨雾中无比耀眼，在君邪眼中，这简直就是六个绝佳的靶子，而且还是清晰无比的巨型靶子！

试想，茫茫浓雾中，迷失了航线的大船前方突然出现了灯塔……这就是君邪现在的感觉了！这种亮度，导弹都能轰上去！

君邪真正发现了这个世界玄气的最大缺点：实在是太耀人眼目了，根本无法做到隐匿形迹！你要想战斗，首先就要聚集身上的玄气，但一旦聚起玄气，身上便会有光芒透出！尤其是，在君邪这样的超级杀手面前，这六个人就像是六头赤裸裸的靶子，在器宇轩昂地等待被宰割！

难怪君邪当时掷骰子作弊没有一个人怀疑，遥控骰子，这个世界上只要是修炼过玄气的人超过了四五级都能够做得到，但问题就是，那样势必身上会有异状闪现！除非是至尊神玄，但至尊神玄需要赌钱作弊吗？

“这个创造出玄气功法的人简直就是个天才！他是怎么知道我会到这里遇上这种情况的？这简直就是为了方便我而量身定做的绝妙功法！”

长袖中的手腕一翻，一屈，肌肉动作之下，原本藏在肋下的十八枚金钱镖悄无声息地落进了君邪的手心。君邪身子一动不动，眼中闪起久违的嗜血的色彩！

开天造化功的气流全力运转，从经脉中一股脑儿注入金钱镖中……

在这个秋天暴雨的下午，天地一片昏蒙的时刻，来自异世界的杀手之王，在这个陌生的世界第一次露出了他的獠牙！

脚步声缓缓响起，六人缓缓分开，踩着脚下的雨水，彼此之间保持着相同的间隔距离，小心翼翼地向着君邪包抄过去。他们都能感觉到，对面的人还在，还没走！此人绝对不能留着，不管他是谁，一定要将之铲除！六个人都是一样的心思。

漫天雨幕之中，对面的那人似乎动了一动，接着便看到六道耀眼的黄光急速穿破了雨雾，如闪电般飞来，目标正是六个人的咽喉！

君邪特异的内力气流，使得金钱镖在贯注气流之后，浑身光芒大放，无比耀眼！

黄光闪起的那一刹那，六个人的心中同时感到了一阵冰寒！六人同时感觉到身子僵硬，其中一人瞪大了惊恐的眼睛，用几乎要哭的声音喊了半句：“地玄！……”

什么样的人才能发出这样耀眼的黄光？如此快速，如此力度？除了地玄级别的高手之外，别的品阶根本就不可能发出这样的玄气、这样的光彩！

银品之上乃是金品，金品之上乃是玉品，玉品再往上，才是地玄！这样的差距，不啻天上地下！这仗还怎么打？

灭口？是被人家灭口吧！

就算对方只是一个普通的金品高手，而这六人身体又处于最强盛的状态之下，也未必就可以匹敌，更何况现在人人身受重伤的时刻竟然遇上了一位地玄强者？

天亡我也！六个人同时泛起一种想哭的感觉。绝望啊！

他们只看到那六道耀眼的黄光，却忽略了，面前的这个人，根本不能带给他们那种地玄高手的强大压力。

然而心中油然而生的绝望恐惧，导致了这六人一瞬间的失神，但就是这一瞬间的失神，却彻底地要了这六个人的性命！

君邪之所以将金钱镖贯注玄功发出刺眼光芒提前出手，正是算准了这一点！他算定，这六人在面对强大的不能匹敌的高手的时候，必然会进退失据！而君邪要的，就是他们这片刻时间的进退失据！

几个身受重伤的银品玄者，突然对上一位正在巅峰的地玄强者，心中的恐惧和惶惑是巨大的！这几个人正被人追杀，当然产生这种万念俱灰的感觉了。

君邪要的就是这一点点时间！

先前若是直接突袭，这六人之中至少有三人能够躲开君邪的金钱镖，因为分散成六份力量驾驭飞镖，必然不如只发一枚来得精准！而只要他们哪怕只留下一个，君邪就要有大麻烦！虽然他们受了伤，但随便一个也不是目前的君邪所能够对付的。

小李飞刀之所以例不虚发，是因为，每次出手它只有一枚！

君邪的重点，自然是那个银品玄者，虽然受了重伤，但仍是给君邪最大压力的一个！也正是他，敏锐地发现了自己的踪迹！

在六枚耀眼的金钱镖之后，还有十二道黑乎乎的光芒紧接着飞出，但前面的六枚飞镖已经牢牢地吸引住了他们的全部注意力，铺天盖地的大雨又将他们的视线牢牢阻开，惊魂未定的一个个，几乎是在最后一刻才狼狈不堪地一跳，躲开金钱镖，他们甚至不敢用兵器尝试格挡，唯恐被面前这位“地玄高手”震伤了内腑！

事实上若发暗器的真是“地玄高手”，他们根本就没有机会看到黄色光芒就已经没命了，即使他们中最强的银品玄者也不会例外，可惜，处于大惊状态中的他们完全忽略了！

虽然他们躲得快，但还是有两人发出一声惨叫，躲避不及，被金钱镖颤巍巍地插在了锁骨上，鲜血喷出，人也倒了下去。倒下的人甚至以为自己已经死了：中了地玄高手的雷霆一击，自己这小小的九品除了闭目等死还能做什么？更何况那飞镖插的位置可是咽喉啊。却没有注意，飞镖其实只是插在了锁骨上，却没有切断气管！

四声闷哼几乎同时响起，随之而来的十二柄飞刀或中咽喉，或中额头，站立的四人每个人身上都最少两把，且都是伤在要害部位！他们目中满是不可置信的神色，紧紧用手捂住喉咙上的刀柄，直挺挺地扑倒在雨水里。

那位备受君邪照顾的银品高手，身子受伤躲避不易，情形更是凄惨。头上身上足足插了四柄飞刀！深深插入身体，直至没柄！

他们到死也不能明白，自己明明已经躲过了那最可怕的致命一击，为什么还会被飞刀击中了要害？地玄高手面对自己这些蝼蚁一般的存在，一击不中，就应该自重身份再不出手，他为什么会再次出手，为什么？

对低自己两阶的对手居然猝袭加偷袭，而且一次不成两次……难道现在的地玄高手都是这么不要脸皮、没有风度了吗？这个世界的地玄高手大都是很自重身份的人物，什么时候变得如此厚颜无耻了？

“地玄级”高手君邪可是毫不迟疑，闪电般纵出，脚下一刻未停，两步并作一步，飞纵到那先前倒下的两人身边，反转手腕倒提刀，狠狠地插了下去！

这两人虽也受了不轻的伤害，却不足以瞬间致命，虽然现在惊恐失神，却还保留了一定的战力，有战力的敌人就不能放过！哪怕他已经奄奄一息！最没有威胁的敌人，唯有死人！君邪心中的杀机疯狂地涌动，脸上一片冷酷！

君邪这一只手握的飞刀尚未插下，脚尖已经是向外的姿势，插下飞刀的同时，脚步已经开始移动，飞刀插下，立即松手，转身向着另一人，扭腰飞速合身扑下去，以手为刀，“咔嚓”一声斜斩在另一人的咽喉！

这一连串动作兔起鹘落，令人目不暇接，几乎是黄色金钱镖一出手，君邪飘忽的身影便跟了上来，四声惨叫同时响起！

这一瞬，最后一人喉骨断裂的喀嚓声与四具尸体跌落地面的声音同时响起！

全部完成之后，君邪这才剧烈地喘息起来，以他现在这具肉身的素质，要完成这样的高难度动作实在是困难了点！先前的君莫邪几乎将这具身体全部掏空，若没有之前的脱胎换骨和这一个月时间的锻炼、恢复，决计无法完成刚才的一系列战斗。

然而即便如此，时间也是太短了，十足地透支发挥，当精神一松懈下来，再也无法支撑剧烈动作之后的反噬，只觉得浑身无处不痛，全身筋骨都似乎要断裂，那是一种入心入肺的痛楚。

最后一人口中“哇”的一声，喷出一道血箭，直直地喷在君邪脸上，身子元宝般两头一翘，悔恨地看着君邪，嘶声道：“你……你不是……地……”死到临头，他终于醒悟了过来。眼前这人绝对不是什么地玄高手！

君邪叹了口气，对着他惋惜地道，“若真是地玄高手，对付你们几个垃圾还用得着偷袭吗？”

那人喉中一阵“咯咯”的怪响，双眼顿时怒睁凸出，脸上一片不甘和愤怒！身躯一个拱挺，已经油尽灯枯的身体突然不知道哪里来的力量，颤巍巍地抬起一只手，指着君邪，想说什么，却没说出来，只是死死地看着君邪，半晌，“啪”地摔回地上，抽搐了一下，直挺挺地断了气。

本来他还有口气，虽然必死无疑，却也能再坚持片刻，不至于就这么死掉，哪知道君邪这一句话，却直接将他气死了过去！

急速绕了一圈，将钱镖、飞刀逐一收回，然后顺便将六人搜了身，君邪神情轻松，动作自然，就像是在翻自己的口袋，浑然没有将六具血淋淋的尸体放在心上……

终于在那个银品高手怀中搜到一个小包袱，在手里掂了掂，君邪伸手抄起掉落在旁边的斗笠，随手夹在肋下，几大步跨出，已经转过街角，漫天的大雨在君邪身后落下一道从天到地的巨大幕布，顿时将君邪与这血淋淋的一幕隔绝成了两个世界！

街口，大雨倾盆，一缕缕鲜红逐渐变淡冲散……只留下六具尸体静静倒卧……

绕了几绕，君邪谨慎地转到了回家的路上。

雨水劈头盖脸地狂浇下来，君邪轻松淡然地漫步前进，并未遮挡，身上脸上的血迹已经冲得半点不剩，就算是现在洗干净，也只会看到一块稍呈暗褐色的大块，而不会知道这曾经是活生生的六条大汉的鲜血！

而且，是以君邪目前的实力对付一个都绝对不是对手的，一位银品高手和五位九品玄者的鲜血！

就在君邪即将迈进君府大门的时候，一个颀长的身影穿破重重雨幕，一闪来到街口，一眼看到六人横七竖八地躺在地上，顿时大大出乎意料，一个长掠过去，手掌轻拍，在六人身上搜了一遍，没有任何发现。霍然起身，眼色阴沉到了极点！

这人脸上戴着一张奇怪的面具，看不清他到底长得什么模样，但一举一动却是举重若轻，“嗖”的一声，带着金灿灿的玄气之色直接飞上了旁边五丈之外一棵大树，再一个纵跃已经站在树梢，举目四下张望。两下纵跃，丝毫不带半点烟火气，似乎不费半点力气。

金光微微闪动，赫然是一位金品高手！

闪电般的目光穿破雨幕，向着辽阔四周仔细地巡查了一遍，突然从树上长掠而下，在滂沱大雨中围着六具尸体绕了一圈，然后便顺着一道血丝散去的方向一步一步前行，但明明是一步一步地前行，速度却竟然比寻常高手施展全力奔跑还要来得迅速！

那方向，正是君邪从这里离去的方向！

此人竟然如此心细如发，在这等雨水冲刷之下，居然能一眼就找出正确的方向！

这人顺着些微痕迹找去，绕了几绕，突然站定，低声咒骂起来。原来君邪绕的那几绕，竟是正好绕了一个圈，这位神秘的金品高手随着绕了一个圈子，却发现自己又回到了原点……

“究竟是谁？究竟是谁？好深沉的心思！”这人低声自问，仰头向天，出神地思索。究竟是谁打乱了我的布局？究竟谁能够将这个时机把握得如此分毫不差？到底是谁洞悉了他的计划？

这次行动完全是临时起意，就连他事先也不知道，甚至连这场大雨也是突如其来！那么便不是自己这边出了问题，那么问题到底是出在哪里？难道是……这神秘人苦苦地思索着，梳理着一点一丝，甚至从他身边的人一个一个地怀疑排查……

这人一向心机深沉，凡事都在掌握之中，谋定而后动，心思之缜密可谓到了极点！像今天这件事情，就算是打死他，他也绝不会相信在这世上还有这种巧合！所以他一开始就形成了思维定式，认定这必然是某一人或某一组织、家族针对自己，或者是针对自己的家族所展开的阴谋活动！

从这个出发点延伸出去，当然就与事实相差了十万八千里！

这个人万万不会想到，这件事其实压根儿就是一个巧合！一个非常有趣的巧合！

那名银品高手如果不是道破了君邪的踪迹，以君邪的为人必然不肯在实力未茁壮之前贸然与人结怨。如果银品高手发现的人不是那么凑巧是君邪，而是一个普通人，也可以安然将东西带回，甚至说后来人若是早到片刻，以君邪目前的实力，决计不是这人的敌手……

以上种种尽是巧合，唯有这种巧合，才是事件发展的必然，世事岂能尽如人意！

君邪虽然很巧合拿走了他急需要的东西，但君邪自己却压根儿不知道，那是一件什么东西，到底有什么作用！

君邪这次出来，本就是一个巧合，将近团圆的节日了，一场秋雨勾起了君邪心中仅存的乡愁，而在这个异世界又完全找不到人可以倾诉，在家里消沉显然更不合适，再说君邪也不希望让人看到自己软弱的样子，于是出来本是打算借酒消愁的，没想到让那中年人两句话打破了心境，越喝那酒就越觉得难喝，到了后来简直不能下咽，终于鄙视了两句，走了出来。

心思烦闷，君邪在街上到处闲逛，似乎就这样淋着大雨心中反而会舒服一点。

然后，就很“巧合”地遇到了眼前的这一幕！

诸般的巧合之下，终于让君邪巧妙地遇到了从唐家偷了东西，好不容易逃出来的几个人，机缘巧合之下听到了他们的谈话。

君邪现在实力不济，本打算就这样过去了也就算了，毕竟他对唐家并没有什么太好的感觉，唐家的东西丢了就丢了，他也不放在心上，更不关自己什么事。但没想到那几个如同丧家之犬一般的家伙居然发现了他！这就让君邪欲退不能了，尤其这些家伙的实力更在君邪之上，就算他想落荒而逃都不行。

实在没办法之下，君邪也只好用出了暗器的功夫，利用天时对自己的助益，然后施展诡计，将这几个人一举诛杀！既然人都死了，君邪自然不介意“顺手”拿点东西。于是乎，这件对这神秘人来说极端紧要的东西，就这么在这种貌似“无限”的巧合之中，无意地落进了君邪的手里。

这么多的事情，任何一件单独摘出来都不惹眼，但凑在一起，却巧合得让人吃了一大惊！占了便宜的不知道怎么回事，被人坏了大事的更是稀里糊涂！

这么多的巧合，简直是鬼使神差，连老天爷都下了一场大雨助助兴，这实在不能不说是天意，又或者是老天促成的“巧合”！

神秘人见事已至此，正要离去，突听得人声嘈杂，乱哄哄地围了上来，唐家的侍卫大举出动，向着这边搜捕过来。他不由得长叹一声，金芒闪动，“啪啪啪”六个声音连续响起，地面上六人的面部纷纷爆裂开来，再也看不清楚本来的面目。他衣袖一拂，“嗖”的一声蹿进雨幕之中，顿时消失不见了。

待到唐家的人来到这个街口的时候，就只看到六具面容不清的尸体，而需要追回的东西却早已无影无踪……

君邪丝毫不知道，自己在无意之中破坏了君家最大的敌人设计的一次重要行动，而且就像捡破烂一般将那人视若珍宝的东西随手拿了回来。他甚至感到很委屈：本来我就只想淋淋雨，思思乡，享受一下乡愁的寂寞与孤独，却被这几个该死的东西将气氛破坏得干干净净！郁闷啊……

真是百事不顺啊，借酒消愁遇见一个不识货的，将那等低劣糟酒也当作了绝世佳酿，真是可怜又可笑！出来淋会儿雨吧却又淋到了人……

运气真背啊。君邪仰天长叹，摸了摸怀里的小包袱，一步踏进了君家的大门。

第九章

暗流涌动

磅礴的大雨终于稍见减小，但雨帘却仍密集。君邪不紧不慢地走着，凡是从门口和窗子中看到他的下人无不大为诧异，纷纷互相询问：天知道这位少爷这次又是发了什么疯？不过，相比起他惹祸的疯劲，眼前的发疯还是可以接受的，不过还是有些不正常——这么大的雨往外跑啥？

走到花园时，突然一阵呜呜咽咽的箫声透过雨幕，悠悠传来。箫声中充满了散不去的哀愁，只听着这声音，便可想象得到吹箫的人心中那深沉的悲哀和幽怨。

但此时此刻的君邪听起来，却是正好暗合了他的心境，忍不住循声而去。

在花园正中的一座凉亭中，一个身穿雪白衣服的女子背对着君邪独自坐在石凳上，香肩如削，发如乌云高挽。只看背影，便已经觉得这女子是如此清冷脱俗，但在这凄凄秋雨之中，又有这凄婉悠扬的箫声相伴，愈发显得那女子是如此孤单落寞。

君邪静静地站在亭外雨中，微微闭上眼睛，倾听着这犹如天籁之音的悠扬箫声，心思恍恍惚惚，如同自己又听到了曾经最喜欢的曲子，一样地哀婉，一样地如泣如诉……

君邪顿感心神俱醉，如此风雨如此秋，为谁幽怨为谁苦？在这一刻，君邪突然感觉，眼前这女子的心境竟与自己一样孤独寂寞！只是，相比较起自己，却又更多了一份彷徨无助。

秋雨潇潇，无边无际，在这凄怨的箫声中，连风声似乎也变得呜咽起来……

箫声渐渐低沉，如同一缕细细的丝线在风中摇曳，终至不闻。那白衣女子端坐不动，轻轻放下手中玉箫，幽幽一叹。叹息声消泯于风雨声里，显得那样地无力。

君邪心有所感，忍不住也是轻轻一叹。

声音虽轻，但那女子却大吃一惊，霍然转过身来，美目看着君邪，脸上现出意外之色，随即转变成一丝淡淡的厌恶和鄙夷："是你？"

"箫声不错，很美。"君邪微微一笑，悠然迈步走进了凉亭，身上雨水顿时将地上浸湿了一大片，"大嫂，今日您怎么有这等雅兴？"

这女子满脸清冷，眉目如画，风姿绰约，但身上却自然带着一股清冷寂静的华贵气质，正是君莫邪的大嫂，也就是君莫忧的妻子，管清寒。她乃是赫赫有名的管氏世家之女，也是天香国有名的才女。

其实说是妻子也并不太恰当，两人是从小定的娃娃亲，在三年前君莫忧二十二岁，管清寒十八岁的时候，两家正准备为两人筹办婚事，却恰好遇上了与神赐帝国大战，钦点君莫忧随军出征，与弟弟君莫愁同任先锋，两家于是约定，等君莫忧大胜归来，便为二人成亲，成就这段姻缘。

出征之前，便已经走完了纳礼下聘这些程序，管清寒可说已经是君家的人了，只等君莫忧回来，就是大婚了，甚至连婚期都已经定好了。却万万没想到，君莫忧一去不回，埋骨沙场，致令这对青梅竹马的恋人天上地下，幽冥异路，耿耿长恨！

可怜无定河边骨，犹是深闺梦里人！

噩耗传来，管清寒当场晕厥，事后更不顾家人劝阻，毅然住进了君家，以君家的长孙未亡人的身份自居，奉养老人。君老爷子曾多次提出不必如此，反正也没正式成亲，以管清寒的家世容貌都是万中挑一之选，何愁没有好姻缘？更提出由君家写下合离文书、退婚文书，还管清寒一个自由之身。

管清寒执意不肯，两家老人都唯恐她一时想不开，再出了什么事，也只得默许了。只等她什么时候回心转意，便送她回管家去。

君家上下，上至君老爷子君无意，下至一众管家仆人都对这位少奶奶十分敬重，并无一人有所怠慢，若说君府上下唯一令管清寒不悦的，也就只有小叔子君莫邪！

君莫邪这纨绔败家子在这位美丽大方的嫂子住进来之后，便颇不安分，言语轻浮，举止轻佻，让管清寒心中厌恶到了极点，实在忍无可忍，也曾出手狠狠教训。这位管小姐，除了是位才女之外，武艺也颇为精通，虽然还为臻至银品之境地，却也已经是九级顶峰的境界，对付君莫邪自然是手到擒来！

不过这浪荡小子色心不改，也知道自己的美丽嫂子不会对他下重手，屡屡暗相窥伺，管清寒见到这样的滚刀肉，实在是没了办法，只好长时间地待在房间里不出来。今日见下了大雨，引动心底哀苦，突然悲愁不禁，便来到凉亭以箫音抒怀，没想到这纨绔子居然冒雨而来！

"真是色迷心窍，难道不知道我九品玄气修为远远高于你么？想要教训你只不过是举手之劳罢了，不教训你，只是不想惊动府中上下，也不想再伤老人心怀，难道真当我怕了你吗？”

“哦，闲着没事，就随便吹几下，难道三少也是此道行家？”听到君邪的话，管清寒心中更是厌恶，就你这纨绔小子，懂得什么箫声美不美？只不过是借机和我搭讪罢了。冷眼看着他，倒要看看他今日又有什么新花样，回答的话里话外，自然也暗蕴机锋。

以君邪的智慧，怎会不懂，不过他也很佩服眼前这个女子，更明白君莫邪从前的不堪，怪不得别人看不起他！对管清寒的深情执着，心中也有些敬佩。

“箫音即心声，往事已矣，大嫂还是放宽心怀为好。一切都会过去的。”君邪犹豫一下，劝道。

管清寒鼻中微微哼了一声，俏脸挂了冰霜，侧过身去，竟不理他。

君邪大感无趣，以他的性格，你不理我，我就更不理你！美女怎么了？美女就能随便给人脸色看么？勉强和声道：“刚才冒昧，打搅了大嫂，告退了。”说着笑了笑，转身而出，竟不迟疑。你不理我，正好！我回去睡觉去。

管清寒大大出乎意料。

本以为这小子又要对自己进行一番死缠烂打，腆着脸套近乎，却绝没想到他这次竟然也说了两句人话，并不纠缠，转身离开，连外面的大雨也不顾了。

看着君邪没入雨中的背影，管清寒张了张嘴，却欲言又止，但美目一闪，却突然发现，今日的小叔子确实与以往大不相同。

以前这小子脸上总是坏坏地痞笑，眼睛更是一点都不老实，四处乱瞟，见到自己的时候，更是经常不堪到嘴角挂着口水。但回想刚才他的神态动作，却全无半点轻浮的表现，竟然很是庄重，很是……沉稳的样子。

而且眼神也始终没有向自己身上乱瞟过来，还有，看他离去的背影身躯挺直，走在雨中竟然也显得很是从容不迫……

真的改变了？管清寒心中冷笑一声，想必是因为死缠烂打的招数不好使，现在又换了一副“正人君子”的面目来接近自己？哼哼，君莫邪，我岂能上你的当？就算你再换一千种面目，在我心里，你骨子里永远都是那个下流无耻的败家子，绝不会有丝毫改变！

下着这么大雨你淋雨跑过来就为了和我说这么两句话？鬼才会相信你！越是这样，只能说明你心中更加有鬼！你会是正人君子？说出去有一个人会相信吗？

管清寒的俏脸瞬间变得寒冷如冰！

不过这小子今天看见我眼神之中居然没有半点惊艳的表现……哼！

君邪一路走，心中真的颇有些惋惜，自己的这个大嫂管清寒其实也只有二十一岁，正是人生中最美好的年华，又是如此一个绝色天香的大美女，却心甘情愿地在君家做一个望门寡、未亡人！这要是放在以前的世界，简直就是不可思议的事情！

但在这里却如此自然而然，确实是一种莫大的悲哀。

简直就是资源上的浪费啊！我若是能够……君邪心中突然冒出这么一个想法，突然一惊：这不像是自己说话行事的风格啊，自己或者会同情，可是怎么会有如此龌龊的念头。这根本不是自己能够想的事情！难道是……

可恶的君莫邪！都魂飞魄散了，居然还有这等残留的影响！君邪心中大骂一句。

君邪走进房中，连小姑娘的问候也没来得及搭理，皱着眉头坐了下来，想着自己自从来这之后的一举一动，越来越觉得不对劲。他曾经虽然也偶尔有年少轻狂的时候，但那基本是为了接近目标而做的掩饰，充其量也不过是演戏罢了。

君邪的性格一向是冷傲的，也是接近于冷酷的，甚至有些时候，可以说是冷血的，但过来之后，却发现性格在不知不觉之中改变了这么多。诚然，以君莫邪这个纨绔的身份搅风搅雨，这种举止还是比较可行的，也是最好的掩护。但是，心中究竟如何，却需要自己心中有数！

绝对不能让君莫邪这具身体的原有性格占了上风，但却还要用这种性格来做保护色！

维持本心，顺应外物，但骨子里，我始终还是我——邪君君邪！

君邪眼神中迸射出了精光：天地不仁，以万物为刍狗；邪君无情，踏异世于足下！

心中打定了主意，顿感浑身一阵轻松，也随即想起别的事情来，将那顺手牵羊捡来的包袱从怀中掏了出来，顿时心中一动。

这个包袱里，是不惜牺牲二十名高手的姓名也要去夺得的东西，虽然不知道幕后主使是谁，但君邪却知道，唐家的东西一般是不会有人敢打主意的。而若不是极品的好东西，想来也不会有人冒着这么大的风险去做这件事！

这么一想，君邪倒被勾起了好奇心，本想就这么还给唐家的，现在却有了一种想要打开看看的欲望。

想到就做，直指本心，才是邪君风范！君邪一伸手，直接将包袱撕了开来，里面是一个四四方方、扁平的小木盒，散发出隐隐香味，上面多有淡金色的细致纹路。这木料，赫然是极品的金丝檀！

而且，还是一整块的金丝檀树心硬生生地抠了一个洞！光这一个木盒，就已经价值不菲！

打开木盒，顿时一股清寒之气透了出来，木盒内里，另藏有一只通体雪白的白玉盒，触手冰冷，竟然是极品寒玉！

看这色泽材质，只这一块寒玉就是倾城之物！

君邪倒吸口冷气！这究竟是什么东西这么重要，需要用如此珍贵的寒玉盒收藏？！

小心地打开玉盒，里面乃是一枚圆圆的物事，外边包着一层色彩斑斓的兽皮，散发着奇异的光泽。君邪对这个没见识，也不知道，自然不感觉有什么奇怪。若是懂行的看到，恐怕就要立即大吃一惊：这是九级玄兽的毛皮！几乎相当于至尊神玄一般的存在！就单单金丝檀木盒、极品寒玉、九级玄兽的皮毛，随便哪一样，都已经是价值连城的宝物！

而这三样东西，居然只是外在的包装！

君邪将这块兽皮包裹的东西拿在手里，里面似乎是一个圆圆的乒乓球大小的东西，解开一看，君邪不由得大失所望。

一个暗红色接近于黑黝黝的古怪事物，质地似石非石、似玉非玉，用力一捏，似乎还有些微的弹性。单看这东西的卖相，委实是平平无奇的！

突然，君邪心念一动，脑中灵光一闪，脱口而出："玄丹？"

虽然没见过玄丹的具体模样，但君邪知道，那可是好东西，只有三级以上的玄兽，体内才有可能凝炼出玄丹，像这颗玄丹，以唐家的势力和实力，竟然视若珍宝地如此收藏，更引得别人不惜老虎头上拍苍蝇也要窥伺，想来也不会是什么简单货色，应该是七级以上吧？

君邪可不知道，这颗玄丹，乃是唐家老爷子唐万里花费了极大代价弄来的，九级巅峰玄兽金翅虎的玄丹，里面蕴含着极其庞大的能量，这枚玄丹，对于低级玄者来说，由于不能引发，几近无用，但当玄气修炼到了地级以上的时候，用特定条件配合激发，那么就可以吸取玄丹里面蕴含的巨大力量为己用！至于能够吸收多少，就要看个人的天赋了。

但是，玄气修炼到了地玄的境界，每前进一点都是难上加难，而这枚玄丹却能够将一位地玄初阶直接提升到天玄境界！这对玄气修炼者来说，根本就是逆天级的宝物！

之前曾经提过，即使是想要杀死一只八级的玄兽，就已经是困难到了极点的事情，更何况杀死九级巅峰玄兽取玄丹？在一般情况下，这根本就是不可能的事情！一位至尊神玄强者固然可以打败九级玄兽，但若是谈到杀死，恐怕就算是两名至尊神玄强者联手也未必做得到！九级玄兽的力量和速度，完全可以用恐怖来形容！打不过想逃的话，是任何人都拦不住！

更何况是金翅虎这般具有飞翔能力的玄兽，那是连想也不用想的事情了。

唐万里当年也是无意中发现一位受了重伤的至尊神玄强者，发现了那人身上有这枚玄丹，付出了数十个玉品、金品和数名地玄高手的性命才夺得了这枚玄丹。

姑且不论那名至尊神玄强者是如何得到的，若说这枚玄丹乃是世上独一无二的虽然未免夸大，但可以肯定地说举世绝不超过三枚！

李悠然之所以迫切地想要得到这枚玄丹，自然有他至为紧要的用途！但他却绝对没有想到，自从数年前得到这消息之后就开始精心策划，收买唐府人物，一步步安排内线进去，千辛万苦小心翼翼地探听消息，直到三个月前才查到东西具体藏在哪里，但由于唐老爷子基本不出门，身边更有四位一等一的高手护卫着，一直没有机会。

而这次终于获得了一个极好的机会，唐老爷子出门了，而且还带走了其中的三位高手！更兼天赐良机下起了异常浩大的暴雨，天时、地利、人和齐全，里外配合一起行动，派出一流高手将仅剩的那位唐府高手引开，然后再由另外二十人悄悄潜入，里应外合之下终于得手，却也付出了二十条人命的代价！

至此都是非常成功的，用二十条人命的代价能得到这枚玄丹无疑是非常划算的！

可惜，却在成功的前一刻遇上了君邪……

数年的筹划，千般设计万般计较，全部变成了水中捞月一场空！

在为他人作嫁衣裳！

可想而知现在的李悠然心中是多么郁闷！

君邪现在自然不知道自己手里的居然是这样的一个逆天的宝贝，他正在发愁，若是还给唐家，自己用什么理由才能解释得通这东西为什么会落到自己手里？若是不还给唐家，留在自己身边有什么用处？甚至连这个东西具体是什么玩意儿都不确定，当然更加不知道这东西的真正价值！

想了半天始终不得头绪，顺手又将玄丹包了起来，放进寒玉盒，再用金丝檀盒装起来，拿在手里掂了一掂，便随手放在了枕头旁边。想了想，又往里推了推，扯起一块枕巾盖了上去。

这倒不是说君邪意识到了此物的宝贵，想要贴身保管，而是他曾经听说过，金丝檀的香味对睡眠非常有帮助……

往昔有君子买椟还珠，贻笑千载，却不知今日君邪所为，是否也算……

夜幕已临，大雨渐停。

唐万里老爷子满头白发都竖了起来，真真是怒发冲冠，暴跳如雷！

憋了一肚子气去找李家和孟家的麻烦，到了李家却被软刀子送了出来，气鼓鼓地去孟家发威，倒是遂了心愿，将整个孟家弄得鸡飞狗跳，但刚到便下起了大雨！眼见不能回去，唐老爷子越发憋闷，索性在孟家大大地发飙一番，将孟家一家大小都骂了个狗血淋头。

哪知道正在发泄的时候，家里人屁滚尿流地来禀报，说是家里失窃了。唐老爷子顿时满脑袋“嗡”的一声，浑身的气血涌上了脑门——

自己这边才跑来找人家的麻烦，而家里那边就马上被人翻了个底朝天，还是被人里应外合弄得乱七八糟！不用问丢失了什么，唐老爷子已经知道，这一定是丢失了和他有关的重要物品，若非自己的东西，家里绝对不会在这个节骨眼，冒着如此大的风雨来通知他！而他的重要物品，若是论价值的话，自然首推那枚玄丹！

想到这里，老爷子抱着万一的打算，急忙出言询问，只要不是玄丹被盗，其他的都好说，可惜怕什么就来什么，的的确确就是自己的命根子玄丹被盗！老爷子顿时眼前一黑，差点晕倒。

自从得到这东西，唐万里就知道，自己得到宝贝了，只须后辈子弟勤加修习，将玄气修为提升至地玄境界，自己哪怕是舍下老脸，怎么也能请动几位天玄级的高手，甚至是至尊神玄高手前来相助，利用这枚玄丹，将自己的后辈一举推到天玄高手的境界！

那样一来，只要有一位天玄高手坐镇，那么唐家的风光至少在这位天玄高手还在世的时候是不会有事的！而他毕竟已经老了，就算是用这玄丹提升了修为，也未必可以再活久一点。唯有到了至尊神玄的境界，才有可能延长寿命，而他是绝对没有那个天赋的，即使靠这种罕世宝物也是没有希望的！

哪知道计划总是不如变化来得快，两个儿子，一个不成器，另一个蛮有天赋，可是天赋却是厌武喜文，玄气修炼到九级就已经彻底止步，居然连银品层次也没有冲上去，虽然在官场上也算一帆风顺，但那种没有绝顶强者坐镇、自家未来富贵生死掌握在别人手里的滋味却始终是不好受。

虽然文武都是受皇帝陛下管辖，但家族里只要多一位天玄强者，就算是皇帝想要对付他，那也是要掂量掂量的！

唐老爷子没法，只好退而求其次，把希望寄托在孙子身上，总算让老爷子欣慰的是孙子这一辈确实有几个比较争气的，除了唐源这个老大有些不务正业之外，其他三位孙子都是崇尚力量，对玄气的修炼也比较用心。让唐老爷子老怀大慰，在十年之内，几个孙子之一有望进入地玄之境，而他身体尚佳，怎么也可以再为唐家争取十年光阴。

若是这枚玄丹用在孙子身上，相信比用在儿子身上效果会来得更好。若是一切顺利，最少百年之内，唐家无论在朝在野也是半点事情都不会有的。哪知道自己眼巴巴地等了这么些年，千辛万苦好不容易将一些辅助药材也收集了起来，几位孙子年纪轻轻也都成功突破了银品境界，眼看再过几年就能够达到一切条件，这最关键的东西却在这节骨眼上被盗了！

唐源正在狐假虎威，手里抓着一百五十万两银票子，揪着孟海洲的衣领，非要当场赎回那配件和宝玉。孟海洲哪里拿得出来，不住地打躬作揖说好话，急得脸上汗珠一粒粒迸了出来。

正在无计可施时，唐老爷子却发出了立即回家的命令，在喋喋不休的胖子身上踹了一脚，心急火燎地就要离去。唐源临走狰狞大吼：若是三天之内不把佩剑和宝玉交出来，就要到皇帝陛下面前说说理。这句话可把孟海洲吓得屁滚尿流。

当然，唐源多说了一句话的代价，就是让唐老爷子狠狠地又踹了两脚，皮球般滚来滚去。

急吼吼地赶回家，唐老爷子大发雷霆，唐家所有精锐侍卫全部派了出去，大肆搜索！对于在自己家里倒毙的十四具尸体和在街口离奇暴毙的六人，唐老爷子命令好好保存，除每天让人指认之外，更画下图像，通过刑部海捕公文大肆派发出去，悬赏白银十万两，要取得这几个人的来历！

至于从自己家中逃走的几名奴才，悬赏额更是增加一倍，誓要寻到那个幕后之人！

只一天之内，京城震动。

而三天之后，天下震动！

与此同时，李悠然的李家表面上毫无动作，一副看热闹的姿态，但暗地里却也同样地雷厉风行，李悠然对所有知道这件事的人一个一个地严密盘查，只要是稍有怀疑，便严刑拷打，各种酷刑层出不穷，宁可错杀一千，也不放过一个！务必要撬出到底是谁在跟自己作对！只两天的工夫已经有数人因忍受不住酷刑毙命！同时李家的暗中势力亦开始全面动作，四处打听渗透。

京城之内各大家族都隐隐约约地嗅到这股气息十分不寻常，一边严密防范，明哲保身，避免掺和到这个大旋涡里去，一边却又纷纷派人四处打听唐家到底是怎么回事。

一时间，整个京城风起云涌，暗流澎湃。刑部的牢房之中，突然爆满！唐家偌大的家族所有力量全部运转，直接在京城造成了一场地震，人人自危。

迟迟没有任何消息，唐万里老爷子心急如焚，天天暴跳如雷。李悠然表面温文依旧，但眼底的冰寒却如隐藏着两条剧毒的眼镜蛇，盯上谁，轻则是一条命，重则灭其满门！

然而，真正得了大便宜的君邪却全不知情，还在自己家里优哉游哉着。晚上抱着金丝檀入睡，大大感叹，原来对睡眠真的有奇效……

甚至这脑海中还在一个劲儿地奇怪着，自己为什么会想着他那位未过门的寡居大嫂……

这倒不是说君家的耳目太闭塞，实在是君家情报机关已经习惯了，有什么消息从来也不会预备传给这位爷，再者这位爷这几天也确实比较忙碌，要么练功探索玲珑鸿钧塔的秘密，要么便是去督促府中的侍卫训练，居然还忙里偷闲弄了不少的酒糟正在发酵！

以至于京都发生了这么大的变故，君邪愣是数日之后才知道！

当然，君家得以如此安静，还有另外一层原因，无论是唐家还是李家，还真就是从未将怀疑的视线投向君家，更遑论君三少了。君家满门，老的老，小的小，残废的残废、纨绔的纨绔，有哪个能拿得出手？君老爷子一向光明磊落，这是就算是敌人也不得不承认的事情，自然不会做这等事。

至于君莫邪……甚至他们觉得哪怕就算是这样想一想，也是侮辱了那在街口死去的六个人！谁会相信这位纨绔成性、一无是处的君莫邪竟然拥有一举杀掉一位银品高手和五位九级玄者的能力？

不过君家也不是所有人都没事！

就因为君三少这几天很有时间，以至于就在这短短的几天时间里，居然硬生生地将那些侍卫每人都几乎折腾掉了一层皮！

不过，这些侍卫愣是没有一个有怨言的！

理由很简单，他们不好意思，真的是不好意思，实在是开不了口！

如果说侍卫们每人脱了一层皮的话，君邪自己则是标准地脱了三层皮！甚至还多！

这几天里，君邪对自己的训练，就算是君无意这位铁血悍将看在眼里，也禁不住心惊肉跳！

一天的作息时间——凌晨天还未亮，君邪已经准时从睡眠中醒来，在院子里君邪自己布置的一个隐秘角落，也是一个四方来风的地方打坐调息，之所以不在房中，是为了更接近天地，接近自然。清晨的清新气息，实在是大自然的恩赐！

一个时辰之后，将自己身上腿上、胳膊上和手腕上绑上负重沙袋，然后开始了各种基础动作的训练。这么一圈下来，就基本到了整个身体无汗可出的地步！而整个身体的肌肉也活跃到了极致。以上这些训练换了一个普通人，就算能支持下来，起码也得累个半死！

可是，这还只是一个开始而已！

在活动开手脚之后，终于要开始练一些成套的拳术动作，一招一式一丝不苟！

这些动作，即使只是练一下花拳绣腿，只怕也要出一身大汗的；更何况严格地按照标准来，每一拳出，从脚尖到脚跟，然后脚踝提扭、小腿肌肉输送、腿弯承接、大腿承重、腰部将所有力量转化在一扭之中输送上去，然后这股力量汇成一股洪流，再输送到肩膀，带动整条手臂，基本是用尽全身的力气，将这一拳打出去！

每出一拳，也尽全力！

曾经有一位武学家说过，休要看简简单单的一拳一腿，要知道，这一拳一腿，全身都要协调起来，所有肌肉全部参加运作，才能发挥出最大的威力！有的人出一拳能打死一个人，但有的人出一拳打人最终结果却是将自己的手腕给扭伤了，就是这个原因！

其他的各个动作，也均是如此。

哪怕是真正打好了一拳，那也是武道！

武道的基础就在于质朴平凡的基础训练！而武道的巅峰同样是质朴平凡，返璞归真！

可是质朴平凡的基础训练才是最磨炼一个武者心性、基础的东西，更何况是如同君邪这般自虐地又在全身关节处绑上了沙袋！这简直是又将难度增加了十倍不止，而所要花费的体力，则更超出十倍！

可是这个级数的难度，也还只是君邪一天正式训练的开始罢了！雨夜的鏖杀，让君邪迫切地有一种提升实力的愿望——这具身体，实在太弱了！

君邪将这一切全部系统地训练一遍之后，君家的侍卫队伍也基本全员出现在他面前，然后便开始这一天中属于他们的残酷训练，而每一项训练，君邪提出来，自己都要跟着部队一起训练，一起完成！

这些训练方法，完全可以说是地狱式的训练！甚至可以说，宁可真下地狱，也不要承受这种非人可以负荷的魔鬼训练！

曾经有人说过一句话：宁自阎罗九殿转，不让邪君训一天！可见君邪的训练方法有多么变态！

君邪只告诉了自己一句话：想要拥有无敌于天下的实力，必须先有无敌于天下的韧性和毅力！否则，免谈！

然后便要付出超出任何人所能够付出的汗水和努力！否则，同样免谈！

唯有做到了这两样，才轮得到说什么机遇的问题！不努力，就算是机遇摆在面前，你也抓不住！

只是寄希望于神仙出现一点自己就成仙，那只是不切合实际的幻想！就算拥有全天下最好的运气，握着茫茫宇宙最强大的宝物，但自身若是不努力，那照样连屁都不如！

一个乞丐只要努力，就有望成为一位名留青史的大将军，但一个大将军如果不努力，他也有机会名留青史，但他是因为遗臭万年而名留青史！

想要将别人乃至将整个世界都踏在脚下，就要自己先将自己踏在脚下！

这是最起码的条件！

他对自己的小灶全部练完之后，侍卫们围着操场跑二十圈，君邪不会比他们少跑一圈！其他的训练，照样也要足斤加两！虽然以君邪现在的体质，每次都是拖到了最后，但每一种训练他都硬是坚持了下来！

第一天结束整个训练的时候，君邪几乎累得神识模糊，但心中的那股子傲气和身为

“邪君”的尊严支撑着他，硬是不折不扣地完成！

这具身体虽然经过了洗经伐髓，但君邪必须要将这具身体的协调性尽快修炼至完美无缺的地步！唯有身体各处肌肉骨骼全部都协调到位，才算是达到了君邪对自己的初步最低级的要求！而这一切从哪里来？

从汗水中来！

不努力的人，就算是天上掉馅饼，也只能被馅饼砸死！而绝不会吃进嘴里！

而现在，君邪虽然已经拥有了玲珑鸿钧塔和开天造化功，但不论是武还是道，都必须内外兼修！肉体不够强大，就算是仙家功法，也照样会灰飞烟灭！

本来对君邪的参加训练，三百护卫人人抱着怀疑的态度，认定少爷不过是一时好玩，见他从一开始就东倒西歪，人人皆是心中暗笑，皆认定君邪绝对坚持不了多长时间，甚至有些无聊的人一边挥汗如雨，一边定了赌局，出了赔率。

每个人都认为，这位少爷此刻或者是下一刻就会倒下，这样的纨绔少爷怎么可能坚持住这样炼狱似的训练，有人甚至打赌，顶多一炷香的时间君邪就会放弃了，但出乎所有人的意料之外，君邪一开始就是摇摇晃晃，到了吃早饭的时候，还是摇摇晃晃，就是脸色煞白了一些。

他……居然坚持了下来！这个结果让所有人大跌眼镜。

于是纷纷猜测上午的训练少爷会不会参加。

绝大多数的人还是认为，这样的训练量已经超出了三少爷的承受能力，能支撑到现在已经非常难得了！

吃过了早饭，只有半炷香的休息时间，完全没有人知道，君邪竟连这半炷香也没有浪费，回到自己房中，忍着浑身肌肉的酸疼，又开始了手部训练！

这个小训练主要是锻炼自己手指的极度灵活性！这训练，看似简单易做，其实难度不小。在钢针密布的训练器材中，只要用力过大过小或是稍有不灵活，就会被钢针刺入肉中。那一瞬间的刺痛，足以让任何人的手哆嗦一下，而哆嗦这一下，最少又要有几针扎上了……

君邪板着脸，平心静气地将训练了一早晨的手伸了进去……

上午训练开始，侍卫们发现君邪居然又站到了操场上，手指头上不知为何鲜血淋漓，又红又肿，脸色却已经好看了很多。然后，一上午的时间，居然又是摇摇晃晃地坚持了下来！

这样的结果，再次让所有侍卫都大跌眼镜！

但仍有超过半数的人认为，这么大的训练量已经超出三少爷的承受极限，能支撑到现在已经非常难能可贵了！下午不会再硬撑了吧？

然而……

下午，照样如此。

护卫们这时真的被激起了好胜之心：难道我们久经训练和战阵，百战归来，居然还比不过一个身娇肉嫩、从来没吃过苦的贵公子不成？

这个想法，直接让这些本来就站在炼狱边缘的人一下子踏进了炼狱之中！只要君邪自己不停止，侍卫们个个憋着一口气，死也要撑到底。结果是……所有人都累得没了脾气……

君邪组织训练，君无意当然要到场，君邪将所有人的士气都鼓动了起来，到底要怎样训练，这是君无意很好奇的事情。但看完了一天的训练内容，君无意只觉得自己背脊上飕飕地冒凉风！

看到一个个侍卫扛起粗大的原木来回拼命奔跑，中间居然完全不准休息，君无意眼睛瞪得大大的，但当他看到君邪居然也在其中，也照样扛起原木奔跑，忍不住拼命地揉了揉眼睛，再看，再揉……君三爷居然将自己的眼皮都揉痛了……

如果说他的眼睛没出问题，那今天的太阳一定是从北边出来的，这怎么可能？这还是自己那个纨绔侄子吗？这也太离谱了吧？

一天下来，见君邪终于收手立定，那些虎背熊腰、体力超佳的护卫一个个累得如同死狗一般，一个个如同烂泥一般瘫在地上，大张着嘴巴，呼呼地喘气，满场地三百多人居然就没有几个还有力气能站起来的！

两位大队长一个弯着腰剧烈喘气，一个翻着白眼使劲地揉着腰。

君邪脸色苍白，摇摇欲坠，但却站得直直的，锐利的目光看着眼前横七竖八的人们，突然大吼一声："都给我站起来！三息之内，谁站不起来，淘汰，滚出这里！因为他不配站在这里！连我这个纨绔败家子都比不上的人，还有什么脸面活着！"

顿时所有人如同弹簧一般弹了起来，一个个咬着牙，摇摇晃晃，数十人几乎忍不住又要一头栽倒，却被身边的人扶住，如果真被三少爷比下去了，貌似真没脸活着了。

君邪喘着粗气，冷冷地看着他们，粗声道："现在，还有谁不承认自己是废物？嗯？只不过是一天的工夫而已，一天你们就成了这德行！连我这个纨绔子都能站在这里，而你们却倒下了！你们难道就这么心安理得地躺着？难道就没有觉得害臊吗？这样也配叫百战勇士？！"

三百条大汉人人脸现愧色，一个个忍不住低下头去：是呀，连这个大家一向都看不起的少爷都坚持了下来，而且到现在还站着，我们这些人有什么理由躺下？

君邪一天的训练，众人都看在眼里，以众护卫这般粗壮魁梧的身体支撑下来这一天犹自如此疲累，君邪究竟是怎么承受下来的，真是匪夷所思！但人人都知道，身娇肉贵的三少爷想要承受下来，肯定比这些人要艰难得太多太多了！

每个人看着君邪的眼神之中，不由得都多了几分敬畏，因为君邪全然没有半点这方面的底子！而这些人却是久经训练的……

君邪冷冷地看了他们一眼，突然转身就走，抛下一句话：“明天若是再出现这种情况，三百人一个不留，统统给我滚蛋！君家，不养废物！尤其是连一个纨绔子都不如的废物！”

看着君邪离去的背影，细心的人都看到，君邪的腿，甚至全身每一处肌肉都在轻微颤抖，这是疲累到了极限才出现的不受控制的情况！但君邪脸上居然一点也没有表露出来！单单是这份忍耐力，在场诸人，没有一个能够及得上！

一个纨绔少爷都能忍受如此强的训练量，自己这些百战老兵能说自己受不了吗？尤其是自己和人家纨绔少爷的训练量还是一样的，好意思开口说辛苦吗？丢不起这人啊！若是开口说辛苦，被同僚鄙视也还罢了，若是再被纨绔三少爷鄙视，那还活不活了！

然而他们若是知道，君邪的身上，居然另外还绑着八个沙袋，不知他们会作何感想？会不会真的不好意思活下去？

没有人知道，君邪身上有十几处被沙袋磨破了皮！鲜血几乎是带着淋巴液缓缓渗出来……君邪今日一天的训练，训练量总和估计要比这些侍卫最少高出三倍！

这是一个相当恐怖的数字！若不是开天造化功撑着，就以君邪目前的身体素质，足以累死十次！但君邪之所以这样，就是要借助开天造化功的神奇作用，以超脱生死的训练，冲破自己身体的一道道极限！

君无意虽然并不知道君邪身上另有沙袋，但君邪今日一天的惊人表现，已经足以让这位曾经手掌千军万马的大将军为之动容！

看着君邪渐行渐远的背影，君无意目中带着无限的欣慰，心中却有着狐疑：难道，这才是莫邪的真正面目？这……对自己也太狠了！这样不会有意外吧！

打铁还得自身硬啊！

君邪稳稳地走回自己的房间，可儿见到他这副模样，差点哭了出来，颤抖着手帮他除去了衣物，然后用清水细细地擦洗。君邪始终站立着，他知道，只要自己身体失去了平衡倒下，以目前的疲累来说，必然会立即睡死过去！但只要撑过了这一关，能够清醒着恢复了体力，就代表着自己又冲过了身体的一个极限！

擦完身子，让可儿退了出去，赤着身子，君邪就站立着进入了深沉的调息之中。意守灵台，开天造化功第一层的运行线路缓缓流动起来。

君邪赫然发现，自己脑海内的那座七彩玲珑塔居然转动得比前段时间要快速了一些，而且里面散出的天地灵气也要比前段时间浓郁了不少，灵气缓缓进入君邪的经脉之中，顺着线路流走起来，每到一个地方，君邪就会感到清凉舒爽，就像干渴到了极点、几乎冒烟的嗓子，突然有一道山间的冷冽清泉注入了进来，这一刻的惬意，无法形容。

雾气越来越急地进入君邪的经脉，对君邪已经疲累到了极点的身体，缓慢地进行修复。君邪全身渐渐麻痒起来，尤其是受伤的地方，更是痒得如同百爪挠心。君邪死死地控制着自己想要去挠一挠的欲望，竭尽全力控制自己的心神进入修炼状态，慢慢地……进入了物我两忘之中……

在不知不觉之中，时间缓缓流逝，君邪身体表面所有破损之处，缓缓地停止了溢出清液，慢慢地凝固，慢慢地结成疤痕……

渐渐地，君邪身上的疤痕慢慢起皱，然后变硬；再到后来，一点一点粉屑似的脱落下来……

君邪的脚边，慢慢地累积了薄薄的一层皮肤碎屑，而身上的肌肤，又变得如从前一般雪白光滑，唯一的分别却是更具柔韧度…

身上一天超高强度锻炼下来绷得紧紧的肌肉，在无意识却有规律地轻轻颤动着，慢慢渗出一点点的晶莹水色，颤动之后，肌肉慢慢地松懈下来，渐渐恢复到训练之前全身放松时候的状态，又是一阵浪涛般的酸麻酥痒之后，终于彻底地松弛了下来……

进入修炼状态的君邪，对这一切变化毫无所觉，身体将极度疲累状态硬撑过去之后，随之而来的，便是海啸般的舒爽，整个精神意识进入了一种空灵的境界之中，就像一个人在无边无际的宁静大海中自由遨游，无比地惬意。那种舒服的感觉，就像是大海的浪涛，一波接一波地涌过来……

脑海中那座七彩玲珑塔，流溢出来的雾气愈来愈浓郁，一阵阵纯净至极的天地灵气潮水般涌入君邪的身体，冲刷着他身体的每一处经脉，每一寸肌肉，每一分筋脉……

君邪清晰地感觉到，在经脉中游走的那一条纤细的丝线气劲，在经过灵气的汹涌冲刷之后，竟然在慢慢地壮大之中，虽然幅度不是很大，但确实是在不断壮大，而且自己的思想感应无比地空灵，竟似丝毫也感觉不到疲累，所有的精神似乎在这一瞬间与脑海中的这座奇异的小塔和谐地融合在了一起，那种快慰的微妙感觉，即使以君邪这钢铁般的神经，也禁不住为之陶醉。

蓦然，鸿钧塔七彩的光芒一顿，突然停止了转动，君邪脑海意识一震，瞬时从那无比美妙的境界中清醒过来，精神状态也在这一瞬间由识海回归了现实世界，而身体经脉内的灵气白雾亦如潮水般退却下去，君邪只感觉到自己浑身上下充满了力气，缓缓睁开眼睛，两道锐利的神光顿时激射而出！

随意活动一下身体，全身各处骨节“啪啪”一阵脆响，瞬即便圆顺如意，精神状态竟是出奇良好，清淡的月光轻轻洒落下来，君邪走到窗前，天空明月如盘，碧空万里，一片皎洁。

无论是哪个世界的月亮，月光始终温柔如水，清辉遍地。君邪轻叹一声，出奇地发现，自己的心里，竟然再没有过多惆怅孤寂的情绪，好像从前种种都已经习以为常。明月依旧，苍穹依旧！依然在同一片天空下，就当是……工作地点调动了……

再次仔细检查了一下身体，君邪这才发现，自己身上的伤口不但已经愈合，更神奇的是，连疤痕居然也在一夜之间消失得无影无踪，且皮肤更柔韧光滑，君邪不由得瞠目：想不到这开天造化功的恢复能力，竟然是如此强悍！

本想如此残酷地训练下去，自己几天的工夫就能变成古铜色的肌肤，没想到身体素质倒是飞速提高了，但皮肤竟然是越练越光滑了……这让他大失所望。不幸之中的万幸是皮肤是向着柔韧方向发展的，如果皮肤变得格外地柔嫩了，那还怎么出去见人！

再次提气运功，君邪顿时大喜！这一天的疯狂训练下来，晚上这一运功，训练的效果果然显著，身体内的发丝气劲居然差不多壮大了一倍，若是说原本的气流像头发丝那么粗，现在就已经变成猪鬃毛的粗度。君邪一阵冷汗，如此比喻自己，实在是有自虐的嫌疑。

而气劲的流动速度也更加快速了。他突然间醒悟到，自己修炼的开天造化功第一层又前进了一大步！

而另一个更大的惊喜就是，现在居然已经可以内视！这可是武道修行到了先天的境界才可以做到的事情。没想到这开天造化功果然神妙，虽然现在的功力尚远远达不到曾经那先天武者的标准，但却已经可以进行内视了！

看来，这种极限的训练，全身的体力全部压榨干净之后，再次运转开天造化功，居然有意想不到的好处。

顺着经脉一查，君邪终于了解了这个世界玄气的奥妙所在，所谓玄气修炼，其实与内功的修炼并无太大的分歧，几乎可以说就是一种特殊内功的修炼法门，玄气虽然不如内力持久，但玄气的爆发力却要比内力强得多，正因为爆发力奇强，所以这种神奇力量的隐蔽性也就相对不足，自然后劲也更加不足。越是高深的玄气修为，外在效果也是越显著，这就是为什么会有各色玄气光芒！

而玄气的修炼方式反而与内功几近相同，也是按照一条固定的经脉路线进行运转，比如说九品以下是一条经脉，无论是奇经八脉，又或者是十二正经，只得一条通达，形成一条经、络的内循环。而到了银品境界突破的时候，便可以再开启另一条经脉，这样等于是增加了一个支流，但内循环依旧，只不过比之前的范围要大很多。

这也许是这个世界的人体质特殊的原因吧，难怪玄气每一次进阶都痛苦无比，如同毒蛇蜕皮。硬生生冲开一条经脉，滋味岂是那么好受的？

以后就以此类推，当十二正经尽通、奇经八脉通顺一半的时候，便是至尊神玄的境界了，这里还有一个前提，通顺的一半奇经八脉之中，必须是有任督二脉相通，这样才是真正的至尊神玄境界，若是你也通顺了奇经八脉中四条，却不包括任督二脉，只算是伪至尊神玄境界！

唯一让君邪意外的是，到达了至尊神玄境界固然打通了周身全部的十二正经，成为玄气的主要修炼场所，丹田也依旧是玄气的仓库，而奇经八脉却只需要打通四条，比较困难的也只是任督二脉而已，就可以成就这个世界最高层次的存在，但就武学而论，所谓的最高成就至尊神玄，身体里面依然有四条经脉是封闭的。

那么，至尊神玄之上，是不是还另有更高的存在？

第十章

再见唐源

至尊神玄之上，是不是还另有更高的存在？

如果就内功修炼的理论，这个问题的答案是一定了，一定有更高层次的存在！不过这里毕竟是另一个世界，内功与玄气修炼虽似同途，但结果却未必一致，所以结论也就不能下得过早了，没准这个世界比较另类，至尊神玄真的就封顶了也是可能的！

当然，这一切以君邪现在对玄气了解的层次，还是无法定论的。

还有就是，君邪通过之前的洗经伐髓之后，周身的经脉尽通，已经达至先天高手百脉尽通的境界，若单以经脉而论，就算是真正的至尊神玄只怕也有所不及！但真正实力，却是远远地达不到了。毕竟来到这个世界只有短短的一个月的工夫，能够从一个废柴的身体到达现在的身体强度，这本身就已经匪夷所思了！

这也正是开天造化功的奇妙之处，若是换成一般的功法，区区一个月的时间，恐怕入门都难。而玲珑鸿钧塔配合开天造化功，却能够一举打开所有经脉，这就等于是一下子给君邪打开了无数个深不见底的宝库，只等君邪一个个去填满了。

以君邪现在的实力而论，若是当真生死搏杀，相信一般的银品玄者，已经很难奈何得了他了。若是暗杀的话，自然更加不可同日而语。毕竟，这才是君邪的本行。

但经脉通达给君邪一个很古怪的本领，只说刻意模仿的话，只要给他相对应的玄气修炼的法诀，他就可以随时模仿出这种功法的极端形态。当然，也只是形态而已，绝对没有相对应的威力。

想到这里，君邪不由得一笑：貌似又多了一条路子啊……

第二天，君邪再度神采奕奕地出现在训练场上，让所有人又是大吃一惊！昨天的训练，即使让这些侍卫强壮的身体也吃不消，到现在身上还有多处地方酸痛得要命。而这位公子爷居然比他们还要早地到了操场上！

昨天的训练之后，几乎所有人都对自家的三少爷有了一种全新的观感，甚至是一种敬佩之心，但几乎所有人都认定，三少爷明天可能是来不了的，别说有没有心来，就他那小身板也绝对负荷不了！

可是今天再看到君邪挺直的身子、利剑般的眼神，所有人心中都有一种错觉：这还是那位纨绔成性的公子哥儿吗？他是怎么爬起来的呢？

君无意一早就来到了操场，坐在轮椅上，目光审视地看着这边。君邪的出现，既在他的意料之中，也可说在他的意料之外。昨天君邪训练之后的情况，他可是非常清楚的，确实是非常严重，以君邪原本的身体素质，当真未必可以负荷得起，所以就算君邪今天不出现，也无可厚非。他本想君邪就算出现，也会是非常疲累，甚至是非常狼狈的。昨天的训练，就算是自己身体完好之时，也未必可以轻松完成，但真的万万没想到，如今看起来君邪的状态比面前这帮大汉还要强得多！

难道昨天的训练量其实没有自己想象中的那么重？

又是一天的高强度训练下来，侍卫们更为惊讶地发现，君邪今天的速度，竟然比昨天又增加了不少，而且，虽然仍有些脚步虚浮，但却已经不再摇摇晃晃，至少比昨天要像样许多了。

惊讶还没有完结，在接下来几天的训练中，君邪已经完全跟上了侍卫们的进度，甚至还要胜出一筹！这样的事实让一帮护卫都红了眼睛：这样快速的实力提升，实在是他们从来没有见到过，别说见了，简直是听也没有听说过的！但公子的事例却就在自己的眼前，将所谓的神话变成活生生的现实！少爷如此身娇肉嫩都能做得到，我们皮糙肉厚，为什么反而就做不到？

这个疑问，再一次掀起了练兵的热潮！每个人对力量的渴求，使得训练一下子进入了白热化的程度！几乎人人都是红着眼睛咬着牙齿，野兽一般地拼命训练着……

他们还是不知道，在他们训练的基础上，君邪身上还挂着八个分量不轻的沙袋，而且每天早晨，还要给自己先进行一次特训之后才回到这里与大家一起训练！而且君邪这几天对自己的训练又增加了几个内容：攀高、抓石、蹬平、通臂、匿踪……

君邪将一天十二个时辰仔细划分，基本每一分钟都不会浪费。

君老爷子在第三天的时候知道了这个消息，曾经在训练的时候偷偷来看过一次，老爷子欣慰自己孙子上进，却也很担心孙子操练过于频繁，欲速则不达，那就不好了。不过在看过那次之后，连面都没有露，就那么静悄悄地走了，但管家老庞却分明感觉出来，老爷子很高兴，很快活！

甚至没人的时候，君老爷子自己在书房里还哼了两句小曲，还破天荒地喝醉了一次，醉得一塌糊涂，脸上却尽是欢欣，然后一个人摇摇晃晃地来到亡妻的牌位前，喃喃地不知说了些什么，竟然说了整整一夜。第二天才走出来，脸上带着微笑，眼角却含着几滴老泪……

金秋节的前一天，天香城便已经开始热闹起来了。人人衣着光鲜，处处张灯结彩。远方的游子纷纷还家，一年一度的团圆节，怎么会不热闹？

中午，醉仙楼顶层。

侍卫们围坐在一起，占了两桌。在他们中间另设一桌，入座者只有两人，正是君邪和唐源。

唐源坐在君邪对面，唉声叹气，愁眉不展。这几天，唐胖子可算是吃了大苦头了，唐万里老爷子几乎将自己这个孙子巨硕身体里的肥油榨出来了一半。首先是禁足，不许踏出家门一步；然后，只要老爷子一想起玄丹被窃这件事情，就会马上让人把唐源叫过去，对着胖子就是一顿跳着脚的大骂，再挥几个耳光解气，接着让他滚蛋。这样的招待比一日三餐都来得频密，简直就是什么时候想起来，就什么时候招待。

唐胖子本来就丢了大脸，差一点就把自己未来老婆输了。岳父大人那边已经骂得他狗血淋头了，未婚妻以泪洗面，以死相挟，非要退亲不可，实在难怪人家姑娘，今天是差一点，不知道那天就真输了出去那可咋办……

父亲见了他，是一个巴掌之后紧接着就是到处找棍子，母亲想拉着父亲又不敢拉着，皱着眉头就没有舒展过。几个弟弟每次见面就先问一句："老大，什么时候再去千金堂啊，让小弟们也去瞻仰一下老大的风采呗……"然后就是一阵乐不可支的大笑……

最难受的是，老爷子一天训斥无数次，而且每次还都要跪在算盘上，为了这，都专门打了一个铁算盘，为什么？废话，就唐胖子的体重，别的质地的算盘不得一跪就塌，算盘不要钱吗？就算是铁算盘，这段时间下来也有些弯曲了……

也幸亏唐胖子神经大条，心宽体胖，更有几分乐天知命的脾性。就算是挨了骂挨了揍，被数落得想自杀，只要回到自己房中睡一觉，立马风轻云淡，视之如过眼云烟，若是换成一个爱钻牛角尖的，恐怕这时候绳子套在屋梁上，都轮回转世好几次了。

当然了，什么乐天知命、风轻云淡、过眼云烟大抵都是官方说法，胖子根本就一边脸皮撕下来，贴到了另一边的面皮上——一边二皮脸，一边不要脸！

这次胖子终于借着金秋节这个由头从家里溜了出来，第一件事就是来找君邪诉苦水。君邪正在发愁自己手里那个东西到底是什么，唐胖子一来，两人一拍即合，勾肩搭背地就来到了醉仙楼，连呼带喊地叫了几个小菜，对饮起来。

唐胖子喝一杯酒，叹三口气，然后伸着如同水萝卜一般的手指头指天骂地地发泄一回，再喝一口，周而复始……用词之激烈，言语之恶毒，恨意之刻骨……

楼上所有客人无不侧目！就连一边的侍卫也偏过了头，做出一副不认识的样子：跟着这样的少爷出来，实在是太……掉价了……

君大少爷更是侧目，大少纵然沉稳，但胖子骂的人貌似也包括自己，偏偏自己还要揣着明白装糊涂，发作不得，如何不侧目！

“我说胖子，你家究竟丢了啥？你这么苦大仇深的，搞得我连酒都喝不下去了。”君邪皱着眉头看着面前的酒杯，他是真喝不下去，被人骂也还算了，以君大杀手的沉稳，片刻不适也就过去了，可是这酒明明浓香扑鼻，可味道却又寡淡如水，竟无丝毫酒意，犹如泔水，委实令君邪头大如斗！

这种酒，如果让君邪给个评价的话，简直就像是一个比唐源还要魁梧的女人往自己身上倒了整整一瓶非但劣质而且过期的香水。

喝到这种酒，君邪居然忍不住想起了大雨之夜在那宋老三的小店中喝的酒，那种被君邪踩得一文不值的垃圾酒，如今想来居然有些神往。

所谓人比人得死，货比货得扔，尽管那酒在君邪品来也是难以下咽，更无法与曾经喝过的美酒比较，但他现在总算知道，当初那人说那酒在整个京城也是少有的好酒，而且限量卖的说法，居然……是真的！

君邪自己酿酒的想法顿时又清晰了起来！自己貌似酒糟发酵之后反而给忘了，算算日子……汗，应该这几天就可以出酒头了吧？赶紧弄出新酒就算不为了赚钱，也为了自己有的喝啊！

要是只喝这些个垃圾酒，还让不让他活了！他把酒酿出来的时候，也限量卖，一坛酒一万两银子，爱买不买，不买拉倒。自己喝一瓶看一瓶。真是难以忍受！

君邪捏着鼻子灌了一杯“垃圾”下肚，恶意地想着。

“唉……”唐源欲言又止，一张圆圆胖胖如同荷包蛋一样光滑的脸居然看出了扭曲的表情，“三少……哥哥我真的是苦啊。你说那几个陷害谁不行，非得来陷害我！我这辈子跟他们没完！还有那些该死的贼，你说他们偷了咱家的东西，爷爷为什么赖我啊，我诅咒那些贼……”

越说越激动，说到伤心处，唐源激动得站了起来，一只大腿带着汹涌的肉浪狠狠地踩在了他坐的椅子上，浑身肥肉波澜壮阔地一抖，神色狰狞地向天大吼！也幸亏醉仙楼的桌椅质地真是过得去，能顶得住死胖子的重压！

君邪可是有些顶不住了，痛苦地用手捂住脸，真想掩面而逃——跟这胖子在一起，太丢人了……

整个醉仙楼三楼霎时间鸦雀无声！人人都转过头，看着这一堆肥肉在激动地颤抖。

喘着气，唐源把大腿挪了下来，然后也没擦一下，一屁股重重地坐在椅子上，举杯猛灌。

“三少，这次我家丢的可是了不得的东西！”唐源扭曲着脸，“就为了这东西，这四五天以来，我已经是饱受蹂躏，老太爷教训了我十好几顿，老爷子用大棍子赶着我猛捶，你说我这样……能跑得快吗？看哥哥我，现在都瘦成什么样了啊。”唐源哀怨地向着自己身上比了比，坐在椅子上，肚皮软软地垂下去，将膝盖遮住了……

“确实是瘦了很多。”君邪违心地道，随即加上一句，“看你这瘦的，脸上都没褶子了。”

唐源呸了一声，他本想吊吊君邪的胃口，没想到君邪居然并不追问了，虽然是件丑事，但唐源为了这件事吃了这么多的苦头，自然而然有一种非常想倾诉一番的欲望。要不，非死皮赖脸地拉着君邪出来干吗？

“那是颗玄丹来着！玄丹啊，三少！”唐源凑在君邪耳朵边上，低低地道，“而且还是九级巅峰玄兽的玄丹啊！这可是逆天级的宝物！”

“不过是玄丹而已，我还当是什么了不起的东西。”九级巅峰玄兽的玄丹？君邪心中一跳，却不屑一顾地扭过头，“那玩意儿有什么了不起，我手里就有一个。”

“你以为是五六级的普通货色吗？就你手里那玩意儿，能跟我家的比？”唐源嗤了一声，“我告诉你，我家遗失的那颗可是顶级的九级玄丹，这消息若是传了出去，只怕天下都会震动！若是有地玄强者服用了九级玄丹，足可以从地玄初阶一举冲到天玄巅峰！若是天玄中阶强者服用了，甚至可以一举冲上至尊神玄境界！至尊神玄啊，三少，那可是整个天下都有数的高手！”唐胖子肥而短的双手夸张地做个环抱的姿势，意思这便是天下。

“有这么高的效力吗？”君邪心中有些怦怦跳，却一脸怀疑地看着他，“在我面前也吹这么大的牛？要是真有那么高的效力，天底下的商会还不卖疯了？”

唐源大感受了侮辱，指天赌咒发誓，拍着胸脯，一张肥脸涨得通红，“卖疯了？你以为这东西天底下有很多吗？若不是天底下罕有的东西我家老太爷会发这么大火？我跟你诉苦真是找错对象了！”唐胖子激动地说道。

“哦……我真的很同情你。”君邪长长地哦了一声，顺嘴学了一句，心中迅速地盘算起来。若真是这么逆天的宝贝，那还真不能还给唐家了。这件东西，若是能为自己的家族制造一位超级强者的话，岂不比放在唐家浪费要好得多？

两眼发红的唐源一咧嘴，觉得这几天以来，也就只有君邪肯听自己的诉苦，霎时间心中又感动起来，狠狠地擤了一把鼻涕，随手一甩，然后正要对着君邪说两句掏心窝子的话，就在这个时候——

“谁？谁乱扔东西？给我站出来！看我不灭他九族！”一个尖锐的气愤到了极点的

声音响起，带着无与伦比的气急败坏……

君邪扭头一看，楼梯口正站着一个身穿青色绸袍的油头粉面的青年，左手搂着一个花枝招展的女子。他此刻正满脸怒色，正手忙脚乱地擦拭。

君邪瞪着眼睛，瞠目结舌，良久才笑出声来，一边笑一边摇头摆手做崇拜状："唐胖子，你的准头真是没治了，佩服啊……"

唐源目瞪口呆，半晌才苦笑："不是我的准头没治了，而是这家伙的运气实在是太逆天了……"

这话说得倒也是。整座天香城出名的几个恶少，唐源和君邪还真没几个不认识的，既然这家伙油头粉面、满脸骄横，肯定是一个不安分的角色，但却与他们二人都不相识，那就必然是个本地纨绔子中的无名之辈。

而这个无名之辈此刻出言不逊，惹上君莫邪和唐源这名满京城的两大纨绔，这运气还真是没的说了，果然是逆天级数的。

两人这一说话，那青年顿时看向两人，松开左手挽着的女子，气势汹汹地走了过来，满脸扭曲地向着唐源大吼一声："死胖子，你找死啊！还有你，小白脸，你笑什么啊笑？"

君邪脸色顿时阴沉了起来，本来还想劝唐源不要把人打了，毕竟理亏的是胖子一方，眼下一听这话，稳稳地又坐了下来，打死活该！

唐源本不是什么善男信女，更兼又是在人生最郁闷的时刻，正需要一个泻火的地方，一听这句话，立即暴跳如雷，圆滚滚的身体就像排球被人狠狠拍了一记，腾地一下就跳了起来，"啪"的一大巴掌，宛若熊掌般厚实的右手掌瞬间与那家伙的左脸来了一次亲密接触。

那青年万万想不到唐源本来理亏在先，现在居然又二话不说就直接动手了，此等恶少，真是世间罕见！

他身体本就虚亏，哪里躲得过，结结实实地挨了一记，手舞足蹈地转了两个圈，一屁股坐在地上，只觉眼前满天星斗闪耀了起来，脑袋一歪，嘴一张，三四颗白生生的牙齿带着血水喷了出来。

唐源狰狞着脸扑上前去，将近四百斤的身体腾地一下将那家伙压在身子底下，左一拳右一拳，向着脸上狂揍，一边打一边骂："我心情不好，你还敢在我面前号丧，你还敢骂我，今天不打死你，还真对不起你那一声骂！"

一字一顿，一字一拳，打得甚有节奏感，顿时打出了一声高似一声的杀猪般的惨叫。

"咔嚓"一声，却是那家伙的腿骨硬生生被唐源的体重压断了……那青年不似人声地惨叫一声，身体一抽，脑袋一歪，晕了过去。

直到此刻，和他同来的那女子才回过神来，一声高亢尖锐的叫声响起，瞬间就高过了八度。

“不许叫！”唐源恶狠狠地大吼，眉眼狰狞。那女子顿时一惊停下，接着却又恐惧地直着脖子尖叫出口，然后连滚带爬地向楼下跑去，只听得“轰”的一声大响，一声惨叫，跟着骨碌碌的声音突然响了起来，很显然，那女子惊慌失措之下，走路不稳，直接在楼梯上滚了皮球。

“行了！解气了就行了，你再打就真把他打死了！”君邪皱着眉，觉得今天出来得好生无趣。

“就算真打死他，又能怎的？谁敢找我麻烦！”唐源又狠狠打了两拳，这才喘着粗气站了起来，打人也是个力气活儿，唐大少累得不轻，眼睛一斜，“整个京城，我唐源不敢打的还真不多！”

“这家伙好像还真有些来头。”君邪下巴向着外面抬了抬。外面有急促的脚步声响起，居然有不少人向着这边迅速赶来。

唐源不以为然地撇撇嘴：“连你我都不认识，能有什么来头？小杂碎一个！就算搬了他祖师爷来，本少爷一根指头也给他摁回去！”

“那两个恶人，就在楼上，秦公子也在。”楼下传来那女人惊慌失措的声音，接着便是几声兵器出鞘的声音，“哗啦啦”几声铁链子响，楼梯“噔噔噔”地响了起来。

霎时间，五六条大汉一脸冷肃地站在了两人面前，看了看地上躺着的满脸满身鲜血的青年，都是一脸怒色，其中一人与那青年长得有些相像，方脸虬髯，愤怒的两眼似要喷出火来，一挥手：“还愣着干什么？把少爷扶起来，将这两个胆大包天的东西拿下了！”

四名大汉答应一声，一步踏前，就要动手。

在他们旁边还站着几个穿着捕快服饰的人物，闻言赔笑道：“秦帮主，你看这事，是不是交给我们？我们定然……”

“我儿子都被打成这样子，交给你们？这两个人，我今天都要带走！一个也不会放过！我倒要看看，在这北城醉仙楼这个地界，哪个人敢动我秦虎的儿子！”那人勃然大怒。

那位捕快本想拍拍马屁，却没想到兜头吃了个没趣，顿时满脸尴尬，不说话了。

这位叫嚣着要报仇的大哥却是天香城六大地方帮派之中的北城帮帮主秦虎，至于躺在地上的那个青年，则是秦虎的独子秦小宝，倒也算是一个有点来头的纨绔。

“你的儿子动不得？”君邪冷眼看着他，看他这跋扈的样子就有气，下了个套，

“那你儿子动别人，可不可以？难道像我们这等平头百姓，就要任由你这宝贝儿子欺负不成？”

秦小宝固然算是一个有点来头的纨绔，但那得分和谁比，今天就是他的灾难日，碰到本地最有来头的纨绔二人组，尤其还碰到其中的一个纨绔急需宣泄火气的微妙时刻，就像一只兔子向着老虎和饿狼发了火，实在是有些造化弄人啊！

“哈哈哈……我秦虎的儿子，哪个敢动？谁动，我就灭他九族！”一听君邪自称是平头百姓，秦虎心中大定，恶狠狠地看着他，“小白脸，你们将我儿子打成这样子，难道还想活命不成？”

唐源勃然大怒，正要跳起来，亮出身份，君邪伸出手拦住了他。此事实在不用他们两个出面，由他们两大少爷亲自处理，实在是跌份。本来此事原本是唐源不对在先，若不是那秦小宝骂人太过难听，说说也就过去了。但现在听到秦虎这么说话，却让君邪起了杀心！

君邪行事，素来不分什么善恶正邪，想到就做，我行我素，快意恩仇。单凭秦虎这一句话，君邪就已经决定不会放过北城帮了！

如此父子，不知道会做多少恶事，君邪理所当然地认为，杀之胜造七级浮屠，乃是替天行道，当有大功德！

唐家的侍卫首领站了起来，他身后三人随之站起，四人身上同时泛出银光，四位银玄高手共同阴沉着脸踏上了一步，眼如利刀：“秦虎算是什么东西！”

秦虎一愣，顿时感到了强大的气势压了过来，心念电转，强提玄气，顿时浑身金芒闪烁，收起了先前的狂傲之态，慎重地道：“在下秦虎，乃是北城帮帮主，敢问阁下是？”

金品玄者！秦虎作为一帮之主，果然不是等闲之辈。

可惜这个金品玄者的内心却已经在打鼓，见到对方实力，这位北城帮帮主转换脸皮的本事，更是一绝！

银品玄者自然不放在他的眼中，但问题却是这两个人竟然拥有四名银品高手做护卫！这说明了什么？这两人究竟是什么来头？难道，儿子这次又惹了不该惹的人不成？

金品高手固然有资格成为一帮之主，秦虎在京城市井之中也算是一号人物，可是他不能招惹的人依然是大有人在！

记得前段时间儿子就是惹到了一位很是俊秀的公子，当街调戏那位公子漂亮的侍女，当时人家并没有怎么样，但当天晚上整个北城帮的高层就全部一个不少地被抓进了一个非常隐秘的所在，自己的玄气本是金品巅峰修为，居然直接被打落了一阶成了金品中阶，儿子秦小宝更被点破了丹田，终生无法再修习玄气！

三天三夜之后，才得以保住性命出来。然而保住性命的代价，却是变成那人手中的一颗棋子。虽然到现在依然不知道那位公子是谁，但秦虎却知道，定然是城中权势熏天的几大家族的公子之一！

当朝的权贵，就是金品玄者甚至一般的地玄强者也招惹不起的存在！

而面前这一个，单从这架势来看，居然好像比那位神秘公子更加强势的样子。而面前这小白脸，比那位神秘公子更加俊秀，不会两次都栽同一个跟头吧？

“北城帮帮主？秦虎？没听说过，哪来的垃圾，竟敢如此放肆！至于我是谁？本来凭你是不够资格知晓，但你儿子居然敢冒犯我们唐府大公子，本已是罪不可赦，我家公子宽宏大度，宅心仁厚，只略施薄惩，便不再与你儿子计较！而你身为他的父亲，不思感恩戴德，好好管教自己的儿子，反而带着人来兴师问罪，更与官府勾结，欲要将两位公子捉拿回去！秦虎，你好大的胆子啊！”那侍卫首领瞪着秦虎，缓慢低沉地说道。

好口才！君邪心中喝彩。这侍卫头领一张嘴就把罪过全部套到了秦小宝的头上，只是这一段话，便已经让秦虎全无辩驳的余地了，这还罢了，最高明的地方却是把唐大公子唐胖子给无限美化，就凭这不着痕迹的马屁功夫，绝对是个人才，大大的人才！

“唐府大公子？”秦虎一听这话真差点没吓死。他现在最害怕的，很凑巧就是唐家。不为别的，做贼心虚啊！

那位神秘公子也确实可怕，可是无知者无畏，秦虎虽然也畏惧那位神秘公子，但始终不知道那公子的来历，以及本身实力到底有多强。可是唐府，那个是整个京城都是响当当的老牌世家，灭自己的小小北城帮绝对跟玩似的！

更别说他之前按照那位神秘公子的吩咐，将唐家的玄丹偷了出来，眼下正是最惶恐不安的时候，唯恐哪天唐家突然找上门来，那便是自己北城帮的灭顶之灾了。谁曾想到自己的儿子居然在这节骨眼上招惹了唐家的大公子！这可真是自作孽不可活了！

这一刻，秦虎感觉要晕过去了！这样的冤家对头，躲还来不及，儿子竟然与他们正面对上了，找死也没这么找的吧？别人撞了南墙就回头了，可自己儿子怎么撞了南墙还不回头！

看着被唐家大公子“略施薄惩”，躺在地上满身血污的儿子，秦虎心中又气又急又心疼。自己北城帮虽然势力不小，但与唐家这等高门大阀的权贵比起来，却实在是如同蚂蚁老虎一般的实力悬殊！自己唯一的儿子真是太不成器了。上次惹了事，被废了玄气，丢了半条命，仍旧不长记性，看来这次，只怕连剩下的那半条小命也要没有了。

不光是秦虎惶恐，那四个捕快也彻底傻了眼。本想这次过来帮秦公子出口气，必定每人都可以发一笔小财，哪知道却对上了唐大公子，这就不是要钱的问题，直接要命了！

“至于你们几个公门败类，暂时留在这里，让你们的上司来领人。我倒要问问他们，刑部缉凶衙门居然就是像你们这般做事的？依附黑帮势力，欺压弱小良民，为虎作伥，为非作歹？”

唐源阴沉沉地看着那几个捕快，这番话居然说得是滴水不漏兼大义凛然！只不过这样的话实在不应该从唐源的嘴里说出来，而应该是别人说唐源才对！无怪乎听在君邪耳朵里，却是禁不住要捧腹大笑，唐胖子居然自称弱小良民，还真敢说！

四位捕快脸色惨白，面面相觑，摇摇欲坠，估计胖子再大声吆喝一句，就能把他们几个吓死过去！

唐源的岳父孙成何乃是刑部侍郎，主管的正是这一块，这些人的上司便是孙成何的直接下属，若是真的来了，一看这四人帮助北城帮对付的竟然是自己顶头上司的女婿，那还不火大至极？那这四个家伙就真正完蛋了。

这四个家伙确实是倒霉，他们自然是听说过唐大公子的名头，可是他们的资格实在太垃圾，唐大公子这样的高级人物，他们是只闻其名，未见其人，今天直接撞在铁板上了！

“原来是唐大公子，小可失敬失敬。”秦虎赶紧换了一副脸色，满面堆笑地上来拱手深深一礼，“犬子有眼无珠，冒犯了唐公子，更有劳唐大公子代小可管教，小可这里多谢了，万望公子爷大人大量，从轻发落一二。”

唐源鼻孔朝天，哼了一声，不理不睬，转头对四名侍卫道：“这小子无缘无故地对我撒野，定有内情！我现在怀疑，这北城帮与我唐家的被盗一案有关系，把这小子带回去，好好审问。”四名侍卫齐声答应，却是面现难色，心道：这件事起因是在你自己身上，而你在甩人一脸东西之后，又将人家打得半死，人家父子也已经对你低声下气了，现在还要不依不饶诬赖人家偷盗，实在是太过分了一些。

唐源这句话本来也就是心中不忿，发发邪火而已，随便东拉西扯乱扣大帽子，秦小宝这么招惹他，又是在唐源一生之中心情最差的当口，他岂能善罢甘休？

但唐源却万万没想到，自己这随口诬赖的一句话，竟然瞎猫碰上了死耗子，无巧不巧地一棍子打到了正主身上！

一听唐源这句话，秦虎亡魂皆冒，浑身冷汗顿时都出来了，我的天呀，这下子可真是夜路走多了遇上鬼。任谁都明白这小子只是诬赖而已，可此时却偏偏说中了事实，真是不爽！万一儿子被他带回去说出什么不该说的，这唐家的聪明人可是不少啊。

君邪邪笑着，冷眼旁观，见到秦虎脸上的表情一下子变得惨白，眼神更是躲躲闪闪了起来，不由得心中大为奇怪。

唐胖子这句话充其量不过是想多要点面子加好处而已，秦虎至于这么惊慌失措吧？

再怎么说也是一帮之主，虽然北城帮在六大帮派之中乃是最为垫底的一个，但作为帮主的秦虎也不应该如此脓包吧？其实对秦虎而言，若能借这件事结交上唐家，根本就是一大幸事，可看他那副德行，竟是很有一些做贼心虚的味道……为什么？

停！做贼心虚？这么一想，君邪看向秦虎的目光顿时变得意味深长，心中也即刻盘算起来。

“犬子无礼，大少教训是应该的。不知是否可以先让在下将犬子带回去养好伤之后，专程送到府上请大少教训？自然，犬子惊吓了大少和贵友，秦某必然会有所补偿，定然让大少满意就是！”秦虎毕竟是一帮之主，虽然上次那件事之后变得有些惊弓之鸟的意思，但多年的历练毕竟不是虚的，迅速恢复了过来，赔着笑脸，提出了折中之策。

唐源哼了一声，道：“我倒要看看你们北城帮怎么补偿！”他这么说，便已经表示不再追究了，唐胖子也是光棍，如今面子里子都有了，就看好处如何了！秦虎也是老江湖，当然听得出来，大喜拜谢道：“多谢大少开恩，大人大量！改日秦某必定登门拜访，专程感谢大少的大恩大德。”

唐源“嗯”了一声，看向君邪：“我这里是没事了，不过你儿子刚才可是将君三少骂得不轻，只要三少不怪罪，你们就可以走了。”

“君三少？”秦虎顿时想起了君莫邪的名字，能让唐源摆出这种姿态来的“君三少”，除了臭名昭著的君莫邪，貌似整个京城再也没有第二个！

原来自己儿子不仅惹了唐大少，还骂了更加难缠的君三少！这一刻，秦虎突然有一种将儿子一把掐死的冲动，如果这小子不是自己唯一的血脉的话。

君邪看着秦虎，眸中光芒一闪，随即隐去，心中已经打定了主意。秦虎和儿子秦小宝一个蛮横跋扈，一个娇纵护短，君邪可以想到，这父子二人如此的组合，已经造下了多大的孽！不说别的，就说今天，倘若不是遇上了他和唐源，换个普通人在这里，哪里还会有命在？

秦虎、秦小宝，此等败类，不杀不快！北城帮，不除不快！君邪杀机已动！不过他还有些顾忌，主要是他敏感地感觉到，在这酒楼上，似乎有什么人在窥探着自己，观察着自己的一举一动……

君邪懒洋洋地向身后椅背上一靠，习惯性地跷起了二郎腿，手指一点一点地点着秦虎的额头：“秦虎，本来以你刚才那番话，本少爷就要教训你！不过看你态度也还恭谨，此事就这么算了吧。听说你们北城帮在城北开了不少赌场？听说北城帮每天都是金山银山财源滚滚？呵呵……可真是发财啊！”

接着他又眼睛一瞪，冷笑两声，道：“秦虎，本少爷等着看你的态度，你若让我不满意，本少爷担保你北城帮上下男女老幼绝对没有一个人能够看到后天早晨的太阳！”

说到这里，突然身子坐直，接着俯下腰来，凑在秦虎耳边，怪笑道，“不过，若是让我满意了，有你的好处，哈哈哈……”

你还不如直接说多多益善地拿银子来！绕这么一大圈有意思吗？秦虎心中大骂，但无奈形势逼人，自己身为一帮之主，却被面前一个十几岁的小孩子指着鼻子狂骂，唾沫星子喷了一脸，实在是丢人！但秦虎却不敢表露任何一点不满，因为这位说要灭掉北城帮，貌似实在不是什么太费劲的事情……

赔着笑脸赌咒发誓一定要让君三少满意，秦虎说尽了好话，才终于在君邪的一挥手之下，抱起儿子灰溜溜地走了。

“真是扫兴！”唐源向着秦虎的背影，狠狠吐了口唾沫，“三少，明天晚上落月湖中心岛金秋才子宴，你来不来？听说有不少新鲜玩意儿！”

按照惯例，每年金秋佳节，天香国便会在金秋节这天的晚上，在天香城中落月湖的中心岛上，举办一次金秋才子宴，皇帝指定几位大臣，宴请文星书院前十名才子，而实际上，这十个人也是即将毕业，进入朝堂人物中的佼佼者，借这次机会对这些品评一下，然后安排相应的职位。所以说这金秋才子宴，便等于是读书士子一跃入龙门的平台。

只有十个名额，对数千学子来说，自然是僧多粥少。这样一来，自然让文星书院学子之间的竞争更加激烈，同时这样的场合，当然会被众人关注，各大家族也会分别派人前去，看看这些人能不能拉到自己家族阵营之中。

另外，就是这些才子大都是单身汉，而且还都是前途无量的黄金单身汉，所以一些贵族小姐也想从里面挑选一些如意郎君，自然许多的莺莺燕燕也是要来参观的。

这么多名门闺秀聚集一堂，像唐源、君莫邪这等纨绔自然更加不会放过这猎艳的机会，而为了与才子们争夺佳人的注目，也会彼此比试一番，不过每次都是纨绔们输得屁滚尿流，但却年年乐此不疲。此刻唐源问起来，瞧他激动得浑身肥肉乱颤的样子，显然是势在必行，当然了，是否能如愿就不好说了，反正是很不乐观就是了。

“才子宴？唐大少，你看我们两个的样子，像是……才子吗？”君邪翻了翻眼皮，“菜籽还差不多。”

君大少爷心里还有句话实在是没好意思说：本少爷眉清目秀，自然很像才子，可是老哥您呢，说您是菜籽都不恰当，肥籽还差不多！

“什么才子？还不就是一群唯利是图的酸丁罢了，像去年那个赵成松，在金秋才子宴上给了我一个没脸，让我在李小姐面前丢了脸，本公子立即指示将他弄进唐家，许以高官厚禄，那家伙还不是立马屁颠屁颠地来了？你知道他现在在做什么官吗？”唐源得意扬扬。

“什么官？”君邪对这种有趣的事件还真的非常感兴趣。搜了一下记忆搜了出来，这个赵成松家境一般，虽然确实甚有才学，但为人却极为势利，根本就是一个表面很清高、骨子里却是奴颜婢膝的垃圾。

上次他与唐源作对，是为了获得李太师家里一位小姐的青睐，不过到最后，所有的大家闺秀一个也没有看上他的，倒是唐源这厮竟然如此宽宏大量地将这人收在手下了？这实在不像是唐源能够做出来的事情啊！

“我找人把他安排在户部，然后让我叔找他个毛病接着调离，然后又调离了他几次，他现在唯一的工作，就是在我洗澡的时候给我擦背，洗衣服！别的工作啥也没！”

唐源恶狠狠地笑着：“若是他跟我执拗到底，清高到底。我还真拿他没法，也不好意思折磨下去，不过这家伙软骨头还要装清高，说什么名士风流！他不是想要扯李太师家的裙带子吗，本公子就让他天天洗裙带子！”

唐源的叔叔乃是户部员外郎，给一个新人下绊子，自然轻松愉快兼拿手。

“扑哧！”君邪一口茶水喷在唐源脸上，咳嗽起来，“你叔还真听你的话！唐大少，你这样也太糟践人了吧？那人说啥也是个才子，还是文星书院的毕业生，颇有些能力。这般做法未免太有辱斯文了……”

“有辱斯文？三少，你这话我可不敢苟同。那些人算什么玩意儿？就是一群书呆子而已！就算他们从书本上学到了经天纬地、定国安邦的本事，又如何？纸上谈兵，完全不会运用，只能闷在肚子里发臭！学问大不等于能力强，也不等于人品好！光靠一张嘴算什么才能，更不代表什么。文星书院，好大的名头！可天香国历代以来位高权重的人物从文星书院里出来的有几个？”唐源哈哈一笑，一拍君邪的肩膀，“三少，咱俩都不是什么好东西……”

“停！什么叫作‘咱俩都不是什么好东西’？”君邪本来听得连连赞同，暗自叫好。这种观点，他还是深有同感的，就像是应试教育出来的所谓满分高材生，与千锤百炼的社会精英一旦抛弃嘴头理论功夫在实践中相比就什么都不是，就像刚断奶的娃一样。

只是想不到唐源这家伙也有这样的见识，真是意想不到。正听得爽快，但没想到这小子话锋一转，异峰突起，这一天一地，一南一北，跨度实在是太惊人。

“哈哈……我是说，咱俩都不是什么好人。”唐源哈哈一笑，道，“但是三少，你我再坏，在这偌大的京城，我们就算是天天祸害人，又能祸害多少人？千百人了不起了吧！但是像赵成松这样的软骨头，一肚子心眼和坏水，若是当真放出去为官一任，那他一害就是无数的百姓！而且这里祸害完了再去别的地方祸害，不到朝廷砍他的头，他就能继续祸害下去！但到他砍头的时候，他早已经不知道祸害了多少人！我们跟他比，谁更不是玩意儿？”

唐源说到这里，突然有些愤慨：“所以我就要羞辱这些恬不知耻的东西！什么才子！凡是在我面前自称是才子的，我见一个扁一个！一个个往死里整！只要是落进我手里的才子伪君子，一个个永无出头之日！”

君邪哈哈大笑：“不错不错，唐胖子，我第一次见你说话如此大快人心！说得好！就凭这话，我敬你一杯！”

这一杯，却是君邪真心真意所敬，胖子的这句话委实深得君邪之心，回顾君邪一生，能得君邪诚心敬酒者，不过两三人，胖子能饮此一杯，实在是造化不浅！能得君邪敬酒者，在这个世界，唐源还是第一人！

敬过了这杯酒，就表示君邪已经认可了唐源这个人！此子虽然是个纨绔，但却是个真小人，真性情！

君邪做事向来随心所欲，看得顺眼的人，哪怕是千夫所指，君邪也能与他共饮一杯；看不顺眼的人，全天下都说是圣人，君邪也是不屑一顾！

此刻的唐胖子可是完全没有了解这杯酒的珍稀程度，自然也不会想到，就是因为现在君邪敬过了这杯酒，他脱去数次大难！几次生死关头，都被君邪所救！不过这都是后话了。

唐源端起酒杯一饮而尽，小眼睛溜圆：“本少爷自家人知道自家事，长得不招人喜欢，爱赌个钱，也爱打个架，欺负欺负人散散心，看到漂亮姑娘，也要嘴花花两句解解闷。我既有色心，也有色胆！我就是坏人，可我坏在了明处！那句话怎么说，爱美之心，人皆有之，好看的女人谁都愿意多看两眼，不然人家长得那么漂亮干什么？若是好人家姑娘看见我这么看她肯定会躲着走，遇到那样的，我自然不会上去自找没趣。被我看了，还站在原地等着我去调戏的，难道还会是什么好女人吗？可是传来传去，我居然成了十恶不赦之徒！而那些伪君子，看见漂亮姑娘赶紧低下头，一副道貌岸然、文质彬彬的德行，等人家一转过身就立马盯着人家大姑娘流口水，暗地里使阴劲！我呸！这就是才子！这样的才子，我恨不得一个个全部杀光了！”

一番论谈下来，唐胖子心情郁闷，连连举杯，口中滔滔不绝，手上也是杯杯不停，纵然酒劲清淡，可惜酒入愁肠，量变引动质变，终于醉了，两眼蒙眬，硕大的头颅摇来摆去，再也支撑不住，“砰”的一声砸进了面前的鱼汤盆里，被烫得“嗷”的一声叫，不过却也因这一烫而清醒过来！

君邪看着满脸鱼汤、大是狼狈的唐源，忽而心中一动：反正要除去秦虎这对无良父子，莫不如索性就将此事交给唐家来做，以唐老爷子刚刚丢失重宝的郁闷来说，宁可错杀一千，也绝不肯枉纵一个……嗯，更何况自己现在实力不济，训练的人手暂时派不上用场，若是让爷爷出手，未免动静太大了……不错！就这么办！只要如此这般，大事成矣！搞死一伙垃圾，算啥大事！

之所以不让君家出手，是因为君邪还有一个顾虑：玄丹，已经是一个大大的旋涡。秦虎面上表情，虽不能肯定地说是因为玄丹慌乱，但若是万一与玄丹有关，那么君家出手灭了北城帮就等于是此地无银三百两，一脚踩进了大泥坑里成为众矢之的。而唐家则恰恰相反，完全没有这等顾虑。

“唐胖子，吃饱喝足了，我们换个清静地方再兄弟谈心，我看怡红楼那地方就很清静，如何？”君邪一副明明是色中恶鬼，却还要偏装得道貌岸然的样子。

“怡红楼？果然是个清静的好地方，哇哈哈哈……”唐源眼睛一亮，醉意顿时消失一半，满脸的心痒难耐，“哈哈哈，三少你……你可真是我的知己啊。走走走，赶紧的，正好我这几天火气大，需要找个清静地方……”说着急不可待地站起身来，肥硕的大肚皮“吧唧”一下垂在了大腿上。

第十一章

围剿北城帮

两人扬长下楼，不是君邪不想在这里说明，而是君邪的思想一直感应到在这酒楼上似乎有人一直在窥探着自己，那股气息让君邪十分不舒服，所以才提出去怡红楼，那个“清静”的去处。

在君邪和唐源走下楼去之后，酒楼的雅座里，一个声音道：“李兄，他们走了。你看如何？”

一个温文的声音清清淡淡地道：“唐源此人，虽也算有些见识，但也仅此而已，太过纨绔莽撞。这种人纵有坏心，也只会在明处跳出来跟我们摆明车马地对着干，所以……可以不考虑。只是那君莫邪……近日以来的表现似乎与传闻不大一样。”口气之中，有浓浓的疑虑。

“哦？李兄的意思是……是那君家三小子有异常之处？”先前那人疑惑地道，“可这家伙还是跟以前一样轻狂贪财，没见刚才还在勒索秦虎吗？这家伙胃口好大，居然想要秦虎将北城帮的赌馆都交给他，哈哈……真是痴人说梦！也不怕噎死！”

“有些事情你并不知道，君莫邪这几天的古怪之处，并不只如此，此事确实有些古怪。让李延注意一下，让他告诉秦虎，明天下午让他去君莫邪那里，君莫邪说的每一句话都不要忘记。然后立即整理出来给我，不得有任何一点遗漏。我要好好地想想。”

第二人沉思着，手指轻轻敲着桌子。回想起刚才君邪的表现，终于还是摇了摇头：从言语到举止，这纯粹就是一个典型的纨绔子弟的嘴脸，为什么自己居然会觉得不对劲呢？是自己太敏感了吗？不，小心驶得万年船！

“你这几天，想办法与君莫邪见个面。”那位“李兄”慢慢地道，“有消息说这小子现在这段时间在家里训练跟不要命似的，而且说得很有一套，我总感觉很不对劲，想看看是不是真的。”

“我？见君莫邪？”那人顿时一副不情愿的口气，似乎要他去见君莫邪，是非常丢脸的事情，耻于与那等纨绔同坐一堂。

“你还是这么狂傲自大！这份狂傲会害死你的。”那“李兄”抬起头，眉清目秀，正是李悠然，这句话，他依然说得淡淡的，但对面那人却顿时出了一身冷汗，“是，回去我就安排。”

“嗯，到时候我会在一边旁听。看看君莫邪到底在搞什么鬼。”李悠然淡淡地道。

“对了，李兄，我接到消息，老二那边这几天可能要有动作。他已经有些等不及了。只是不知道他的目标是老三还是灵梦，那边消息很谨慎，没有再多的消息传出来。”

“哦？”李悠然那温文的声音哼了一声，慢慢地低沉着声音说，“老二真的有点蠢，这个时候，谁先动谁倒霉。嗯……我们大可静观其变吧，不必在意，以静制动方为上策。”

“可是，灵梦那丫头可是您看中的……”先前那人似乎不敢说下去。

“无妨，左右不过是一个女人而已。若是可借灵梦那丫头让老大和老二、老三打得血流成河，倒也是我求之不得的事情。”李悠然那温文的声音平静自然，却透出无比的冷漠寡绝，慢慢地道，“大业千秋万载，至于女人什么的……呵呵呵，不值一提！”

雅座里平静了下来。

路上，马车里，君邪远远地坐在唐源对面，努力地克制着自己，忍受着唐胖子身上肥腻的味道，感觉十分艰难。即使以一代杀手之王的忍耐力，也有些抵挡不住了。

掀车帘透了口气，君邪道：“唐胖子，听你这么说你小子现在在家里挨得挺惨的？”

本来兴致勃勃的唐源一下子蔫了下来，摆摆手，有气无力地道：“三少，是兄弟的就别提这事了，一提起这事我就想去上吊。你说我咋就这么倒霉呢？别人都遇不到这样的事情，而我却是接二连三，三少，哥哥我真是……烦啊！”

“那你想不想摆脱这局面？”君邪嘿嘿阴笑两声，诱惑道。

“想啊，怎么不想？可是这个事，又岂是轻易可以解决的！”唐源挠头道，一脸的苦闷。

“什么容易、困难的，我就问想不想脱离这个苦海！”君邪斜着眼，一副引鱼上钩的样子，怪有趣地盯着唐胖子！

“我想啊，真想啊！”唐源一阵兴奋，“三少，难不成你有办法？”

“办法嘛，虽说不多，不过两三条妙计还是有的，不过我的妙计随便一条都能够让你摆脱出来，想知道不？”君邪呵呵一笑，晃着二郎腿。

“想啊！三少，我的亲兄弟！君哥、君叔叔！您快告诉我吧，我实在是受够了。”唐源顿时抓住了一根救命稻草，一下子激动起来，气喘咻咻，差点就热泪盈眶。

“看到今天北城帮的嚣张劲了吧？今天被他们弄得很不爽吧？”君邪轻描淡写地提示。

“可是不爽！爷儿俩一对垃圾，烦得很！要不是这些天，家里烂事特别多，我真想立马灭了他，明天他去给我送银子我都不准备见他！”唐源摆了摆脑袋，“三少，你赶紧说办法啊，提这两货色做什么？”

“这不就是办法？唐源，你家里遭窃的事知道的人不多吧？”君邪微笑。

“知道丢东西的人肯定不少了！失窃也并不是什么大事，但具体丢的什么东西却是谁也不知道的。若是九级玄丹在自己家里被盗这么丢脸的事传了出去，那我唐家还不被人笑掉了大牙？对外宣称只不过是追回逃奴，搜索仇家而已。”唐源嘟囔，越来越搞不清楚君邪到底卖的什么药。

“可据我猜测，秦虎竟然知道这事。”君邪二郎腿晃了晃，“刚才你注意没有，就在你说唐家被盗的时候，秦虎的神色可是很慌乱的，貌似出了不少细毛汗。”其实当时秦虎只是眼神变动了一下，神色上也没有什么反应，至于细毛汗什么，更是子虚乌有。不过唐胖子根本不是什么细心的角色，也听不出来，更记不住了。

“你是说……秦虎他跟这件事有关系？”唐源一下子坐直了身体，小眼睛瞪得溜圆，君大少说的东西，委实是事关重大，不得不有些疑窦，若是在平时，君大少爷说有，唐大少爷也就相信有了。

“胖子你怎的这般想不开，且不管他跟这件事是否真有关系，只要你觉得他跟这事有关就行了，你只要回去跟你爷爷说，秦虎的北城帮跟这件事或者有关系就可以。那样一来，无论调查结果北城帮跟这件事有没有关系都好，你身上的压力也都会减轻很多的不是？”君邪邪笑一声，“再说了，我们可不是冤枉他，秦虎当时的慌乱可是做不了假的。没干亏心事，他慌什么？”

“可是若是我爷爷调查过后……万一不是秦虎做的，岂不是弄巧成拙？”唐源犹豫着。

“就算那样子，你不也为这件事尽心了吗？看在你如此知错能改，还帮忙调查的分儿上，相信老爷子也不会再对你如此苛刻了吧？再说，只要你一口咬定，秦虎可能有重大嫌疑。以老爷子现在的急迫心情，肯定会出手搞清楚的，只要老爷子出手了，势必雷霆万钧来一场。到时候是不是秦虎做的，就也不重要了，而且你唐家还能落个为民除害的名声，何乐而不为？”

继续引诱……

“你说得对，我爷爷对那东西真的非常看重，只须知道一点眉目，恐怕就会立即大动干戈！”唐源沉思着，“不过这件事情，还需有万全的后续手段才行，否则我的日子依然会很不好过。嗯……好！就这么办！”

越想越是觉得此计甚妙，唐源有些迫不及待了：“三少，要不我让他们送你去怡红楼清净清净，我得立即回家禀报老爷子。否则若是让老爷子知道我在打听到如此消息之后，还要先逛了会儿才回去报告给他，我肯定会更惨。”

“确实是事不宜迟，你忙你的，兄弟有事，我哪还有心思逛？随便玩玩就好了。”君邪笑了，“唐胖子，恭喜恭喜，你马上就重获自由了。”

唐源笑得咧着嘴如弥勒佛：“同喜同喜，全赖兄弟指点了。”

谢绝了唐源护送回府的美意，君邪立即下车，两人分道扬镳。看着唐胖子的马车一路滚滚而去，君邪嘴角浮起一丝笑意。

若是唐家真个动手了，自己下一步该怎么做？那玄丹可在自己手里，可自己却不知道如何用法，这个难题又该怎么解决？

是不是考虑将这事情的消息全面地散发出去，多吸引几个顶尖高手到天香城来？天下之大，能人异士层出不穷，总归会有知道的吧？不过此事，还需要瞒着爷爷和三叔才好，若是让他们知道了，以爷爷的耿直和三叔的正直，万一提出给唐家送回去咋办？又或者说漏了嘴什么的，那可就麻烦大了，还是到时候神不知鬼不觉地把玄丹给三叔或者爷爷用了之后再说明，嗯，来他一个木已成舟……那样的话，想必大家都会闷声发大财吧？

以君邪现在开天造化功的神异，再者完全与这个世界的玄气修炼不同的功法，君邪不认为这颗天下玄者梦寐以求的玄丹对自己会有什么作用，而事实也正是如此。

不过这个世界的玄丹对君邪修炼开天造化功虽然无用，却还有能够辅助他修炼的东西，只不过这个菜鸟现在还不知道……

还有明日的金秋才子宴，自己到底去还是不去？

一路思考着，也不知道走出了多远，才打定了主意。回过神来，摸摸怀中的飞刀，君邪叹了口气，自从上次动手之后，君邪就知道，自己的土法子打造的飞刀对这个世界的高级玄者来说，效果实在不怎么好。只是击杀了一个银玄高手，飞刀居然有些破损卷刃！若是金玄、玉玄级别的高手呢？思及至此，君邪莫名一身冷汗。唯一可以想见的是，这种铁质的飞刀对那些超级高手作用一定不大！起码不会起到一击致命的理想效果。

所以君邪在实力还未真正强大起来之前，还是先为自己打造几柄防身利器。最起码，以他现在的力量发出的暗器可以破得开玉玄强者的护身玄气，这已经是君邪心中的最低标准！但要达到这样的标准，普通的铁是肯定不行的。

君邪一路低着头，向着“神兵谱”的店面行去。想要找到上好的打造飞刀的材料，整个天香城，恐怕也就只这“神兵谱”或者能有了。在君邪的心中，最理想的材料是玄铁，或者是寒铁，实在没有的话，也只好用精钢对付一下了。

跟君邪分手之后，唐源唐大少爷兴冲冲地回到了家里，然后便急不可耐地立即求见唐老太爷。

唐老太爷这些天里可是烦躁到了极点，自己的心肝宝贝顶级玄丹被窃，全无消息，这让本就脾气火暴的老头儿更加火大，心中正想着唐源呢，若不是这浑蛋小子纨绔败家，出去赌博鬼混，哪里会引起这么多事情？越想越怒，就要令人立即传唐源过来，先打上一顿再说。

正待喊人，突然下人进来禀报，说是大少爷求见，顿时一愣：别说这个节骨眼，平日里也难得见这家伙，现在只怕躲着还来不及呢，居然还有胆量自动找上门来，不会是被自己骂得失心疯了吧？唐老太爷道：“让他立即滚进来！”想了想，又道，“把铁算盘拿来！”

唐源一进门，便看到了那硕大的铁算盘横在面前，顿时一张脸变成苦瓜。

“又是什么龌龊事？”唐老爷子怒气冲冲地问道，同时下巴向着铁算盘点了点，示意唐源跪到上面再回话。自己孙子的那点出息他是很明白的，如果不是出了什么解决不了的事，是万万不敢惊动他的。

唐源脸色一苦，委委屈屈地跪在上面，肚皮吧唧一下打在地面上，声音那叫一个清脆。

“什么事？”唐老爷子看着自己的孙子垂在地面的肚皮，更是气不打一处来，“你就不能减减肥？”

唐源兴致勃勃地回来邀功，哪想到居然是这般待遇，顿时垂头丧气，看着自己的肚皮，嘟囔道：“我也不想那么胖啊……这几天被你们教训得饭都吃不下去，光喝水，还是一个劲地长肉……”

“赶紧说你的事！”唐老太爷又气又乐，“别扯这没用的，是不是又闯祸了？”

“爷爷，我……”唐源一兴奋，想到自己按照君莫邪说的，即将摆脱这种苦痛生活，忍不住腾地站了起来，无视老太爷即将发怒的脸色，“爷爷，我可能找到了咱家丢的那颗玄丹的线索了。”

“哦？”唐老太爷正准备发怒让这小子再跪下去，闻言顿时精神一振，两眼大亮，也不计较了，“赶紧说说，是什么线索。”

“自从玄丹被窃，孙儿日夜忧心，自责不已，这几天里，殚精竭虑、呕心沥血、苦苦思索、细细斟酌、鞠躬尽瘁……”唐源表情真挚，一副洗心革面、改过自新、重新做人的沉痛。

“停！停停停！”唐老太爷一阵头大，“你是不是还想跪在那上面才肯正经说话？痛快点！”他指了指铁算盘。

唐源顿时吓了一跳：“今日出去，寻访线索，却在醉仙楼遇见了北城帮帮主秦虎……的儿子秦小宝正在嚣张跋扈、仗势欺压良民，孙儿不禁义愤填膺，按照您老人家平时的教诲，孙儿侠义之心看不得这种龌龊事！于是，胸怀凌云气，脚下舞东风！仗义出手，救助弱小，路见不平，拔刀相助，行侠仗义，为国为民……过后不久，秦虎居然胆敢带人来找场子，真是不知死活！发现是我的时候，居然显得慌乱至极。”唐胖子自吹自擂的本事还真是不一般，出口就是一套一套的。

“那个秦虎算什么东西？招惹了我们唐家，他岂能不慌乱？这就是你说的线索？”唐老爷子嗤之以鼻，这算什么线索？自己居然对这个浑蛋孙子说的话抱了希望，真是……听着这一连串的自吹自擂，老爷子头大如斗，满脸黑线。

“爷爷，若秦虎一开始就紧张的话自然是合乎情理的，可是在一开始的时候他居然完全没有慌乱的意思，但当我说起家里被窃这件事情，秦虎却脸色大变，如遇鬼魅。”

唐源一副智多星的样子细细分析：“外面只是知道我唐家被盗了金银珠宝，基于面子问题才追捕窃贼，但这件事情就情理上讲，跟秦虎根本扯不上半点关系，他为什么会那么吃惊呢？孙儿觉得，其中必然大有蹊跷！说不定，就是他做的！”

“嗯……”唐老太爷眯着眼睛，眼中精光闪动，“说下去。”

“没了。”唐源一急。

“没了？说到关键处没了？想死啊！”唐老太爷勃然大怒，一脚踢在他那肥硕的屁股上，“就这么一点点事，怎么就敢认定秦虎的北城帮与窃案有关系？这件事情究竟如何，再把各种经过给我细细地说一遍！若有半点含糊之处，我就直接扒了你的肥皮！”

唐源一阵无奈，看看骗不过去，只好将事情原原本本地讲述了出来。

唐老爷子眯着眼睛听着，当听到君莫邪说北城帮有重大嫌疑的时候，插嘴问了一句：“君莫邪那小子不是跟北城帮有仇吧？”

“嗯？不！没有，若是他真跟北城帮有仇，以他的性子，北城帮恐怕早就被他灭了好几次，哪里还能留存到现在？”唐源急忙否认。

“既然如此，那么君莫邪想必就不是故意陷害，而以君家的力量，也不必非要推到我这边出手，不过对君莫邪那小子，我实在有些信不过，显然凭这个小子，也未必能琢磨出如此高明的害人伎俩。”唐老爷子捋着胡子，沉思着道。

“但是……爷爷，玄丹对咱们唐家可谓重要至极，此时我们正是宁可信其有，不可信其无的关键时刻。”唐源眼看计划要黄，急急地说道。

“不错！正是宁可信其有，不可信其无！更何况只是一个地下帮派，动了也没什么，就当为民除害了！”唐老爷子猛地站起身来。

只是单凭这点，就硬指北城帮跟这件事情有关，未免过于牵强。不过近期来，京城之中这几大帮派这段时间里确实是闹得不大像话，尤其是这个北城帮，听说恶迹不少，而玄丹这件事情，还真漏了这几个帮派，就先拿北城帮来问问话，倒也不失为一条路子。唐老太爷有一搭无一搭地想着，实际上心中并没有多大指望。只是实在没有办法了，有这么一线希望也要查查看。

“传我命令，府中所有九品上玄者立即集合，今天晚上，便打他一个措手不及。记住，事情没有结果，不得随意杀人，全部要活口！审讯之后再说话。”

“是！”唐源大喜过望。君三少的办法果然好使，现在爷爷对我已经有所改观了！哈哈……

君邪策划这件事，就根本上来讲，还真就是因为看不惯北城帮，邪君看不惯的，当然不能让他们好受。但自己动手，又有顾虑，才推到了唐家。

唐源接受这件事，只是为了自己的日子过得舒服一点，不要在自己家里却像耗子一般人人喊打。

唐老爷子接受这件事，不过是抱着万一的希望，但有希望总好过没希望，顺便还能打着为民除害的旗号，无论事情结果怎样，只要在事后将北城帮所犯的罪名实打实地罗列出来、公布出去，唐家的名气就必然会再上一层，至少民间会有不少支持的声音。

再说北城帮只是六大帮派中最弱的一个，也没有什么上层力量支持，动之，毫无顾忌！当然，若是万一有什么收获消息，那更是意外之喜了。

但，无论是君邪，还是唐源，还是唐老太爷，都不知道这次行动乃是名副其实、结结实实地歪打正着，而且是切切实实地突然袭击，攻其不备！一切后果，就看今天晚上了。

而李悠然安排的令秦虎送礼试探君邪的打算，此刻也才刚刚传到了秦虎的耳朵里，但经过唐老爷子这么雷霆万钧的一次行动……

估计要又一次莫名其妙地夭折了，而且是毫无道理、毫无预兆的迎头一记闷棍，而原因只是两个纨绔子一个想整人，一个想摆脱自己的尴尬处境，两个各有私心的纨绔子弟，却无巧不巧地破坏了一向算无遗策的李悠然的又一次行动……

难道这是天意？

君邪慢慢地在路上走着，神兵谱的店面，已经就在面前。唯在大门口，却停了一辆锦帐流苏的马车，颇为奢华。马车上的图案乃是两柄交叉的剑！

这是独孤世家的专有家徽，是独孤世家的人！

君邪微微一怔，却也并不在意，仍旧缓步地走了进去，若是纨绔子君莫邪或者会忌惮几分独孤家的人，但君邪岂会在意什么独孤家！

“这位公子爷，请问您是买什么样的兵器？”刚进店门，一个中年人便迎了上来，如君邪一般的公子哥在京城可不在少数，而这样的公子哥也都喜欢带一把华丽丽的刀剑什么的，但都只是起个装饰作用，根本不能用来厮杀，这些兵器的实用性自然要大打折扣。

“我不是要买现成的兵器，我只想问问，你们这里有没有寒铁？价钱不是问题！”君邪笑了笑道，一副财大气粗的样子。

那人眼睛一亮，心想此人一身纨绔气，难道竟是行家不成，自己可别走了眼，又上下看了君邪一会儿，道：“公子爷原来是个行家，不过小店寒铁暂时没有了，那东西太过难得。不知百炼精钢铁可不可以？”

君邪呵呵一笑，道：“若真是百炼……倒是可以，不过你所说的这百炼精钢铁……是真正的精钢百炼吗？”

中年人脸上一阵尴尬，道：“公子爷果然是行家，在下自然不敢欺瞒。本店的百炼钢虽然大多都只得数十炼之间，但钢质的确是不错的，放眼天下，也是数得着的。”

“只得数十炼……我知道了，那么，玄铁有吗？”君邪叹口气。真是背，这地方居然这么落后吗？指望他们的锻造技术肯定是没希望了，就看看有没有什么特殊的金属了！而说到金属，玄铁却是不二之选的。

“也没有……”中年人擦擦汗，今天这哥们儿问的怎么全是那些可遇而不可求的东西？他突然想起一事，道，“不过，前几天刚刚运到一块陨铁，不知道公子合意不合意？”

“陨铁？”君邪眼睛一亮，“带我去看看！”

本来之前试问玄铁，也只是抱了万一的打算，虽然也是没有，如今却意外得到了陨铁的消息，玄铁虽然难得，但陨铁却更是难求，自己的运气还是很够的！

跟在那个中年人身后，君邪穿过店面，向着后面的仓库走去。还未走到仓库，便听到里面传来一个清脆的声音：“……好！我就要这块陨铁了。”

那个声音的主人却是当世之间君莫邪最为避忌的寥寥数人之一——独孤世家的独孤小艺！

怎么在哪儿都能碰上这妞呢，真是邪门啊！

君邪心中一急，一步跨进门去，没等有人说话，抢先开口：“哈哈哈……独孤小姐，我们真是有缘啊，居然在这里也遇到了。”

“是你？君莫邪？”独孤小艺一转头，妙目流盼，挺起了胸膛，“君莫邪，你也太邪了吧？怎么在哪儿都能碰上你这纨绔败家子，就跟个吊靴鬼似的，真是奇了怪了！”突然“噌”的一下跳了过来，凑过俏脸，恶狠狠地问道，“君莫邪，你是不是专门跟着我的？”

“独孤小姐，您的自我感觉也太好了吧？”君邪忍不住回了她一句，继续还击道，“我要找也要去胭脂楼，那儿漂亮姑娘可多得是，还特温柔……”

独孤小艺俏脸气得发白，一只纤纤玉手拧着他的胳膊，俏丽的双眼瞪得溜圆，咬牙切齿、一字一句地道：“你说什么？”

“君子动口不动手！”君邪正义凛然地道，随即苦下脸来，“大姐，轻点，您的纤纤玉手别累着。”

“哼，说！你小子跟着我到底有什么不良企图？快说，要不我可不保证你小子的耳朵是否保得住。”独孤小艺手下丝毫不松，不依不饶。

君邪知道这妞可是说得出做得到，从来不怕事大的角色，眼珠一转，嘿嘿笑道：“独孤小姐不是想要买铁块？不如……就让小弟我来为小姐付账如何？”

“你？”独孤小艺顿时想起来，这家伙前次赢了那么多好东西居然一件也不肯分给她，顿时心中又不平衡起来，不由得柳眉倒竖，愤愤地道，“本来就应该你来付钱！咱俩合伙赢的钱你还没给我呢！上次没本小姐的运气，你小子能赢那么多的好东西？就用这个抵了吧。”说着突然呵呵笑了两声，用手比了比，一对小虎牙可爱地露了出来，“我要用来打一把短刀，这样的……薄薄的，能藏在袖里那种，很不错吧。”

君邪心中汗了一下，这妞也太能扯了吧，也就是让您做个见证、飘了飘红赢了两万两银子不说，还一把抢走了自己大十几万两的银票，现在居然又摇身一变，成了合伙人，还靠她的运气……只打一把小小的轻刀，居然就想要占这么一大块陨铁，啥叫暴殄天物，这妞就是标准的事例了……

那块陨铁约莫有两个篮球大小，通体散发出一种奇异的色泽，类似于君邪曾见过的铝合金的特殊颜色，不过显得更加纯正，上面还有一道道不规则的花纹状撞痕。君邪一眼就认定，这块陨铁素质绝对要高过玄铁！这一刻，君邪心中已经打定主意：无论是用坑蒙拐骗还是什么，都要将这块陨铁拿到手里，这么好的东西，只有在本少爷手中，才能物尽其用！

“老板，这块烂铁，几两银子？”君邪吊儿郎当地用脚尖踢了踢房中间那块篮球大小的陨铁，嘴歪眼斜地问道。这让带他进来的那位中年人大跌眼镜！这位公子刚才可是一副行家里手的专家样子，言谈举止也算是沉稳得体，怎么一见到这位美丽的小姐，却瞬间变成这么一副令人作呕的倒霉样子？这是玩的哪一出啊？

难道是色迷心窍？红颜祸水啊，美色真是害人不浅！

“呵呵，公子，这块乃是天外……”老板是个老头，微微佝偻着身子。

还没等他说出来，君邪就不耐烦地打断了他道：“别废话，你直接说多少银子就行了，本少爷有的是钱！我看得上的东西，就算是废铁，也是宝贝！就这块烂铁，你只管开价好了！”

“是，是，”老板能在京城这个地界开店，自然是颇有见识，清楚眼前的这个少爷极有可能就是京城极具“威名”的几个超级纨绔之一，哪敢怠慢这等混世魔王一般的人物？他急忙道，“此铁来历不凡，小店估价八万两银子，而且，公子和小姐若是打算由小店打造成具体物件的话，费用须再加五千两银子……”

“哦？八万两？这么便宜？少爷我买了！”君邪一副有银票在兜里就不知道姓啥的样子，脚尖踢了踢另外一块，“这块破烂呢？”他样子嚣张跋扈，但脚下指定的货物倒真不是凡品，那乃是一大块名副其实的精炼钢铁，比那块陨铁要大得多了，通体隐隐泛出暗红色的色泽。

“这也是一块百炼精钢，虽然不能与之前的陨铁相提并论，却也要纹银两千两。”老者答话答得飞快。看得出来，面前这个公子是没有半点耐心的，纹银两千两，足可使一三口之家一世无忧，这价钱不可谓不贵，至于之前的八万两对普通人言，更是天文数字，但对于超级纨绔败家子而言，却不过是九牛一毛而已。

“不贵，不贵，挺便宜的！”君邪一挥手，“我全买了！”他爽快地掏出一摞银票，这些自然是他那天的战利品。

只见他攥在手里，吐了口唾沫，手指在嘴唇上一沾，啧啧有声地数出九万两银票，“啪”地在手上甩了一下，大剌剌地道：“这里是九万两，不用找了！”

独孤小艺在一边看着，脸色从好笑慢慢地转成失望，慢慢地冷了下来，再渐渐地浮现出厌恶的神色，心中顿时冒出一种说不出的滋味：那天还认为他已经改变了，现在看来，还是那个纨绔子弟……唉！

一手交钱，一手交货，君邪干脆利落地将两大块铁块交割完毕，现在，这两块价值不菲的铁块，已经是君邪的了。

独孤小艺冷着脸，冷冰冰地道：“君三少，钱你付了，这铁也该给我了吧？”心中着实后悔，早知道他还是这样子，自己让他付什么钱？让自己不痛快！本姑娘若要找人付账，上至皇子，下至众官宦家的公子们，排队都能排出几里地去，什么时候能轮得到君莫邪？真是跌自己的份，不过陨铁始终难得，就多跟他费几句话吧！

“好！正该如此。”君邪笑道，“独孤小姐，你看，这两个铁块，你要那大的，我要小的，如何？能替独孤小姐付账，真是我君莫邪的荣幸啊，哈哈……”

“你说什么？”独孤小艺刚要取过陨铁离去，突然听得不对味，不由得瞪大了俏丽的眼睛，有些不敢相信自己的耳朵，“我要大的？你要小的？”

他不是傻了吧？小的才是那块天外陨铁啊。大的是那块精炼钢铁，虽然品质也可以，但比起陨铁，却要差了很多，本小姐要那普通的精炼钢铁做什么。

“是呀。”君邪理所当然地道，“你看，这两块烂铁我都买下来了，而我呢，所需也不多，只需要那块小的就足够了。而那块大的，给我就太浪费了，是吧，俗话说，红粉赠佳人，大铁块当然也要送佳人，呵呵，自然是赠送给独孤小姐您了啊。当然，若是独孤小姐嫌不够的话，那我再买一块？左右是几千两一块，便宜得很，正好今天带了不少银子，要不我买上几十块，雇个马车送到府上去？”

独孤小艺顿时气得浑身都发起抖来！

她终于算是明白了，原来君莫邪的目标竟也是那块陨铁，只不过怕自己先下手为强才提出替自己付账，现在银钱交割完毕，他居然要送给自己那块普通的精炼钢铁？

烂铁，这样的烂铁你给我找几块来看看！

可恶的君莫邪！他居然借着替自己付账的名义，妄图将那块天外陨铁据为己有！

偏偏自己一时迷糊，竟然没有说明白……

“君莫邪！”独孤小艺尖叫一声，俏丽的大眼睛瞪得圆圆的，“你想找死吗？”

“冤枉！”君邪一脸的无辜加无赖，耸耸肩，摊摊手，“独孤小姐说哪里话来，一共就两块，大的都给您了，您还想怎么着啊？您要买东西，我都已经替您付完银子了，您居然说俺想找死……我我……我太冤了我！”

“你！……好，好，好！君莫邪，你有种！你千万别犯到我手里，我……我跟你没完！”独孤小艺胸口剧烈起伏，气得几乎要哭出来，咬着丰润的嘴唇，浑身颤抖。泪珠在眼中转啊转的，终于扑簌簌地落了下来。

君邪有些不好意思，毕竟人家独孤小艺先看上的，自己借着替人家付账的理由耍无赖私吞了，用这等不入流的下作手段占一个小女孩的便宜，实在是有些过意不去，皱着眉头安慰道：“哭啥？最多等我打造物件的时候，特别为你打造一柄宝刀，再专程送到府上，这样总行了吧？”

“谁要你的刀？”独孤小艺不知君邪此言已等于是一个承诺，还道君邪刻意讥讽自己，气得一跺脚，终于呜咽起来，心中委屈无限，“这块铁明明就是我的，呜呜……”

说来，独孤小艺倒不是哭那块陨铁，陨铁纵然珍贵，以独孤家的实力，只要刻意寻找，想来也不是太困难的事情，小艺真正哭的原因，反是君莫邪这个可恨的家伙，摆出一副纨绔的样子，连话也不让人说完，就快刀斩乱麻地将两块铁都买了下来，故意将整件事情弄得糊里糊涂、说不明白。现在可倒好了，东西到了他的手里，立即提出来给自己那块垃圾！居然还被他说得如此道貌岸然：你要大的我要小的……这玩意儿是能用大小个头来判定优劣的吗？

当然，最可气的还是，她居然又一次地看走了眼，又一次地被他假装出来的表象迷惑了过去……

眼泪断线珠子似的掉下来，独孤小艺真的很伤心。看这家伙居然木头桩子一般站在那里，竟然不过来劝慰一下！独孤小艺更是气苦了，索性小嘴一咧，呜呜地哭起来。

“别哭了，哭得脸都花了，真难看！”君邪皱着眉头，斜着眼，如此劝慰道。

“我就要哭！要你管，你……呜呜……你说谁难看？”女孩子最忌讳“难看”这个词，是可忍孰不可忍，叔可忍婶不可忍！独孤小艺突然停止了哭声，恶狠狠地看着君邪，一时间，怒从心头起，恶向胆边生，突然一下子抓住了君邪的胳臂，张开樱桃小口狠狠地咬了上去，一口咬完，随即摔开，越发大声地哭起来。

“嗷呜……”君邪脸上肌肉抽搐，咬着牙关。

独孤小艺泪眼明媚地瞪着他，呜咽道：“你……你说什么？”却是没听清楚。君邪摊摊手，一龇牙，痛。独孤小艺又哭了起来。

君邪挠了挠头，耸了耸肩膀，双手一摊，一筹莫展。

君邪本就很少接触什么风花雪月，对于女孩子的心思那是半点不懂，更加不会哄女孩子，所以见独孤小艺哭得伤心，他也是真不会劝慰，索性放弃这个努力，不理你，爱哭不哭！

蹲在地上细细查看那块天外陨石，越看越是满意，用手提起来，只不过比篮球稍大些，居然足有两百多斤的分量！啧啧两声，异常满意。

若使用这块陨铁打造出飞刀，必然是无坚不摧啊！这次真是捡到宝了，虽然手段有些不大光明。

正在陶醉，突然屁股上一痛，他几乎一头撞到陨铁上去，只听得独孤小艺一边伤心地哭，一边疾步奔了出去，地上留下一串泪珠……

原来独孤小艺见君邪竟然全然不理会自己，转头去看陨铁，更加委屈至极，在他撅起的屁股上猛地踢了一脚，哭着跑了……

抚着屁股，君邪有些恼火，独孤小艺却已经没影了，君邪长出了一口气，喃喃地骂了两句：小妞！若你落到我的手里……

其实，现在君邪的功力虽然仍不如独孤小艺深湛，但若是真以命相搏，甚少实战经验的独孤小艺决计不是君邪的对手！但问题也恰好就在这里，君邪曾经所习练的，全是又快又狠、一击毙命的杀人伎俩！而现在正在熟悉上手的，也无一例外。若是平常切磋，君邪反而发挥不出真正实力，不容乐观。

就如以前君邪在师兄弟们要求他指点的时候说过的那句话：“不要找我指点、切磋。我不会打架！”

而对独孤小艺，又岂能真正以命相搏？无论是家世地位还是个人脾气，都不允许君邪真正格杀独孤小艺！何况，独孤小艺号称“纨绔克星”，也算是一个疾恶如仇的善良姑娘。再说，一切只怪原先的君莫邪太过于混账而已。

他站起身来，看向那掌柜：“老板，若是这块陨铁在你们这里制成兵器，最多能做到几炼？”

老者沉思一下，道：“这块陨铁，小店之前曾经炼制过一次，去其杂质。若继续精炼，最多可以做到三炼，可以达到云纹缭绕照面光寒的地步，若是制成兵器，必然锋利至极！”

“能否做到削铁如泥？”君邪沉吟着。

“不能！”老者嘴角咧了咧，很干脆地回答。削铁如泥？小家伙你是传说听得多了吧？

“那你们竟然叫神兵谱？若是不能削铁如泥算什么神兵？”君邪一瞪眼，有种受了欺骗的感觉。

老者顿时喊起冤来：“这位公子，您只怕有所误会，所谓削铁如泥那……那基本都是传说中的神兵特性。再说，就算是一等一的神兵，也要分在什么人的手里才能够削铁如泥啊。公子您所说的就算是普通人拿着也能够削铁如泥的神兵宝器，别说本店，放眼天下也是绝无仅有的。”

“哦？倒也有理！”君邪突然想起一句话：真气所及，草木皆成利剑。不由得摇了摇头，心道：到了那等程度还要利剑干什么？要利剑就是因为拳脚功夫不够呀。

“算了，还是我自己想办法吧。”君邪叹了口气，“你让伙计给我送到君府去。”

原来是君家的！怪不得这么败家！老者连声答应，擦了擦汗，心中庆幸，这位纨绔少爷虽然纨绔，但今日居然没有胡搅蛮缠，你肯自己想办法自是最好不过了，只是可惜了这一大块陨铁。不过那种传说中的神兵利器，普天之下还未见一柄！让我给你炼真是难为死人了！

看着君邪离去的背影，老头腹诽了一声：就凭你这纨绔之徒，居然还想自己铸刀？若是真能够炼得出来，老夫从此不用脚走路！

转身出了店门，君邪一路往回走。君家不是没有马车，而且马车还极为奢华，但君邪却始终喜欢用两条腿走路。在作为杀手的潜意识中，唯有自己脚踏实地，才是最安全的。无论是坐什么交通工具，都有一种自己的命运不在自己手中的危机感觉。君邪很在乎这种感觉，这种感觉会让他心中很不舒服。

君邪的习惯是，命运永远由自己来掌握！

君老爷子给他安排的随身侍卫，也早已给他以各种理由打发走了。

因为君邪知道，跟在自己身边的侍卫，充其量只是摆设而已。自己无论走到哪里，身边都必然另有人在暗中跟着，暗中的那人，那才是一等一的真正高手！虽然君邪从来没见过，凭君邪目前的修为也无从察觉，但自从君老爷子安排了这人跟着他以来，君邪就能很清晰地感觉出来！

这份感觉来自于一个顶尖杀手的本能触觉，虽然没有什么理由，但君邪坚信自己的判断绝不会有错！

君邪现在对暗中那人产生了浓厚的兴趣。虽然目前的功夫远远比不上以前，但精神中的触觉却已经提高了好几倍！而且自己曾经多次尝试摆脱那人的跟踪，以自己的反追踪手段，在这样的情况下，这人始终能形影不离地跟着自己，实在是相当难得的！

君邪看似在漫无目的地闲逛，但他的精神思想牢牢控制着周围的一切，可谓是水银泻地，无孔不入，而且君邪的行动速度虽然不快，但唯有追踪高手才可以发觉，他每一次的改变方向，每一次的前进后退，都是如此突兀，出人意料！若是一般人，恐怕早已经被甩得连影子都看不见了。

但君邪背后这人却还是没有被甩开，一次都没有！

其实跟着君邪的这人心中早已经是叫苦连天！君老爷子拜托他保护自己的孙子还不能让他发觉，他二话没说就答应了下来，在他的心中，充其量不过是保护一个无所事事的纨绔子弟罢了，这桩差事实在是没有任何难度的！以自己的手段，恐怕就算是跟他一辈子，这家伙也只会是像做梦一般根本不知道的。

哪里知道两天的跟踪下来，便让这位超级跟踪高手脑袋都大了一圈。前面走的那小子，行事完全不按常理，当你以为他向东的时候，他却偏偏改了向，当你追过头回过来向西边追的时候，却会发现他已经向南走了……

这人在这世上几乎是顶尖的跟踪高手，两天里居然有好几次追错了方向，若不是君邪的修为实在太低，恐怕第一天就能将他甩得没了影子！几次错误下来，郁闷得几乎发狂，连自己的胡子都抓掉了几根！

数次想要干脆跳出来，拎着这小子的衣襟问问他：你天天东门不对西户，驴唇不对马嘴地乱逛些什么？你就不能老实点？

难不成是这个纨绔小子发现了我？刚这么一想，自己便否定了：看这个浪荡样子，他怎么可能发现我？完全就是这小子行事颠三倒四所致！

正在想着，突然发现前面的君邪兴冲冲地加快了步伐，走进了一家胭脂水粉店，忍不住呸了一声，心道不愧是纨绔子弟，居然向这等女人家的店里闯。哪知道一等二等，竟然不见君邪出来，终于沉不住气，飞也似的掠了过去，偷眼一看，里面根本没有君邪的影子，不由得一阵懊丧：原来这小子走了后门出去了，我怎的这么傻，偏偏没想到这一点？

他风也似的向着后门的方向一路搜索过去。

等到他去得远了，君邪终于确定那股一直注意自己的气息已经完全消失，这才施施然地从胭脂水粉店里走了出来，礼貌地道个谢，原路返回，扬长而去。

唯有店中的几个少女伙计瞪着圆圆的大眼睛，一阵咋舌：这位俊秀的公子看起来挺健康的，怎么一进自己店里却会突然拉肚子？而且还占用着茅厕如此之久？

天色渐渐阴暗，夕阳缓缓落下，已是黄昏独自愁，夜幕已经张开了狰狞的大口，只等那天边的余晖一旦消失，便要一口吞下这乾坤大地！

君邪走了两步，突然回头，换了另一条路，向着胭脂水粉店后门的方向而去，同时心中不免得意扬扬地暗笑，那家伙估计今天要被我绕晕了吧。我最擅长的就是这个，若是居然摆不平你这个棒槌，那才叫咄咄怪事了，小子，跟爷比，你还太嫩啊……

君邪所料不错，那人在追出数十丈之后，却没有发现君邪任何踪影，顿时知道上当了，一阵风似的又卷了回来，东南西北搜了一大圈，然后愣愣地站在胭脂水粉店前，看着大街上人来人往，一张脸又青又红，如同开了染料铺，浑身只觉得一阵无力！

纵横天下数十年，自己的追踪术从来就没有失效过，但今天居然在一个毛头小子身上栽了跟头，而且还是这样一个不学无术的纨绔败家子！这简直是滑天下之大稽！心中的感觉清清楚楚地告诉他：这次是真的追丢了！

丢人啊！阴沟里翻了大帆船了啊！

君战天，你这是养了一个什么孙子啊！怎么这般地邪门啊？

君邪嘿嘿笑着，无比惬意。虽然明知道那人对自己没有任何恶意，但习惯了独往独来的他，身后有一个人吊靴鬼一般吊着，总是有种说不出的不舒服，就是不爽！现在终于甩掉，顿时觉得浑身轻松。

突然，君邪正在走动中的身体肌肉一僵，随即松弛下来，肩膀肌肉一抖，飞刀神不知鬼不觉地到了手心。

几股阴寒的气息，带着森冷的漠然从各个方向赶来，目标，正是君邪现在身处的这个不大不小的街道里。

曾经的、同类的气息！

杀手！

不会这么巧吧？我才刚刚摆脱了保护我的人，却在这个时候遇上了刺杀？万一真的死了，那可就真成笑话了！自掘坟墓？君邪心中苦笑一声，但不可否认的，竟然有一种久违的兴奋从心中升了起来：隐隐带着血腥味——总算可以见识一下这个世界的同行们了，希望不要让我……失望！

前面整齐的脚步声起，一队人马走了过来，中间乃是一顶轿子，明黄色的轿面，两侧垂着几串珍珠，珍珠下面，是一个个小小的金黄色的铃铛，轻轻摇曳，发出清脆的响声，甚是悦耳动听。

这是当朝灵梦公主的銮驾！

难道这些人要对付的不是自己？竟是灵梦公主？

君邪心中一盘算，顿时觉得大有可能。自己来到这里，本就是临时起意，若要刺杀，比这里更加合适的所在刚才已经不知道走过了有多少。刺客万万没有一直跟到这里才下手的理由！

可是，光天化日之下，在这接近皇城的官道上刺杀灵梦公主，会是什么人有这么大的胆子？

灵梦公主可是当今皇帝最宠爱的掌上明珠，向来是要星星不给月亮，宝贝得跟心肝肉一般，若是灵梦公主遇刺，天知道皇帝陛下会怎样震怒和伤心？

这些人居然能承受皇帝陛下的盛怒？

君邪再来不及多想什么，灵梦公主的座驾已经到了眼前，前面的两个宫女看到君莫邪就站在前面呆呆地一动不动，不由得露出厌恶到极点的神色，轻声向着轿子里说了几句话。

轿里人说了句什么，停了下来。轿帘打开，一个身穿浅黄色宫装的绝美少女沉静地露出了一张脸，带着稍稍的不耐，却还是按捺着性子问道："君莫邪，今日为何拦住我的去路？"

拦住你的去路？君邪一阵愕然。左右一看，才发现自己正好是站在路中间，偌大的队伍当然不可能为他一个人绕路！再说这又是公主的车驾，这么说来，还真是自己拦住了她的去路，这话说的！

君邪只在君莫邪的记忆中知道有灵梦公主这么一个人存在，真人却还是第一次见。今日一看，不由得也喝了一声彩。难怪君莫邪念念不忘，这位灵梦公主当真是天香国色，一代倾世红颜！

肤色白嫩，双眉弯弯，眼睛如同两泓秋水，清澈见底，瓜子脸庞，黑发如瀑，浑身透露出一种高贵圣洁的气质，看着似乎不食人间烟火一般，清新脱俗，又如出水莲花，一尘不染。

“公主殿下这是要到哪里去？”直到此刻，君邪才发现，前面楼阁巍峨大气，已经是皇城。灵梦公主刚刚从皇城里出来，却接着就缀上了一批刺客？

这说明了什么？貌似太诡异了些！

想通了这一点，君邪有一种马上拔腿就走的冲动。以现在君家的处境，可绝不适合掺和到皇族的事情里面去。不过看灵梦公主这一行人的力量，君邪觉得，能够保住灵梦公主性命的可能微乎其微。

如此美人，顷刻之后只怕就要丧生于刺客手下，君邪虽觉得可惜，却也并没有觉得有多么舍不得。毕竟现在，保全自己和家族是最重要的。

“哦，我要去独孤府去找小艺，君三公子，请让一下让我过去。”灵梦公主的脸上很平静。原来独孤小艺被君邪骗走了一块天外陨铁，越想越委屈，一路疾奔，去找自己最好的姐妹灵梦公主去哭诉，但其时灵梦公主却正在皇后娘娘的寝宫之中，没有见到。

灵梦公主回来听到自己最好的姐妹居然是哭着来的，又是哭着走的，顿时心中紧张，以为发生了什么大事，这才急忙安排动身，要去独孤世家看看，究竟是怎么回事，能让这位刁蛮可爱又聪慧的妹妹如此伤心。却无巧不巧地在这里遇见了罪魁祸首：君莫邪。

当然，灵梦公主现在是不知道的，否则说不定要将面前这家伙捆起来送到独孤家里去。

君邪现在的感觉有些怪异，在这位公主的身上，君邪丝毫感觉不到什么居高临下、盛气凌人的皇家气度，反而很是平和。这种平和的气质出现在一位皇室的公主身上，就有些不同寻常了。

“是，如此莫邪就不再打扰了，公主殿下请便。”君邪打定了多一事不如少一事的主意就此离开，然最终仍是不经意地提醒了一句，双目深注，沉声道，“一路小心！”

其实君邪心中备觉怪异，按说一位堂堂公主殿下出行，尤其还是受宠如灵梦公主，身边的随从护卫怎的会如此之少？而且，随行之中根本没有什么高手！而偏偏又在这个实力最薄弱的时刻，很凑巧地来了刺客？

世界上真有这么巧的事情吗？越往深处这么一想，君邪就越觉得这里面隐藏着一个巨大的黑幕！

君子不立危墙之下，一个优秀的杀手更是远避是非之地，君邪绝不是什么怜香惜玉之人，更何况是用生命去冒险，他当然会断然拒绝的，尤其还是一个对他充满厌恶的女人，纵然这个女人美如天仙又如何！

灵梦公主颇为诧异地看了君莫邪一眼，以她对这位君三少爷的了解，只要见到自己，势必会来一段“姐姐、妹妹”的死缠烂打，今天怎的如此好说话，当真是罕见，不过他就此退去，却也省得双方撕破面皮，算是好事。

公主缩身回到轿中，那珍珠帘子复又放了下来。现在看去，一个朦朦胧胧的美好身影，梦境一般若隐若现。

暗影之中，有人正在急促地说话："头儿，君家那纨绔小子君莫邪也突然出现在这里，怎么办，是否等他过去再动手，还是……"

一个蒙面人伏在房顶上，眼目中闪着金灿灿的光芒："来得正好，机不可失，索性一并干掉！让君战天那老小子一起发发狂，也是好的。"

"是！"

君邪闪身退到一边，心中喃喃道：纵是香喷喷的绝色美女，死了之后也是会发臭的，然后还不是枯骨一副，黄土一抔。君邪啊君邪，你可千万不能心软，强出头只会连累自己。终于摇摇头，就要起步离开这个是非之地。

不意就在这一刻，几股阴冷的气息已经同时锁定了君邪！

现在想走都走不了了。君邪感到这一道道锁定自己的杀气越来越显得浓烈，哪里会不知道这些人将自己也列入了必杀名单里？

我是招谁惹谁了？真是无妄之灾啊！吃挂落儿也没这么吃的吧，咱就是个路人甲来着！

随着一声"起轿"的命令，车队继续缓缓前行。队伍前的几个侍卫倒也颇尽礼数，向君邪行了一礼，才策马开路。

此刻，轿中的灵梦公主心中却在想着君莫邪最后那一句话。"一路小心"这句话，可有些不伦不类啊。突然心中一惊：难道君莫邪知道些什么？这是在隐晦地提醒我吗？想到这里，灵梦公主心中一凛，顿时就要下令停下轿子，再好好问问他。

就在此时，突然朗朗天空瞬时一暗，无边的夜色终于降临大地！

随着夜色的降临，数个黑衣蒙面人如同硕大的乌鸦一般从天而降，人还未落下，数十只黑色利箭唰唰地射进了轿子里，半空中刀光剑芒闪烁着金银两色的玄气光芒，扑了下来。

连声的惨叫不断响起，随行数十名侍卫在黑衣人现身的一瞬之间已经倒下了十来个，有几人反应机敏地齐声大呼："保护公主！"纷纷执剑立于轿子周围，刀剑相击的声音不绝于耳，大街上行人一阵尖叫，四散奔走逃命。

另有两个黑衣蒙面人从房顶落下，直奔君邪而去，看身上的玄气光芒，乃是两位银品玄者！这样的两个人，乃是目前的君邪所绝对无法应付的高阶玄者，而且，是杀手！

惩恶扬善

第十二章

出动两名银品玄者对付我？还真是看得起我！君邪心中苦笑，对付一个纨绔子居然也出动这样的高手，策划这次刺杀的人真是大手笔啊！

两位金品高手、七位银品高手，合共是九名高阶玄者一起行动，对付一个毫无防备且并无高手随行的车队，简直是手到擒来，以石击卵！

两柄长剑闪耀着银光，狠狠刺下！面罩之后的两双眼睛，尽是残忍嗜杀，一击必杀！

面对刺来的两柄长剑，君邪心中霎时间闪过了十几种应对方法，但转念一想，这十几种方法无论哪一种都会暴露自己。

现在的君家，皇帝无比地放心，虽然君家没落，但君无意下身瘫痪，君莫邪纨绔不堪造就，等于无后，无后就代表着已经一大把年纪的君战天是绝无野心的！所以皇帝才会把整个国家的军队交到他的手上。但若是发现君莫邪居然是人中之龙，那么，现在的信任就会立即变成巨大的猜疑！毕竟，君战天在军方的地位，实在是太吓人！

而现在如果君邪将实力暴露在一干公主侍卫的眼睛里，从某种程度上来说，等于是逼迫皇帝对君家下手！

所以，不能！

君邪一瞬间做出了决定。

君邪神色慌张，手忙脚乱地接连后退，突然脚下似乎绊到了什么，一个踉跄向后跌坐，似有意似无意地恰好让其中一柄长剑贴着头皮擦了过去。同时暗运开天造化功，护住内腑，用力一拧，另一柄长剑“唰”的一声斜着刺进了胸口！

看似严重，但却是连骨头也没有伤到。开天造化功全力运转起来，浓郁的白雾瞬间充斥了君邪四肢百骸每一条经脉，快速地对他的身体进行修复着……

便在这时，另一人双脚齐飞，“砰砰”两脚踢在他胸口，君邪一声闷哼，喷出一口鲜血，仰天倒了下去，一个翻滚，滚得身上白袍血迹斑斑，翻了个身，头朝下，无声无息了。

两杀手对望一眼，神色不动，二话不说地向着灵梦公主正被围攻的轿子冲去。

在两人心中，君莫邪这个京城之中最出名的好逸恶劳的纨绔胸口先中一剑，接着承受了一位银品玄者几乎全力的一踢，必然是五脏俱碎，决计不会有半点活命的希望。所以两人连看一眼的兴趣都欠奉，直接转身！

两人都没有发觉，在那两脚踹上君邪的身体的时候，君邪胸前的衣衫突然诡异地鼓了一鼓，接着落下，随着两只脚踢在胸口，衣衫居然瞬间鼓动了五六次，化解了绝大部分力量。

灵梦公主如今的车队侍卫只是宫中最普通的侍卫，只有带队的两人实力较强，却也只是两名银品玄者，在猝不及防之下，要应付两名金品强者和七位银品强者的突袭，顿时手忙脚乱，其余人数虽众，但却根本派不上什么大用场。

诡异的是，自从黑色利箭射入轿中之后，轿子里面一直无声无息，也不知道灵梦公主此刻是死是活。

车前侍卫一个接一个地倒了下去，为首的两名黑衣蒙面人对视一眼，同时长身而起，飞掠半空，浑身金芒闪烁，犹如苍鹰攫兔，扑向轿子之中。

侍卫们大惊失色，一边放声高呼，一边奋不顾身地冲上前去，想要舍命阻拦，但以他们低微的玄气功力又岂能挡得住两位金品强者？双方的实力实在是相差悬殊，如波分浪滚一般两边退开，两位黑衣人已经迅速扑上了轿顶。四手齐出，剑光闪动，金芒一阵爆闪，一顶华丽的轿子已经四分五裂，绚丽的布条漫空飞舞，夜空下，金光银芒闪耀中，竟带有一种凄艳的绮丽！

黑芒突闪，原本射进轿子里的黑色利箭此刻居然毒龙一般从轿子里倒射出来，噬向两名黑衣人犹在半空的身体。

剑光闪动，“咔咔”几声脆响，箭矢纷纷斩断，就在此时，满空的绚丽布条飞舞之中，突然一道窈窕的身影裹着一身灿烂的银光快速而又曼妙地飞起，灵梦公主双目中带着愤恨与不甘，双手中各持一柄寒光闪烁的短剑，银光璀璨，向着两名黑衣人狠狠刺下。

这位看起来弱质纤纤的公主，竟然也是一位银品玄者！不意公主年纪小小，竟是一位武学奇才，单论个人修为，只怕较诸另一个武学天才独孤小艺犹有过之！

两个黑衣人同时闷哼一声，出剑一格，“砰砰”两声，三人分作三个方向飘落，灵梦公主娇躯落地，一阵摇晃，俏脸上忽现一阵诱人的嫣红色，瞬间又转为煞白，显然已经受了内伤！她纵然天资横溢，始终只是一个银品初阶玄者，同时对上两名金品玄者，即使对方的力道已经是强弩之末，灵梦公主又是突然袭击，但那反震的力量，却依然要使她吃个大亏！

银品与金品之间，有着本质的分别，是完全没有任何可比性的！

两名黑衣蒙面人一退复进，脚尖在地面上一蹬，“轰”的一声，地面上已经多了两个小坑，两人身影闪电般掠过三丈的空间，两柄长剑带着金灿灿的光芒，没有丝毫的怜香惜玉之心，向着灵梦公主的娇躯狠狠扎了下去！

灵梦公主刚刚一拼之间，已经受了不轻的内伤，还来不及做任何调息，没奈何之下，拼尽全身力气勉强向后一闪，但却依旧无法摆脱两人的绝杀一剑，而在她强行提气之下，身体里面的玄气运转更形紊乱，进而全不受控，乱作一团，刀绞一般地痛苦，浑身上下一点力气也使不出来了。霎时间，她不由得万念俱灰，心里想着：“难道，我就这么死了吗？”俏脸上浮起一丝凄迷之色，静静地站在原地，看着两柄长剑刺向自己身体，竟然不再闪避！

她已经没有任何力量可以做出闪避！

银品玄者面对金品玄者，尤其还是两位！即使没有受伤，即使有再高超的闪避技巧，也是枉然！

长剑已经近在咫尺，灵梦公主甚至能够看清楚面前两人面罩之后的双眼流露出残忍快意的神色，似乎对自己能够亲手杀死这样国色天香的美女，感到无比地惬意！

“公主殿下！”数名侍卫凄厉地长声惊呼，奋不顾身地冲来，但，已经迟了……

一切真的都已经迟了吗？

只要杀了面前这个美貌女子，自己等人的任务就算彻底完成了，以后就没有事情！自然会有享不尽的荣华富贵！而现在，长剑只要往前一送，就一切完结！纵然她是天香国主之女，纵然她是武学奇才，一息不在，万事皆休！

两名黑衣人虽然是训练有素的一流杀手、金玄强者，平素也是心毒手黑、杀人如麻的狠角色，但此刻杀的毕竟是一位公主，眼睛中却也不自禁地露出了欣喜若狂的神色。

这一刻，几乎全场所有人的目光都聚焦到了灵梦公主身上，谁也没有发现，就在这个时候，在众人心里已经是个死人的君邪一直倒在地上的身体微微动了一动，一道寒光从他的指尖射出，绕空而上，飞临半丈转了半圈，突然转成耀眼的蓝光呼啸着飞向那杀手与灵梦公主之间。

这小子见刺客来势匆匆，事先便已经想好了脱身之策，他那往后一倒，看似狼狈，但周身功力尽数集于前胸，内力鼓动之下，外袍和内衣皆向外鼓胀而起，形成两层很微妙的保护层。而最奇妙之处，却是在于那名杀手那大脚看似重重地踢在了他前胸，但刚触及外袍，外袍一阵鼓荡，便消去了许多劲力，接着内衣再度鼓胀，又消了一层。

所以君邪实际身体所受的只不过不到三分之一的力量，脚踢到他身上的时候，已经是强弩之末，只余些微劲力。但饶是如此，一剑两脚，也不是目前的君邪可以轻松承受的，可谓难受至极，不过在内腑受震的同时，君邪已经运转造化玄功，将所受之伤势化作一团鲜血喷了出来，看似吐血吐得吓人，却无大碍。

那一剑被开天造化功裹住，以开天造化功的神妙来说，只是皮肉伤而已，反而是那两脚，让他甚是难受。

若是这些人等君邪离去，再对付灵梦公主或者直接不对君邪出手的话，君邪现在自然也就若无其事地走了。灵梦公主顶多只是君莫邪的梦中情人，却绝不是君邪的。所以他老人家可是毫不关心，所谓英雄救美、怜香惜玉都是需要实力的，可是这样的实力偏偏就是君大少爷目前最欠缺的！

但这些杀手却将他也列作必杀的对象，这就让这位邪君怒火万丈了！不说以后会不会再发生类似的情况，单只这一次，君邪也绝不会放过他们！

凡是伤害我的人或者企图伤害我的人，一向都是先下手为强！既然你们要杀我，好得很！我现在杀不了你们，但却可以先破坏掉你们的这一次计划！就算是损人不利己的赔本买卖也要做上一次了！

因此君邪本应走了却没有走，见灵梦公主危急，君邪便用全身贯通的经脉模仿出天玄强者的气劲，贯注到飞刀上，采用回旋手法，将飞刀射了出去！

两位杀手首领正要挺剑绝杀灵梦公主的一瞬间，突然感觉似乎有异，眼前蓝光大闪，几乎让人睁不开眼睛，却又带着炫目到极点的惊艳！

深蓝！

一柄小小的飞刀，仿佛从虚无之中突兀地出现，横在两人的长剑与灵梦公主的娇躯之间！

这柄小小的飞刀，却似乎将天空中的湛蓝全部带了下来，令所有看到的人都是从灵魂里面感到了一种悸动！

这抹湛蓝，在一片灰黑的夜色之中，显得如此夺目瑰丽！

这是……

天玄高手！

两名黑衣蒙面人怪叫一声，眼神中闪出极度的惊骇之色，再也顾不得伤害灵梦公主，急急忙忙地将剑一收，狼狈地纵跃退后，看着那柄飞刀的眼神，就像看着一条致命的毒蛇！

那本就是他们无法抗拒的实力！

诚然，面对银玄实力的灵梦公主，两人可以如大人对小孩一般地肆意，可是面对极峰存在的天玄高手，金玄高手就算不是蝼蚁，顶多也只是个婴儿！

整个天香国也没听说有几个天玄高手，怎么现在却在这紧要的关头冒出来了一个？

飞刀上虽然蕴含着令人心旷神怡的碧蓝色，又仿佛是全然没有一丝力道，软塌塌地掉落下来，直直地插在两名黑衣人与灵梦公主之间。薄薄的刀身，犹如柳叶一般轻盈，轻轻摇曳。上面的碧蓝色光芒经久不散，直至片刻之后，才逐渐恢复了飞刀本身的清亮色泽！

众人如遭雷击，同时停手，几十双眼睛一起看向地上那柄小小的飞刀，眼中满是震骇！

那柄小小的飞刀已经成了一道难以逾越的天堑！

飞刀上满载的湛蓝的神异颜色，而且在出手之后、停止下来之后，湛蓝光芒依然凝而不散！由此来看，这位出手的天玄高手修为分明已经是到了天玄巅峰境界！距离更高层次的至尊神玄，只怕最多也不过半步之遥而已！

而且这柄飞刀飞出时全无声息，虽似并无力道，但飞刀上的劲力却控制得恰到好处，这也说明了这位天玄高手的出手只为震慑，并无伤人之意！但越是如此，越是显得从容不迫，毫不将眼前这九名杀手放在眼中。分明是拥有绝对的把握，若是他们再对灵梦公主下手的话，就会将他们在一瞬之间全部击杀！对于天玄高手，杀死这九人，用易如反掌来形容也绝不过分！

在场的都是见多识广的高级玄者，隐身强者的用意又有谁看不出来？

两名黑衣杀手首领向着灵梦公主出剑的那一刻，在大街另一边一处阴暗的房檐后，一条蓝衣身影双目一张，浑身蓝汪汪的光彩一闪，就要现身，但看到飞刀出现，顿时身子一震，正要飞出的身子突然停了下来，眼中亦是满布震惊。

这个蓝衣人眼中，却是淡淡的蓝色，那是天玄初阶的标志，虽然也属于凌驾众生的顶峰强者，但与那发出飞刀的“天玄强者”相比，却是逊了不止一筹。

九位杀手面罩之后的眼神满是惊恐之色，行止之间也有些进退两难，他们虽然是杀手，但也一样珍惜自己的生命，若是有搏的机会，他们会尽力去尝试，可是面对绝无成功可能的送命，任谁也只会选择退避！

反观灵梦公主的侍卫们一个个喜形于色，如释重负！有这等近乎传说的人物保护灵梦公主，公主殿下已经稳如泰山、绝无危险！若公主当真遇刺，自己等人就算能在这些刺客手中侥幸保住性命，也难逃皇室的追究，动辄还会祸及家中妻儿。

灵梦公主睁开眼睛，便看到了这一幕。看着面前地上那柄小小的飞刀，眼神中不由得露出感激之意。若不是这柄飞刀奇迹般地横空出现，此刻的自己，恐怕已经是香消玉殒了！

“是哪位前辈在这里？不知有何指示，尚请现身一见。”为首的那位黑衣蒙面人挺直身子，对着天空拱拱手，语声恭谨，实际却是在打马虎眼，装作不清楚暗中那人此举的意思，进行试探。毕竟这次刺杀若是无果，回去也未必有什么好果子吃，抱着万一的打算，始终也要尝试一二！

若是当真确定了暗中那位天玄强者真要是非要保护灵梦公主，恐怕即使自己这些人全部葬身在这里，也是没有希望可以完成任务的！那时，就唯有退却一途！

可是，即便灵梦身为一国公主、天香国主最宠爱的女儿，却似乎也不配有一个天玄巅峰强者作为保镖，这样的保镖即使是天香国主本人，也足够资格了！

长街寂寂，却没有任何一点声音。

神秘的天玄强者，对这位小小金品玄者自然是不屑理会的。

远处，蹄声如闷雷，正向这边赶来。看来这边的刺杀，已经引起了注意。

半晌，那名为首的黑衣蒙面人眼神一阵阴冷，手一挥，仗剑再向灵梦公主冲去！既然你不说话，那我就再动手试试，若是你还出手，那我们立即退却！若是你不出手，灵梦就必死！我们的任务依然可以完成！

但在他前进中，依然很是小心地避过了脚下的那柄飞刀，不敢碰到一点。天知道这位强者有什么怪异的脾气？或者就因为碰了那飞刀而引来杀身之祸！

半空中湛蓝色再度突兀闪过，另一柄飞刀带着蓝汪汪的色泽，“唰”地插在了黑衣人面前！这次的势头明显快了很多，很显然，那位神秘的强者对这位金玄杀手的不识趣很有些动怒的意思！

两柄飞刀并排插在地上，颤颤巍巍、小巧玲珑，犹如极为珍贵的艺术品一般一触即碎，似乎风一吹都能将其吹走，但就是这样的两柄飞刀，却在九位杀手眼中，变成横亘在他们与灵梦公主之间的一座大山！

一座难以逾越的高山！

妄图逾越只能是自取灭亡！

如今若是仍坚持要杀死灵梦，必须先将发出飞刀的人干掉！但是，那……可是一位天玄巅峰强者！休说干掉，即使九位杀手一起合力围攻，只怕也会让人家在举手之间杀得干干净净。

这一次，那位藏在房顶的天玄高手已经开启了自己的全部灵识，虔诚地闭上眼睛，绝不放过周围任何一点强大的神识。在这样的灵识搜索之下，哪怕就是天玄巅峰或者至尊神玄初阶的高手出手，他自信也能瞬间感应得到。

可是……

一番灵识搜索之后，这位天玄高手震骇地睁大了眼睛，额头上汗珠唰唰地落了下来，两眼中的震惊已经到了恐怖的地步！

究竟是谁在帮助灵梦公主？这位天玄高手心中想着，却再也不敢探测那位神秘莫测的高人的气息。因为他刚才费尽心思地凝神搜索，竟然什么也没有探查到！空气中完全没有玄气的波动，更没有一点点、一些些、一微微的神识波动。出手的那个人竟然连这些也完全收敛了！

这意味着什么？

这需要何等的修为？起码在这位天玄强者的认知之中，莫说自己是绝对做不到的，就算是天玄巅峰甚至是至尊神玄中阶，都未必能做到！

难道……这位神秘的高人，竟能高明到这种地步，难道竟然是至尊神玄巅峰高手？那岂不是天下无敌的人物？那根本就已经是属于神话传说的人物！

我的天哪！

想到自己“小小的天玄初阶”，居然妄自去探测这样强大的存在，这位天玄强者就不由得汗流浃背！自己虽然不能觉察到对方，但这种神一般的存在却肯定已经发现他了！若是对方刚才释放神识，对自己的探测神识迎头痛击，那么，粉碎自己的所有思维是没有半点难度的！那样的话，毫无疑问，自己现在已经是一个白痴！

害怕、畏惧，这样的感觉已经多久没有过了？

但这一刻……

这位天玄强者心中不禁一阵由衷地后怕，眼中射出感激之色，无声地对空行礼，态度恭谨，如同看到了祖祖祖师爷的末辈弟子。他知道，对方一定可以感应得到，也可以看得到。

他哪里知道，他心中已经拔升到了至尊神玄巅峰强者的存在，此刻正如死狗般趴在地上，一动也不动。至于感应不到“强大”的神识，也是理所应当的……这位现在死狗一般的“至尊神玄巅峰高手”此刻的玄气神识还不如一位银品玄者，貌似实在太渺小，那天玄强者虽然探测到了，但却完全无视地忽略了过去……实在是太弱小了……

当然，这位“至尊神玄巅峰强者”为什么要以天玄的修为来对这些杀手予以震慑，这也是很好解释的事情。玄气光芒，到了至尊神玄之后就会返璞归真，完全隐匿没有任何颜色，若是用真实水平出手，没准这些杀手愣愣的不识货，那岂不是反而不美？那时势必需要亲自出手，捻死那几只蚂蚁，就是实在太有失身份了，而天玄巅峰的碧蓝海天色，却正是玄气光彩所能够外在体现的最高修为，就算是没有修习过玄气的普通人也能一眼就看得出来！

由此可见，这位前辈实在心思缜密，而且慈悲为怀，用心真是……太良苦了。

那天玄强者感叹着，由衷地钦佩不已。难怪人家能到这么高绝的地步，单看人家这修养、这心性，就比自己强不止一点！前辈高人啊！

他这些想法，若是让正趴在地上的“至尊神玄巅峰强者”君邪听到，相信会狂喷一口鲜血乐晕过去，这也太看得起我了……

下面街口，为首的黑衣杀手眼神中射出强烈的不甘之色，眼神变换了几次，终于仰首叫道：“前辈既不允许晚辈们放肆，那么晚辈们就此告辞了！”等了一等，不见有人回应，知道这位天玄强者没有现身的意思，而那马蹄声已经快要到了街口。终于一叹，挥手道，“撤！”

九个黑衣人同时退后，一闪之下，金芒银光闪起，正要飞身而起远遁，突听一人冷冷地道：“杀了这么多人，说声走就想走，那岂不是太容易了？”

随着这句话，一条蓝衣身影蓦然出现在街口，挡住了九名黑衣人的去路，这人浑身蓝光闪现，双目如同两颗浅蓝色的珍珠一般，身材瘦削细长，站在夜色中，却让所有看到他的人均是不由自主地从心中油然升起一种孤独寂寞的感觉。

落寞、凄凉、孤寂、萧瑟……在这个人身上所体现的，竟然全部是这些让人心中悲愁无限的负面情绪！就连他手中握着的那柄细长的长剑，握在他的手中，也显得格外寂寞了起来……

灵梦公主顿时满脸喜色，叫道：“夜叔叔，真的是你。梦儿真是太高兴了！”

为首的两名黑衣杀手顿时脸色大变，瞳孔同时收缩，冷冷道：“天涯孤星夜孤寒？原来是你！你不是用剑的吗？什么时候也开始用飞刀来装神弄鬼了？”

“不管我用什么，杀你们几个废物都是绰绰有余！”夜孤寒冷冷地在面前九个杀手身上看了一圈，才看向灵梦公主，眸中深处露出一抹罕见的温柔怜爱，“小梦又不乖，偷偷出宫来，遇上大事了吧？可受惊了吗？”

“有夜叔叔在，梦儿就是最安全的。”灵梦公主可爱地笑了笑，在这位全天下都出名孤僻的天涯孤星夜孤寒面前，灵梦公主丝毫看不出哪里像一位皇家公主，反而就像看到了自己叔叔的小姑娘，牵着衣角无比地依赖与孺慕。

夜孤寒，一位独来独往的高级强者，天玄高手。

人人都知道他从来不与任何人亲近，孤僻成性，心狠手辣，一旦出剑，手下向来没有活口。但人们不知道的是，这位孤僻的剑手，当年也曾经是一个英俊潇洒、倜傥多情的公子。

更加没有人知道，夜孤寒与当今皇后慕容秀秀往昔曾经是一对青梅竹马的恋人，但夜孤寒家族不知何故，一夜败落，从京都除名，夜孤寒也沦为一文不名的小人物，当年权势熏天的慕容世家，自然就不会让女儿嫁给当时除了是一位银品玄者之外什么都不是的穷酸人物，慕容家族的横加阻挠，终于使一对山盟海誓的恋人劳燕分飞！

夜孤寒黯然远走，慕容秀秀悲痛欲绝，数次寻死均被救回，直到不知何故传来了夜孤寒的死讯，慕容秀秀万念俱灰之下，在父母苦劝之下，终于服从家族安排，入宫与当今皇帝成亲，数年后成为一国之皇后。

夜孤寒一去十年，练剑有成，玄气修为也臻至了天玄境界，自觉已经足以匹配慕容秀秀，兴冲冲地回转之时，不意沧海桑田，红颜已去，当初的恋人已经贵为皇后，而且灵梦公主也已经七岁了！两人泪眼相对，均感肝肠寸断！

一入宫门深似海，从此夜郎是路人！

天意莫测，昨是今非，造化弄人，以至于斯。

夜孤寒心灰意冷，一夜之间头发斑白，性情亦由此大变，变得孤寂狠绝，不近人情。但对昔日恋人的女儿灵梦公主，却是视同己出，怜爱有加。他虽然从此立誓再不见慕容秀秀，但却经常逗着小灵梦玩耍，也唯有在对着灵梦公主的时候，夜孤寒那坚冰般冷寂的心才会融化。

实际上，夜孤寒已经成为灵梦公主的守护神！无论是谁，就算是当今皇帝想要责打灵梦公主，夜孤寒也敢悍然拔剑！灵梦公主，就是现在夜孤寒苟活在世唯一的灵魂寄托，也是这位冷血孤僻的剑手最大的逆鳞！

这件事情，说来更是皇室的一件秘事，知道的人本来就甚少。所以这些杀手的幕后主使也是不知道的，否则，决不至于只派两个金品玄者杀手前来刺杀，甚至未必会有这次刺杀！就算真要刺杀，怎么说也需要两位以上的天玄高手才行。

夜孤寒如今已经确定了那位隐身暗处的神秘高手必然不会出手，但他却绝不会放这些杀手离去，所以现身出来。

凡是想要伤害灵梦公主的人，无论是谁，在夜孤寒的眼中，都是杀无赦！

缓缓转身，拔剑！细长的剑身灵蛇般抖动，剑光蓝汪汪地荡漾起来，剑尖缓缓抬起，指着九位杀手，夜孤寒脸色冷酷："死吧！"

九位杀手一阵无语，先前我们一个劲地问前辈还有什么指示，就是为了试探你，你却不出声，等我们要走了却出来拦人，这不是明摆着耍人玩吗？

他们自然不知道，所有的事情不对劲，完全是因为，对象根本就是两个人！

"夜孤寒！想要杀人是要用剑的，用嘴可不行！"两位黑衣杀手首领越想越是愤怒，纵然你武功比我们高出很多，但也没有这么耍人的！自知无幸，反而胆气壮了起来，竟然出言嘲讽。

夜孤寒神色不动，依然冷酷如冰，目光森然如剑，身躯亦挺拔若松，心狠，剑光更寒，突然闪动，淡蓝色的剑光如同烟花爆炸，笼罩四野，发散而出，以实际行动答应了杀手首领用剑杀人的要求。

无谓再浪费口舌，和将死之人废话，无疑是很弱智的举动！

剑光灿烂，带着淡蓝色的绮丽光彩，一剑挥出，很有一种如梦如幻的华丽感觉，但在这等奇妙的光彩中，却又夹杂了浓郁的伤心断肠味道，此刻的森然剑光，居然与夜孤寒的脸色一样的落寞、萧瑟！

夜孤寒转步、欺身、出剑！靠得他最近的一位银玄杀手，咽喉部位赫然多出了一道凄艳的淡淡痕迹，而血光亦在瞬间如雾般喷出，融进了漫空的淡蓝剑影之中，红蓝相映，使得这幕杀戮的场面，有一种断肠的美丽！

剑出肝肠断，天涯何处觅知音！

那位杀手尸身缓缓倒下，夜孤寒白发萧然，孤峭的身影却已经到了另外两名杀手之间，这些方才还曾经威风不可一世的杀手，此刻在他的面前，却如是土鸡瓦狗一般，不堪一击！

正如银品高手可以视九品以下之人为蝼蚁，天玄高手同样视金、银品高手为儿戏！

两道血光再度先后激射而出，夜孤寒脸色冷酷，丝毫不变，在漫天血光中带着梦幻般的淡蓝纵横来去，如鬼如魅，如风如雾！

金银玄者正面对天玄强者，这根本就是以卵击石，连一丝希望都没有的对战，更何况是遇上了夜孤寒这位以斩尽杀绝而著名的冷血狂人？

“风紧！四散，走！”杀手首领一声厉叫，原本心中仅存的侥幸消失无踪，第一个拔身而起，利箭般向远方射去。剩下的五位杀手亦如同炸弹开花，四散奔逃，逃得一个是一个！

结局既无悬念，唯一可以寻思的只是，这九名杀手，是否有人可以侥幸脱身？

夜孤寒一声长啸，声音带着浓郁的悲凄孤寒，森森杀机带着无尽的孤寂冲空响起，淡蓝色的剑光大涨，便如一块巨大的蓝宝石以飞快的速度飞行在空中，淡蓝色剑光一吞一吐之间，便有一名杀手惨叫着落下地来。

须臾之间，妄图逃走的四个银品杀手悉数毙命，尸体尚未落地，而夜孤寒也已经挺剑拦住了其中一个金品杀手首领。这两位杀手首领乃这一行人中武功最高的两人，又是一南一北逃遁，即便以夜孤寒一人之力，在斩杀另外四名银玄杀手之余，也只能拦住一个。至于另一个，他则是无能为力！

君邪躺在地上，眼睛睁开一条缝看热闹，见夜孤寒如此神威，不由得心中神往不已。这夜孤寒的能力，若是正面相搏，即便是以曾经君邪的最佳水平也不是他的对手！这不禁让君邪对这个世界的玄气又有了一层较高的评价。

当然，这只是以正面对战为前提，若是按照杀手的手段而论，君邪自信自己有很多的方法可以搞死夜孤寒，但毕竟正面搏杀并不是君邪最擅长的！

淡蓝色，大抵还只不过是天玄初阶而已，便已经有如此威势，却不知天玄巅峰又是如何？至尊神玄则是如何？君邪心中有一种强烈的见猎心喜的感觉！

唯有与强者之间的交战，才是提升自己的最快途径！只可惜，现在的君邪，远远没有叫板强者的实力！若非如此，恐怕这家伙立即就会跳起来，向夜孤寒提出一战！

实力啊！

君邪心中像烧开的油锅一般翻滚着，无比地渴望！正在这个时候，却发现那位逃遁的杀手首领无巧不巧，正一路向着自己这边狼狈地飞掠过来。君邪心中顿时杀机大起！

你带着人把我弄成这样子，居然就想一走了之？哪有这么便宜的事情？

手腕一动，飞刀在手，君邪的脸藏在身下，狰狞地一笑："去死吧，小子！"

那杀手首领眼见夜孤寒暂时已经没有余力追赶自己，心中大大松了一口气，一边飞速奔逃，一边四处打量，往下一看，正看见君莫邪这纨绔不知何时成了仰面朝天的姿势躺在地上，两只眼睛居然还像是微微睁着，不由得一怔："难道这小子竟还没死？"

回头一看，夜孤寒已经将自己的同伴逼进了死地，看他的样子应该是想抓个活的，暂时顾及不到自己，心念一转，不由得恶向胆边生。

杀不了灵梦公主，但若是让君莫邪死了，京城也会大乱吧？顿时身形一滞，就要落下来朝着这个纨绔身上再补上一剑！

正在转着这个念头，突然看到下面的纨绔小子两只眼睛向着自己眨了眨，吐了吐舌头，做了个鬼脸，低低地骂了一句："来打我呀！"

声音极低，四周本就是乱哄哄的，远处的马蹄声亦轰轰而来，别人最近的也在数丈之外，根本听不到什么，更没有人会特别注意这边的动静，所有人都在关注夜孤寒的出手；唯有这位杀手首领全力逃窜，又距离较近，听得清清楚楚，顿时气得两个眼珠子都发了蓝！

我奈何不了天玄强者，难道还杀不了你这个纨绔败家子？凭你小子也敢挑衅我！

长剑狠狠地刺出，"唰"的一声落了下来！心中怒骂："我宰了你！"

正在这时，突然眼前一阵碧蓝，犹如蓝天大海同时出现在自己眼前，一柄湛蓝的飞刀，就这么神秘而又美丽，梦幻一般出现在自己面前，目标正是他的咽喉！

"天玄……"杀手首领大吃一惊，顿时手足冰凉，极度惊吓之下，再加上他本来就是往下冲的姿势，一口气一泄，顿时坠落下来，还未着地，那柄湛蓝色的飞刀已经颤巍巍地插在了他的咽喉之上，深入足有三寸！

"啪嗒"一声，这位杀手首领一直到死也是稀里糊涂的，为什么夜孤寒明明在三十丈之外，飞刀却在这里出现了？这是什么道理？这个疑问，让这位憋屈的金品杀手纵死也迷惘不解地睁大着眼睛，一副好学求知的样子……

君邪之前受伤本就不轻，移动本就有些不灵活。虽说剑伤被裹住了，但毕竟还有一位银玄杀手的双脚齐踢啊！眼睁睁地看着这位金品杀手满脸疑惑不解地向着自己落下来，最要命的是，他纵然死了，长剑居然仍然握在手里……

“真是死不悔改！”君邪心中大骂一声，拼了老命地移动了一下身体，向前蹿了蹿身子，险险地避过了要害。

“砰！”杀手首领的尸体准准地落在了君邪的小身板上，“嗤”的一声，他手中依然持着的长剑插进了君邪的大腿肉最多的地方！

要是这剑再往左偏上那么几分，君大杀手就会光荣地变成皇宫里的职业者……

“呼……嘶……”君邪本就被撞得“呼”的一声，几乎上不来气，接着长剑入腿，又疼得“嘶”的一声，最后一个字却是君大少非常憋屈地骂了一声：谁想到死人居然也能拿着剑伤人？这个世界真是太奇妙了！

长剑实打实地穿到君邪身上，深深入肉再扎进了土里，一动就是更大的血口子，说不定还会进一步割伤肌腱。君邪在这种情况下自然是不能动了，而身上的杀手首领则是已经死了，更不会动，两人就这么叠罗汉一般叠在一起，杀手手里还握着剑柄，剑身插在君邪身上，这样的姿势，说不出的怪异！

君邪欲哭无泪，满腔无奈地想着：“我来到这个世界，第二次被男人压了！头一次那死胖子虽然恶心倒也是个活人啊，这次倒好，被死人给压了，还不能动……”

一个活人，一个死人，两张面孔贴在一起，四只眼睛居然对在了一起，君邪这才发现，这家伙居然是死不瞑目。一时好奇，君邪细细观察，越看越觉得怪异，这家伙眼中居然不是愤恨，不是怨毒，居然好像是……疑问与迷惘！

你找不到去黄泉的路吗？别这么看我，我也不知道！君邪恨恨地骂。

一般人被死人压在身上还被瞪着眼睛看着，恐怕胆子再大的也要魂不附体，战战兢兢，但君邪这个怪胎，居然与死人聊起天来，不得不说一声……强大！

“啪”的一声，夜孤寒将另一位杀手首领手中的长剑打掉，淡蓝的剑光一闪，已经横在了他的脖子上，“谁派你们来的？说！”夜孤寒很愤怒，若是不揪出幕后主使，谁知道以后这种事情还会不会发生？自己可以保护灵梦一次、两次，却未必可以保护灵梦一生一世，若下次的刺杀中有天玄高手，缠住自己那又会怎么样呢？

那杀手首领冷冷地看着夜孤寒，目中露出绝望之色，突然放声大笑，道：“夜孤寒，你以为我会说吗？哈哈哈……真是可笑，没想到名满天下的天涯孤星，堂堂的天玄高手，居然如此幼稚！”说着说着，突然嘴角流出黑血，呼吸顿止，看着夜孤寒的眼睛，犹带嘲讽之意。

他被俘的那一刻，居然就已经咬破了口中的毒囊！

见血封喉，好毒的毒药！

夜孤寒跌足长叹，目中露出一丝敬佩，喃喃道："倒也算是条汉子！我不为难你的尸体就是！"

此次来袭的刺客至此已尽数死光，场中瞬间静寂了下来，夜孤寒这句话的音量虽然甚轻，但却清清楚楚地传到了君邪的耳朵里。这一刻，君邪突然有一种想要大笑的冲动："真是混账说法，这样的行径竟也能叫好汉子？那好汉子还真不值钱！"

他若是不自杀，难道你就会放过他不成？就算你因为他是"好汉子"而放过他，他背后的杀手组织能放过他吗？幕后主使能放过他吗？见过蠢的，没见过这么蠢的，亏你还是一位天玄高手！白痴天玄高手！君邪心中忍不住鄙视。

场中一片血腥，灵梦公主微微皱着眉头，似是忍受不了这浓郁的血腥味，走上前来问道："夜叔叔，你什么时候练了这么一手超妙的飞刀神技？回去之后教教我好不好？"

一提起飞刀，夜孤寒顿时醒悟过来，双手抱拳，向空行了一礼，朗声道："今日多谢前辈相救，夜某人感激不尽！灵梦见识浅薄，若有冒犯前辈之处，请前辈大人大量，不虞计较，前辈若有甚差遣，只需只言片语，晚辈必然赴汤蹈火，在所不辞，以报前辈大恩！"

在他心中，灵梦公主就如同自己的亲生女儿一般，更已成为自己活着的唯一寄托，神秘的强者救了灵梦，就是救了自己！所以他道谢的时候，并没有提及是因为救了谁。不管是谁，一样地感同身受。

再者，灵梦实力太微，难以分辨天玄境界之上的高深层次，刚才之言实则已然冒犯了那神秘高人，纵然神秘高人心境豁达，不虞计较，却始终不是一件好事，那等强者，一旦动怒，必然后果不堪设想！夜孤寒可是了解个中轻重的，自然要为灵梦补救！

当然，以夜孤寒的脾气，若不是为了灵梦，恐怕他心中纵然感激，这段话也是万万不会说出来的！

空中寂寂无声，似乎那位神秘的"至尊神玄巅峰强者"已经离去了……

夜孤寒长叹一声，这种结果，他早已料到，此等世外高人，又岂会自降身份，接受自己一个后生小辈、区区一国公主的谢意！

"夜叔叔？这是……你在说的是什么呀？"灵梦公主好奇地睁着大眼睛。

"梦儿，你之前无心之言，已经大大得罪了救你之人，出刀救你的前辈，实在另有其人！而且这位前辈的修为远远在我之上，不，完全无法同日而语！"夜孤寒神情凝重，"那一刀，已经是人间巅峰！又岂是我能发出的。"

"啊？"灵梦公主惊讶地叫了一声，纤纤玉手捂住了小嘴，"竟有此事？叔叔已经是天玄高手，那位前辈岂非更高明的存在！"

"千真万确！"夜孤寒重重地点了点头。

灵梦公主定了定神，敛颜肃容，向着天空深深施礼：“灵梦多谢前辈相救，之前以妄言亵渎前辈，更感激前辈大人大量，轻易恕了灵梦之过，未知前辈可否现身，让灵梦当面拜谢前辈救命之恩、谢罪之意？”

空中当然仍然静悄悄的，没有半点消息。

若当真是天玄强者又或者是更高层次的存在，又岂会稀罕区区一个公主的拜谢，若真是至尊神玄巅峰强者，恐怕就算是天香国主在此，也未必肯现身一会儿，灵梦公主并非不明此理，但出于感激之心，无论那人是否尚在，都是要道谢的！既然夜叔叔这么说，那么此事就是千真万确、无可置疑的。

“可惜，缘悭一面！”夜孤寒叹息一声，脸上又恢复了冰冷孤傲，萧瑟地站在一边，道，“小梦儿，夜叔叔这便要先走了。你还是早些回宫去吧。皇城守备军就要过来了。”

远方，如雷的马蹄声已经是越来越近了。

灵梦公主期盼不舍地看着夜孤寒，央求道：“夜叔叔，那你什么时候再来看梦儿？”

傻梦儿，夜叔叔其实一直就在你的身边啊。夜孤寒心中深深叹息，柔声道：“我会来看小梦儿的。之前逃走了一位杀手，未必没有后患，小梦儿最近一段时间要小心了。”

灵梦公主低低地嗯了一声，神情之间很是恋恋不舍。

蹄声已经到了街口，夜孤寒身子拔起，一掠出去，半空中突然“咦”的一声，改变方向，从君邪这边掠了过来，锐目一扫之下，已经看到了那倒在君邪身上的杀手咽喉之间的小巧飞刀，不由得心中一阵感激：“原来这位前辈已经替我料理了这个后患，真是惭愧。”

身子一展，不再停留，轻飘飘地飞上屋檐，蓝光一闪，顿时不见。

街口处，一匹健马飞速冲进，一个蓝衣青年军官满脸急切地冲了过来，见灵梦公主好好地站在那里，舒了一口气，急忙行礼道：“公主殿下，您没事吧？”语中的关切之意，表露无疑。

灵梦公主有些茫然地看看他，微微弯腰，将地上的两柄飞刀收在手中，细细观看，飞刀薄如蝉翼，小巧玲珑，微妙的弧度，优美的线条，灵梦公主第一眼就喜欢上了。玉脸上不由得一片微微的激动：“这，就是那位连夜叔叔也自愧不如的高人所使用的神兵利器啊。”

真是可爱的刀！

“这……刀？”那青年问道，“此等凶器，公主还须小心在意。”

“若不是这放飞刀的前辈高人，本宫早已经死在刺客手下！哪里还能等到现在让你们来施救？”夜孤寒的存在，自然不能让什么不相关的人都知道。灵梦公主淡淡地看了他一眼，俏脸上浮起一丝疲倦和淡淡的伤感。

以前出宫，起码都要有一位玉品高手随从在旁，那可是父皇亲自安排给自己的，为什么这次却被派了出去办事？而卫队中的几个精锐金品高手也被因故抽调，而就在这样的时候自己出来却遇到了刺客！这一切都说明了什么？不言而喻！

灵梦公主聪明绝顶，早已心知肚明，但她却努力控制着自己不去想，真的不愿去想，也不敢去想，因为那样的结果，实在是让她很心痛！真的很痛，痛彻心扉！

你们争夺你们的皇位也就罢了，为什么却要将我也视为斗争工具？区区一个皇位，真的很稀罕吗？难道，我在你们眼中，只能是嫁祸他人牟取自身利益的工具吗？虽然不是一母同胞，但始终是同一个父亲，同样地血浓于水！为什么？为什么？难道真的是天家无血亲吗？

感受着怀中两柄飞刀触着自己的肌肤，发出冰凉的气息，但却让灵梦公主感到了莫大的温暖和安全！这位神秘的天玄高手，救了自己的性命，而自己却几乎枉顾了那人援手，身为绝顶高手的他，却丝毫也不加降罪。单是这份豁达的心胸，就让灵梦公主神往不已。

夜孤寒虽然知道，这位神秘人的实力只怕远远不止天玄修为，但灵梦却仍是不知道的，她只看到了，那碧蓝如海天的优雅光芒。

无形无影之间，救人性命，飘然而来，飘然而去，事前事后，皆无踪迹可寻，更不稀罕别人的报答！甚至全不介意被救之人的无知！

这是何等的心胸！这才是真正的高人雅士！心伤肠断的灵梦公主，对这位神秘的神龙见首而不见尾的天玄高手，在最失意的时刻，产生了浓浓的依赖之情。在心中，蓦然觉得，这位神秘人就像夜叔叔一般，同样值得自己信赖。

飞刀在怀，灵梦公主突然感觉勇气十足。

是的，无论是谁，有这样一位天玄巅峰级别的高手和天涯孤星夜孤寒守护，都是可以高枕无忧的。

回过神来，才发现那青年仍在呆呆地看着自己，灵梦公主脸上掠起一丝羞怒，嗔怒地瞪了他一眼，心中烦闷不堪。

此子乃是城中慕容家族的长子，慕容千军，亦是自己母后的母族慕容世家的新一代后起之秀，若是论亲戚关系，与灵梦公主可算是表兄妹。在京城之中也是一位很是出名的青年才俊，自从见过灵梦公主一面之后，顿时神魂颠倒、魂萦梦牵；便央求家族为其谋得一个禁军首领的位置，希望能够近水楼台先得月，对灵梦公主展开了疯狂追求。

自从君莫邪这两个月黯然退出了之后，慕容千军乃是灵梦公主两大最有希望的追求者之一。至于另一个，则是太师府长孙李悠然。

第十三章

灰衣老头

任谁看去，都觉得这位慕容公子文才武略，皆为不凡，容貌俊雅，风度翩翩，武功高强，实在是女儿家的良配。但灵梦公主却反觉得这人虚伪得很，在自己面前，似乎永远都带着一种叫作“深情款款”的假面具。自己久居深宫，却也无从判断，他的这份款款深情，到底有几分是真几分是假，这人的真正面目真正性情是怎么样的?

灵梦公主觉得自己真的无半点把握!

至于另一位追求者，李府第一继承人李悠然，也是天香帝国第一才子，更是让灵梦公主捉摸不定。李悠然人品俊雅，风流潇洒却又洁身自爱，引得京城之中无数的姑娘千金为他痴迷，但他却是万花丛中过，片叶不沾身，素有天香城第一彬彬君子的美誉。

李悠然永远温文尔雅，不疾不缓，不紧不慢，似乎天下所有事情，都在他意料之中，都在他掌控之下，长袖善舞，风度翩翩。但灵梦公主却始终觉得世间如何能有如此完美之人物，若这人的外在一切尽是伪装，岂非更是可怕，更加深不可测，因为无论任何人，都不要想摸到他的真正心思。与李悠然在一起的时候，灵梦公主经常心中莫名地产生一种恐惧的感觉，感觉面前这位温文的少年，危险至极!

相比较之下，反倒是原来的君莫邪，虽然是一副油滑的样子，对自己的企图赤裸裸的毫不掩饰，摆明了一副“我就是流氓，我不怕你看出来”的嘴脸。虽然人品确实不堪了一些，倒也坏在了明处。就算是个坏蛋，却也坏得光明磊落，起码不用担心他暗中使坏。

一想到君莫邪，这才想起来这个纨绔子弟刚刚还在这里，好像还提醒了自己一句，不管他是有心还是无意，总是一番好心。不过好像被那杀手一上来就杀死了！想到这里，急忙道：“你们快找找君三公子，看看他怎么样了。”

心中不由得一阵焦躁，心道，自己虽然侥幸被人救了性命，但君莫邪只怕已经被杀死了，君老爷子若是因此勃然一怒，恐怕掀起的风波未必会比自己被刺客杀了好多少，看来这京城又要是多事之秋了。但愿自己那三位哥哥，不要借着君老公爷发威这件事情，搞得天下大乱才好。

虽然没有明确看到，但在灵梦公主心里，君莫邪多半是没有希望了。毕竟，其中两个刺客是从他那边过来的，而那时候，他已经倒在了地上。若不是已死，刺客又岂能放过他？

几位侍卫四处寻找，找了一圈，君邪的身体现在正被杀手尸体压在底下，严丝合缝，竟没发现。一个五大三粗的侍卫地跑过来，禀报道："公主，没有发现君三公子的尸体，不知道是不是自己跑了。"

灵梦公主被他这句话说得眼前一黑，差点呕血！这是什么话？没发现尸体，会不会跑了？尸体也会自己站起来跑了？

慕容千军脸色一沉："怎么说话呢？"

那侍卫一慌，结结巴巴地道："我是说，我是说，确实没……发现君三公子的尸体，可能走了……不对不对！我是说……"

"行了！你别说了！"慕容千军满脸黑线，"没见到尸体，就不能说是死了！就更加不能说是尸体，应该说，君三公子的尸体不见了！明白？"

众侍卫唯唯称是，腹诽道：你自己这还不是说他已经死了？还有脸教训我们！

灵梦公主一阵无奈，道："好好四处搜寻一下，若是发现了君三公子的……躯体，要尽快送回君家去。"受他们影响，灵梦公主几乎也脱口说出"尸体"二字。

又搜寻一遍，还是没有发现，灵梦公主便安排一名侍卫急忙去君家报讯。那侍卫刚刚上马离开，就见一条灰色人影长射而来，转眼到了跟前，却是一个瘦小枯干的小老头儿。

慕容千军拔剑喝道："什么人？"声色俱厉。

"找人的人。"那小老头满脸焦急郁闷，来回到处乱找，脸上一片着急，对慕容千军的问话充耳不闻。

慕容千军大怒，喝道："拿下！"公主刚刚遇刺，又出现这么一个怪人，实在可疑得很。

四周众士兵一声答应，正要上前。就见那老头兴奋地叫道："找到了，哈哈，我让你跑，小兔崽子，被人用剑穿了吧？看你下次还跑不跑了，你再溜啊！"竟然是一副幸灾乐祸的口气。

只见他伏在一个黑衣刺客尸体面前，正在拔剑。

“原来他是刺客一伙的。拿下！”慕容千军大喜。心道世上还有这种傻子，人都死光了居然还在大军环绕之下来找尸体，真是傻得可以。

却见那老头“唰”的一声将一柄长剑扔了出去，提起那黑衣杀手的尸体随随便便一扔，就像扔麻袋，毫不顾惜。弯下腰，却抱起了一个血迹斑斑的身子。

灵梦公主急忙喝止了慕容千军，细细一看，那人竟然就是君莫邪。只见他满头满脸满身的血，就像随时都会毙命的样子。顿时吓了一跳，见君邪眼珠滴溜溜转，心中不由得一喜：“原来这家伙还没死。”

“敢问老丈是哪一位？”灵梦公主问道。

“没空跟你这小丫头说话，老夫得赶紧为他处理身上的伤，要不这小子可就真没命了。”老头抱起君邪身子，脑袋一晃，蹿到慕容千军面前，瞪着眼睛看着他，一吹胡子，骂道，“小兔崽子，以后说话给我注意点！”脑袋一缩，一溜烟似的没影了。

慕容千军正待要发怒，眼前早已失去了那老头的踪迹，不由气得七窍生烟。但在灵梦公主面前，却还要维持风度，只把牙齿咬得咯咯作响。心中更已经把这老头的祖宗十八代骂了个遍！

“糟糕！”灵梦公主脸色一变，“我刚派人去给君老公爷报信，这边君莫邪就被人带走了，若是老公爷大发雷霆，岂非不妙？”

慕容千军安慰道：“公主放心回宫就是，我立即就安排人再去君家一次，报告君莫邪这混……这家伙还活着的消息。”

灵梦公主长舒了一口气，道：“如此最好。”眼眸一转，却发现了那杀手头领咽喉上的飞刀，忍不住“咦”了一声，心道，这位前辈原来早已清理了这个后患，可笑我还不知。走过去俯身拔出飞刀，果然与那两柄乃是相同的样式，不由得心中神往不已：如此高人，不知何时才能见他一面，当面道谢？

灵梦公主转过头，看看狼狈不堪的车队，叹了口气，现在这副模样儿，还怎么去独孤世家？又想起之前夜叔叔对自己的说辞，开口道：“回宫去吧。所有战死的侍卫，统计好名字，报给大内，从优抚恤。”

怜悯不忍地看着场中，灵梦公主两眼一闭，轻轻流下两滴眼泪，这些人……全是为了自己而死！

马车已然全毁，自然不堪再用，灵梦公主翻身跃上侍卫牵过来的一匹马，缓缓归去，唯心情却是异常地沉重。

慕容千军急忙指挥禁军跟上，将灵梦公主牢牢护在中间，骑在马上临走时回头一望，心道：君莫邪那家伙看样子伤得很重，不知道会不会死？若是死了，自然最好。看见他就想扁，标准欠揍的货！就那德行居然想要追灵梦公主，真是不知道自己几斤几两。

口中哼了一声，骑在马上，看着前方灵梦公主优美的风姿，不由得目眩神迷，神魂颠倒，心中无限神往，一时间魂飞天外，居然完全忘记了要派人去给君家报信的事情……

“我说老头子，你跟吊靴鬼似的跟了我三天，别是因为本少爷英俊潇洒，你看上本少爷了吧？”君邪被那老头抱婴儿似的抱在怀里，这老头儿就跟风干了的鸡似的，浑身上下几乎没有肉，硌得他只感到浑身说不出的不舒服，就跟躺在鹅卵石上一般。知道这老头肯定不会伤害自己，君邪哪还客气，敞开了讥讽！

“呸，你以为我愿意跟着你这败家子啊？你天天前后不搭调地乱窜什么劲，也不知出了什么阴招，遁出了我的视线，怎么样！遭报应了吧？要不是你爷爷花大笔的银子……咦？你怎么知道我跟了你三天了？”

老头一脸愤慨，感觉跟着这个纨绔子很掉价，正待大发牢骚，突然发现了不对，这一惊可是非同小可。这没用的小家伙怎么知道我跟了他三天了？难道我的隐形追踪之法竟已经退步到这个程度了，大惊之下，顿时停住了脚步。甚至对君邪叫自己老头儿这种不恭敬的称呼都没在意！

“白痴！这么简单的问题还问，当然是有人告诉我的。”君邪心念一转，随口而出，这个老头的追踪手段虽未入君邪眼内，但纵观天下也真真是第一流的，凭原来君莫邪的道行，就算再修炼个百八十年也发觉不了，更遑论逸出此人视线之内。

“你才是白痴！凭你这白痴自己当然发觉不了我……嗯？谁告诉你的？可是那人帮你遁出了我的视线？”老头顿觉骇异，以自己的追踪功夫居然被人反追踪了还不知道？而且那人还有本事令如君莫邪一般的垃圾小子自行逃出跟踪，这……实在是太可怕。

这需要什么样的实力？如果这人是敌人……

“我哪里知道那人是谁。”君邪继续忽悠，“我又没见过他。”

“哦……那当然，如那等高人，岂是你这等垃圾能够见到的？这么说，你摆脱我也是那人的主意？他给你出的点子？”老头儿先入为主，更认定这纨绔绝对没有发现自己的能力，自然而然地问道，不过内中却也存了万一的指望，毕竟他对自己的追踪、反追踪技术极具信心。心中惊疑不定：难道是至尊神玄盯上了我？不对，难道是……

越想心中竟有些恐慌起来。

事实上，这老儿的手段也确实了得，否则以一代杀手之王君邪的本领，又岂会花上三天的时间与之周旋！

“当然，我说老头，你到底有完没完，总说这些不着四六的干什么，你到底要把我弄到什么地方去？赶紧把我送回家才是正经。”君邪有些难受，心中怒骂：你赶紧把我送回家我好用鸿钧塔疗伤呀，若是在别处万一露出什么马脚，可怎么办？

“你小子伤成这个样子，老夫再不给你弄弄，不等回到家就一命呜呼了。”老头心中有些不爽，凭我的功夫，居然被人反追踪了！要是直接回君家，你家的老头还不埋怨死我！

不把这小子收拾得利索点，怎么可能在这丢脸的时刻回去？

说着话，两人已经来到了一处低矮的民房，老头儿一弯腰抱着君邪急匆匆地冲了进去，将他放在地上，便开始细细地检查他身上的伤口，从上到下检查了一遍，不由得啧啧称奇！

君邪胸口上，一剑几乎穿胸而过，另外还有清楚明了的两处紫黑色的瘀痕，很显然是两只脚同时踢在了他的胸口上，以那些银品杀手的功力，随便哪两个动手，都足够要命的，这小子要害部位被刺了一剑、踢了两脚居然还没死，居然还能说话！这还不算真正惊人，真正离谱的是，居然连肋骨也没断一根！老头细心地用玄气透进他的经脉，探查一下，五脏六腑也没什么损伤，内伤亦没有，不由得瞪大了眼睛。

这一剑也刺得太巧了些吧？竟然刺在了夹缝里！这小鬼的运气也未免太好了一些！

“小子，那帮子杀手不会是你请来的吧？要不怎么对你如此照顾？看你这伤势，我非常怀疑，你们肯定是串通好的。你想玩英雄救美，博取那漂亮女娃的好感？”老头儿捋着胡子，斜着眼睛，样子要多猥琐就有多猥琐。

被老头儿这突发奇想的一句话差点憋过去，君邪哭笑不得：“老头，您实在是太敢想了，少爷我差点就没命，有这么英雄救美的吗？你还愣着，快给我弄弄大腿呀，没见还流着血吗？”君邪有些无语，这老头这么一大把岁数了，怎么看上去做事这么没谱，忒不着四六了。爷爷怎的请这么一个人来跟着自己？

“呸，混账小子，老夫怎么做事还用你来教吗？”老头一吹胡子，“你小子运气好，死不了，也残废不了！”说着报复似的在他大腿上拍了拍，道，“没事了。”

君邪大腿刚被插了一剑，虽没伤着骨头，但肌肉却被插穿了，名副其实的一刀两洞，如今再被他这么一拍，顿时百哀齐至、痛彻心扉，咬着牙嘶嘶地吸了几口气，额头上已经渗出了汗珠，嘶嘶地从牙缝里问道：“老头，你有孙女没？”

老头儿顿时警惕了起来，一瞪眼：“你想干啥？”他却忘了这小子为何先让自己给他治大腿，须知胸口上那一剑，可比大腿重要得多！

如果你老小子有孙女，我要把她娶回家！心痛死你！君邪心中大骂。没见我受了重伤？还在我伤口上猛拍！

“哦，我的意思是说，这种活儿让女子来比较细心。”

人在屋檐下，怎能不低头！

“那不行！”老头儿大摇其头，“你小子可是个色狼，整个天香城，有哪个不知道！”

君邪彻底无语，谁说我是色狼，色狼明明是君莫邪，不是我……

等老头儿为君邪处理好身上的伤，已经是深夜时分。

两个人一个心中急躁想要用鸿钧塔疗伤，尽快复原，却苦无机会，自是烦闷不已；另一个则是一个劲地在想着，那位能够发现我更能够反追踪我的绝顶高手，到底是谁？这两个没心没肺的玩意儿，居然都没有想过要先给家里报个信。

而信誓旦旦答应灵梦公主要给君家报信的慕容千军，则是更直接将这件“小事情”抛到了九霄云外……

而两人最最没想到的是，在老头到来之前，灵梦公主已经派人给君家送信，说了君莫邪死亡的消息……

他们都没有想到，就因为这一耽搁，却导致了君战天老爷子一怒冲九霄，差一点点就要血洗京城！

就在夜幕刚临，杀手猝袭灵梦公主车队的时候，唐家大院也是一派剑拔弩张。

第十四章 北城帮的灭亡

唐老爷子阴沉着脸，站在门阶上，目光闪动，隐隐有着一丝渴望。好不容易找到了一点不知道算不算线索的线索，唐老爷子已经迫不及待，白天出动动静太大，但现在老爷子已经不打算再等下去，夜幕刚刚来临，唐家的所有高手已经集结！

两百四十六人！

两位地玄中阶好手，四位玉品玄者，十二位金品，三十六名银品玄者，剩下的人，也尽是九品玄气巅峰的好手。为了这次行动，唐万里老爷子已经把京城内外唐家分布的所有高手全部集中在了这里！

短短不到一下午的时间，这是唐老爷子所能够调集的最强力量，也是唐家的立身之本！

此次行动，决计不容有失！

“今天行动，目标是北城帮！”唐万里阴沉沉地环视一周，“注意！凡是北城帮中人，务必不能放走一个！尤其是，北城帮堂主以上的高级人物！不得杀害，不得妄纵，一律活擒！都听明白了没有？”

“明白！”众人一起回答。虽然不知道为什么要对付北城帮，也觉得以这么大的阵仗去对付区区一个北城帮，未免太有些小题大做了，但看到唐万里阴沉的脸色，却是谁也不敢多说一句话！

“此次行动，由老夫亲自指挥。若是在哪一个的手下放跑了北城帮的人，那就自己提着脑袋来见我吧！”唐老爷子下了最严苛的命令，缓缓扫视一周，见众人的神色从听到北城帮时候的漫不经心到现在一个个如临大敌地谨慎了起来，唐老爷子一挥手，下令道，“出发！”

两百四十六人黑衣黑袍，无声无息地向门外走去。唐老爷子黑色的披风飘展在夜风里，大踏步走下门阶，虽然老迈，却仍是矍铄，看得出，每一步的力度都代表了这位老爷子对今天晚上行动的决心。

“等等……我也去。”随着话声，内院中冲出一个浑身被黑布包裹着的大肉球，唐源的身材根本不适合夜行，所以这家伙也根本就没有什么夜行衣，偏偏又想去凑热闹，奈何他的身形太“那个”了一点，最终干脆裹了一匹黑布就这么冲了出来。

“滚回去！”

黑乎乎的夜色中，一座大宅院。这里便是北城帮的总舵之所在。

唐老爷子白须飘扬，沉着冷静地布置着人手，超过百位的高级玄者修士，将这大宅院围得水泄不通。人人屏息静气，不敢发出半点声音，静静地等着唐老爷子的号令。

另外一百多人，唐老爷子已经将他们分成了四组，分别扑向北城帮的四个堂口和隶属于北城帮的赌场等地，甚至是每一位北城帮首要的家里！

唐老爷子的意思是，索性要动手了，干脆就由外而内，一个不留，一网打尽！最后的时刻再收拾北城帮的这个总舵！现在一百多位高级玄者围拢着这座大宅院，里面的人已经是瓮中之鳖，绝对没有逃脱的希望。

出来一个抓一个！

还有就是，可以用这样钝刀子杀人的方式，探测一下北城帮的态度，若是北城帮安然不动，任凭处置，那就说明了北城帮与唐府被窃案无关，即使有关，顶多也就是很琐碎的关联，但若是拼死抗争，鱼死网破，那么，唐老爷子就会认为自己抓住大鱼了。

直到现在，唐老爷子对唐源提供的这个情报依然持怀疑，甚至是非常怀疑的态度：君大纨绔君莫邪发现的线索，唐大纨绔回来报信。这无论怎么说，可信度也实在是太低了！说出去谁信啊！

唉，也怪老夫昏了头，病急乱投医，就当是为民除害了吧。不过，若是事后发现，这件事情居然是这两大纨绔联合起来阴自己，单纯只是为了报私仇的话——就算君战天拦着护着，老夫也一定会把君莫邪和唐源抓起来，一顿胖揍，将君莫邪打成胖子，将唐源打成瘦子！让他俩来个体型互换，哼哼！

唐老爷子脸色阴晴不定，暗地里咬牙切齿。

看着脚边的巷道里，一个一个逐渐增多的捆成粽子一般的俘虏，唐老爷子心中叹了口气，心中甚至已经做好了回去教训这两大纨绔的准备，这两个家伙胆子未免也太肥了，自从围住这所大宅院，已经半个时辰了，从里面出来的人物一个个全部抓了起来，封了内息捆了手脚堵住了嘴巴堆在了这里，人数已经不少，按说里面该有所反应才是，但直到现在，居然没有半点反常动静，如此老实，看来，北城帮怎么也不可能是偷玄丹的人啊。

也是，就个北城帮算什么玩意儿？胆敢去捋我唐家的虎须？

远处四面八方人影绰绰，唐家的高手们一个个归来，手里都提着几个人，捆得结结实实。对北城帮外围的扫荡已经完结！

唐老爷子心中正在失望，老脸抽搐，心中大骂：唐源！君莫邪！老夫饶不了你们两个！居然合起伙来把老夫当枪使！老夫一定要……

一定要怎么唐老爷子没来得及想下去，因为就在这时，北城帮宅院的围墙上突然“呼”的一声冒出来无数黑乎乎的人头，一个个张弓搭箭，一团箭雨“轰”地一下向着外面埋伏的唐家高手射了过来，同时里面一声喊，大门、后门、侧门、墙头到处都有人冲了出来，就像炸弹开花，四散奔逃！

居然敢不宣而战，连跟唐老爷子谈判的态度也欠奉！而且一个个争相逃窜，个个只恨爹娘少生了两条腿。

这意味着什么！

反应居然这么激烈！这跟造反有啥两样了！唐老爷子瞪着眼睛，眼珠几乎掉出眼眶，这突然的变化，让老爷子有点儿脑筋转不过弯，半晌，才狠狠地一拍大腿，“啪”的一声，疼得自己直抽冷气，心中却是一阵巨大的兴奋：有戏啊！

几声闷哼响起，唐家埋伏的高手每个人的身手终有高下之别，状况又来得突兀之极，瞬间便有数人身上中箭，受伤不轻。余下众人，纷纷向着冲出来的北城帮众人冲了上去，刀剑相击的声音噼里啪啦响了起来，紧凑至极，两方人马瞬间已经恶战成一团。紫色、黑色、银光、金芒顿时同时闪耀了起来，整个这一片区域，一时间绚烂无比。

从北城帮放箭，到冲出来打作一团，说来啰唆，其实中间间隔的时间相当短，几近同时发生。

唐老爷子眼睛惊喜地瞪着，原本阴沉的脸色突然变得莫名兴奋，双手也激动得有些颤抖起来。精光闪烁的两眼中，如释重负，已经沉稳了半辈子的唐老侯爷，今天终于抖着花白的胡子爆出了粗口：我去！居然真有联系，甚至可能就是正主儿！

哈哈哈！想不到唐源这小子这次居然立了大功！谁说瞎猫不能碰到死耗子的？老夫回去一定要好好地赏他！一这么想，老爷子顿时忽然觉得事情不对，做贼似的左右看了两眼，心想：“我可不能这么骂唐源，毕竟他今天立了大功。”

北城帮既然做出了如此的反应，那么就必然是与唐家的被窃有关系，否则的话，区区北城帮，敢对帝国侯爷、户部尚书的家族，这等整个天香国中一流的家族放箭？简直是吃了熊心豹子胆了，猫舔虎鼻梁，典型的找死找灭族！

眼看着一个又一个从里面出来的北城帮帮众被掀翻在地，然后五花大绑地扔过来，唐老爷子咳嗽了几声，负手而立，眼如鹰隼，脸如静水，胡须飘然，岿然不动，一派的为民除害、道貌岸然。

“砰！”一个北城帮的人被打得飞了起来，还没等落下，一条绳子已经套在了腰杆上，快速围绕了几圈，等落到地上，已经变成一个大粽子，“砰”的迎面一拳，满口牙齿咔嚓咔嚓掉落，还没来得及惨叫出口，一条臭烘烘的布团已经塞进了嘴里，紧接着被人扔了起来，腾云驾雾一般飞出几丈，整个过程行云流水般顺畅。落下才发现四下里尽是熟人……

“砰！”又一个！

“砰！”

唐家两百四十多位高手由外而内，缓缓推进，水泄不通。

北城帮帮主秦虎正被三位金品玄者围攻，左冲右突，均冲不出去，满脸绝望之色。在不远处，还有一位地玄强者双手负后，淡淡地看着他。冲不出去，退不回去，甚至连自杀的机会也没有，如果不是三人旨在生擒秦虎，他早就步上黄泉了，秦大帮主这会儿已经快要疯了！

四周渐渐清理干净，一个一个的唐家高手纷纷向着这边围拢过来，还有一部分人扑进大宅院，展开地毯式的搜索，拆房子一般地细致，任何一个地方都不会漏过。一切无论可能或不可能存在密道的部位，都挖地三尺，查看土色。

不多时，里面一阵欢腾。“找到了！”唐老爷子神色一喜，向前走去，只见几个唐府高手每人拎着一个人走了出来，却是秦虎的儿子秦小宝和几个花枝招展的女子。秦虎将他们藏在帮内最隐秘的密室之中，本想自己等人一举冲出去，若是不能活命，也希望可以侥幸保住儿子，没想到唐家的人抄家这么厉害，密室几乎在地面一丈之下，出口更是隐秘，居然还是被搜了出来。

见儿子被抓了出来，秦虎万念俱灰，彻底丧失了抵抗下去的勇气。他本就在左支右绌，若不是怕他亡命搏杀，恐怕早已经生擒！此刻斗志全失，出手再无章法可言，三位金品高手同时上前，“啪啪”两声，秦虎如一团软泥一般倒了下去，身体感官都在正常运行，唯有整个身体的控制权，又或者是掌握生死的权限，尽都不再属于自己了。

大获全胜！

唐老爷子缓缓来到秦虎面前，低着头看着秦虎沮丧的脸，挥挥手，四周众人识趣，纷纷退到了一边。在这中间留出好大的一块空地。

“那玩意儿在哪里？”唐老爷子低沉着声音，眼睛利箭般看着秦虎的眼睛，一张口就是单刀直入！决不让秦虎有抵赖的机会！

这句话很容易给秦虎造成一种错觉，似乎是在说：“我已经知道，玄丹就是你偷的！我已经掌握了绝对的证据！就看你合作还是不合作了。”只要秦虎是参与这件事的人，在猛然听到这样一句话，而在自身又是阶下囚的时候，崩溃的可能性在九成以上！

果然，秦虎张口结舌，眼神中露出彻底的绝望！正在密切注视着他的每一丝反应的唐老爷子，心中一阵狂喜，久悬的心一下子放了下来。

果然是正主！唐源啊唐源，这个孙子总算是办了一件正事，而且还是大大的正事，有出息！等等，这件事情貌似还是君家那纨绔君莫邪提醒的，唐老爷子心中顿时感慨：看来，纨绔扎堆，倒也不见得就全是坏事啊，起码关键的时候还是有用处的。就比如老夫当年，不也人人说咱是纨绔来着？现在不照样也……

咳咳，发觉自己想远了，唐老爷子顿时回神，心中已经暗暗决定，无论玄丹找得回来找不回来，至少唐家这次欠了君莫邪一个莫大的人情！看来以后，要跟君家多亲近亲近了。

“我……我哪里知道什么玄丹，唐……老大人，不知为何突然这样对我们？我……”秦虎慌乱地回答，眼神闪烁，仍存了抵赖之心，希图个侥幸。

“你小子真是不会说大话啊，我有说那玩意儿是玄丹吗？呵呵……不知道也没关系，马上会让你知道的。”唐老爷子笑得很慈祥，一招手，便有一个唐府高手提着一摊烂泥一般的秦小宝走了过来，“砰”地扔在地上，转身走了回去。

“秦虎，听说这是你唯一的儿子吧。不管北城帮如何，但只要你把你知道的说出来，我就担保你的儿子没事，我也会护着你们秦家这一点仅存的香火，不受伤害。”唐万里老爷子呵呵微笑着，态度非常和蔼，“自然，若是你无论如何也想不起来的话，我相信你会很快就能看到你儿子将会遭遇什么，只不过那样的话，大家就都不见得会很愉快了，你知道我的意思吧？”

“爹，救我……”秦小宝凄惨地号叫着。对于这个典型的二世祖来说，这一年简直就是他的灾难年，好不容易在大街上看见个美女，还没怎么着呢，才调戏了两句，就被抓进去点破了丹田，废了玄气。好不容易恢复了，能动弹自如了，上个酒楼被人一团鼻涕甩在脸上，刚骂了两句就被一顿揍，还打折了腿。刚刚哭爹叫娘地回到家里正在养伤，却又发生了这种事，断着腿被人拎出来，然后摔在地上，又怕又慌又痛，秦小宝已经是痛不欲生了……

唐老爷子缓缓伸出手，干燥的手掌在秦小宝脖子上轻轻抚摸，就像在安抚一条受惊的小狗。可是，也绝对没有人会怀疑，如果秦虎的回答让唐老爷子稍微有那么一点不满意的话，这只干燥的大手，绝对会立即变作阎王追魂的令牌！

秦虎颓然叹了一口气，垂下了头，道：“你赢了。”

唐老爷子得意地一笑，道：“秦虎，果然不愧是一帮之主，懂得审时度势，不错！”

尖锐的讽刺传进耳朵里，秦虎满脸涨得通红，这极度的耻辱，让他的脸色变得难看无比，嗫嚅了几下，才艰难地道：“想来老侯爷也明白，此事秦某大抵也是受人指使，否则秦某就算有天大的胆子，又怎么敢去唐府偷东西？那不是找死吗？就算有心也没有那份本事，不过，所谓钢刀架颈，我们……确实没有办法。”

“说下去。”唐老爷子目光闪动。

唐老爷子老于世故，亦知凭秦虎的北城帮决计没有可能敢在太岁头上撒野，在眼下这个当口，更没可能说出根本就无法取信于自己的谎言，若他说的乃是真的，那么必然还有下文！

秦虎见老爷子似是相信了他的话，不禁萌生了几分指望，就算自己无法幸免，起码儿子还有活下去的机会，忙接着道：“当初指使我的那人，我也不知其来历，我只知道那人手眼通天，连老侯爷家宅布置、藏宝地点，甚至于整个布局乃至出手的时刻都是那人制定，我想他应该是京城之中的……”秦虎说到这里，突然双目怒凸，眼中射出惊惧至极的神色，慌乱之下大呼起来，“老侯爷救命！”

就在此时，突然空中一声锐啸，黄光大涨，四面八方庞大的压力轰然落了下来，几近毫无预兆，整个天空中就仿佛是突兀地多了几团小太阳，土黄色的光芒厚重地充斥了整个天空！

地玄强者！

三个矫健的身影闪电般落下，呈三角形向着唐老爷子这边迅猛地冲了过来，人人黑衣蒙面，只露出一双黄光灿然的眼睛。

唐府高手同时惊呼，一个个奋不顾身地冲了上来，可惜他们限于本身实力，无从阻止地玄高手前进的脚步！

唐老爷子一声冷笑，喝道：“鼠辈敢尔！”白须飘扬间，浑身泛出更形厚重的土黄色光芒，悍然迎上，将秦虎护在了身后。

对方的意图非常明显，摆明就是来灭口的！但秦虎现在已经是唐老爷子追回玄丹的唯一线索，岂能让对方得逞？无论如何，他都要拦住对方，决计不让他们伤害秦虎的性命。

只要秦虎在，就有机会找到幕后主使，找到幕后主使，就能找回玄丹！唯有找回玄丹，才能为唐家打造今后百年不拔的根基！

唐老爷子眼珠都红了。

唐万里纵横来去，以一己之力，硬硬地挡住了三位同级数的高手，大开大合，有攻无守，势如疯虎！

这些人杀死区区一个秦虎自然不是什么大问题，但若是在这里杀死了唐老爷子，那就是跟天香帝国整个国家作对了！这可不是随便什么人能负担起的后果！所以唐老爷子有恃无恐！一时间，竟以一人之力拖住了三名同级的地玄强者！

四个人围成一团，转着圈儿厮杀，满场人影憧憧，尘土四起。唐家的另外两名地玄高手唯恐家主有失，迅速加入战团，这六大高手捉对儿厮杀，地玄级别以下的人根本就插不进手去。

“先将秦虎带走！”唐老爷子高声大喝。

而就在这时，淡淡的蓝光优雅地闪现，一个白衣蒙面人突然出现，行云流水般飘了过来，在一团夜色中，一袭白衣显得格外显眼，举止潇洒，犹如闲庭信步，但速度却是快到了极点，一路行来，蓝光闪了几闪，四声惨叫同时响起，北城帮四位堂主同时被杀，尸身缓缓倒下！

天玄初阶！天玄高手！

两百位唐家高手一拥而上，组成重重的防线，而那人竟完全无视，直如入无人之境一般，身子一飘而起，凌空蹈虚一般飞掠三丈，蓝光大闪，躺在地上的秦小宝只来得及闷哼一声，胸腹之间已经被隔空一拳打得稀烂！

唐万里老爷子厉啸一声，反身而回，迎向那白衣人。那白衣人面罩后的眼中不屑的眼神一闪，蓝光暴涨，一对肉掌与唐万里轰然对实，唐老爷子闷哼一声，白须颤动，连连后退。那白衣人倒退旋转着飘走，沿途唐府高手无不被他强横的玄气阻止在身前三尺之外，头也不回，反手一掌劈下。

他的背后，已是秦虎！

秦虎睚眦欲裂，狂喷出一口鲜血，嘶声大叫道：“好……狠！唐老侯爷，他就是那位……”说到这里，突然“哇”的一声惨叫，软软地委顿地上，整个身体再没有任何一块骨头是完整的！

“呵呵呵……”那白衣人轻轻地笑了几声，低喝道，“走！”蓝光闪耀之下，当先冲出，“砰砰砰”几声，唐府众人纷纷踉跄后退，一闪已到墙边，黄光蓝色一闪，四个人同时跃上了高墙，那三位地品玄者翻身落下墙头不见了。

那白衣人却仍然站在墙头上，白衣飘飘，风度飒然，遥遥一拱手，语声清雅地道：“唐老侯爷，今日得罪，实属无奈，山高水长，后会有期。”一声长笑，拔身而起，蓝光一闪之后，天空中恢复了一片黑暗。

唐老爷子捂着胸口，闷闷地咳嗽了几声，他能感觉得出，这个白衣人实力当真了得，对自己也确实算是手下留情了，否则的话，只凭方才那一掌，至少也能把他震成内伤，但即便如此，唐老爷子仍是气得浑身发抖！

看着北城帮秦虎父子二人惨不忍睹的尸体，以及那四位堂主倒地的惨状，唐老爷子手足一片冰凉。

这样的天玄强者，原本应该出在自己家里的啊！

真的好不甘心啊！

好不容易找到了重大线索，却在即将成功的时候被人当着他的面灭了口，而代表整个唐家最强实力的两百多人都集中在这里，却只能眼睁睁地看着，居然还承受了对方手下留情这样一个耻辱的人情！

情何以堪！

看着唐老爷子在呼呼地喘气，四周众人一脸惭愧地低下了头。

就在此时，突然一阵沉重、沉闷、雄壮的声音远远地响了起来，响彻天际！就如同天边的浪涛，滚滚而来，又如天际的闷雷，缓慢却无休止地一声声击打着，带着扫平乾坤、粉碎风云的无匹气势，慢慢迫近！

随着这声音的响起，整个天地之间，似乎也在瞬息之间变得无尽肃杀！连这漆黑的夜色，也突然变得格外沉重了起来！

那突兀的声音丝毫不因为时间的流逝而减缓，反而越来越响，到得后来，已经是整个天香城四面八方一同响起，随着一开始的那沉闷的频率慢慢跟上，然后汇成一股巨大的洪流，在整个天地之间悍然地响起！

这是雷神的战鼓！这亦是杀戮的前奏！

这石破天惊的鼓声，更是大型战争的火引！

聚将鼓！

在沉寂了十年之后，这天香国最高军方的最高召集令，在这寂静的夜晚，毫无预兆地再度响起！

聚将鼓一旦响起，从来只会意味着如山尸骨，如海血泊！万马千军的厮杀，无数生命的消亡！也意味着，将有一批勇士永远地闭上眼睛，亦有他们中间一小部分的幸存者踩着尸山，蹚着血海踏上高位！

四面八方，无数的士兵从睡梦中一惊而醒，翻身而起，快速着装，每个人的眼中，都射出了疯狂的嗜血的光芒！

“是君大元帅的聚将鼓！”唐家一位地玄高手震惊地叫了起来，众人同时骇然相望。

第十五章

绝望的狂怒

唐万里震惊地睁大着眼睛，张大了嘴巴；这突如其来的战鼓声，甚至让他忘记了刚才极度的羞耻与不快，整个心中完全充斥着一个念头：君战天发疯了！这老货，为什么发疯？在君家最衰弱的时候发疯？

“所有人立即返回唐家，凡有军职在身的立即先行一步，赶紧更换着装前去报到！剩下的人没有我的命令，不准擅出家门一步！”唐老爷子当机立断，一连串地发令。

即时，有数十人躬身一礼，转身急匆匆地奔走，甚至走的速度已经超越了自己所能够发挥的最快速度。

此时敲起聚将鼓，说明了事态严重已经到了非常危险的地步，所有人都不会怀疑，今天晚上，若是有哪一个军官胆敢迟到一分，那就必然是人头落地的下场！君战天治军之严，在整个天香国首屈一指！

有违将令者，无论你是公侯将相、世家子弟，又或者是凤子龙孙，皆杀无赦！

四面八方的马蹄声急骤地不断响起，纷纷如潮水一般涌向城中心的大校场。人人甲胄鲜明，一脸急切，手中马鞭啪啪地不住抽在平时爱逾性命的战马身上，一路奔驰，个个如同八百里加急！

“侯爷，这些剩下的杂碎怎么处置？”一位唐府高手指着北城帮剩余的人等，问道。

“全部带回去，一个一个审问！”唐老爷子虽然明知道这样不会有效果，但还是存了万一的指望。

随着战马一批批驰过，城中城外所有军营之中，亦不约而同地响起了嘹亮的军号之声，所有部队，紧急集合，保持最高的战备状态，随时等着主官从点将台归来，然后立即开拔！

君老爷子要疯了！

这话一点不假。

灵梦公主派了两个人到君府的时候，距离刺杀事件，已经过去了半个时辰之多。君老爷子正在书房看书，老脸上微笑着，一片心满意足。孙子浪子回头、改邪归正，而且看那股劲头和毅力，就算是数遍整个天香城所有的贵族公子，能比得上我孙子的也是半个都没有。

眼看着君家在如此凋零的时刻，出现了这么大的希望和转机，君老爷子岂能不老怀大慰？

正在心情最为舒畅的时候，管家老庞轻轻敲门，一脸沉重地走了进来，说道灵梦公主派人前来，找老爷汇报些事情。

君战天立即传见，但见到那侍卫之后，见他浑身血污，老爷子心中便是“咚”地跳了一下，从他支支吾吾、左遮右掩的话语中，君老爷子越来越是感觉不妙，老脸越来越是难看。老庞满脸忧色站在了他的身后，更是让君战天感觉到了什么……

一连串的逼问之下，那侍卫终于说出了：“君三公子的尸体不见了……”

就是这短短的一句话！君战天闻听，如同九天之上万千响雷同时在脑袋上炸响，魁梧的身躯摇晃了几下，突然一张脸变得煞白，一声不响地向后便倒，瞬间居然没了气息！

老庞大惊，幸亏早有准备，一阵掐人中，捶胸口，才终于让老爷子再度苏醒了过来，那侍卫更是颤抖着跪在地上一动也不敢动了，任谁都知道君莫邪这位纨绔少爷在君老爷子心目中的地位，自己只要一个应对不当，动辄有杀身之祸！

君老爷子醒来，便是吐出了一口鲜血，脸色也瞬间变得灰白，一双眼也变得昏暗了起来，但口中的话语依旧清晰、低沉：“究竟是怎么回事？慢慢地一点不漏地给我说出来。”语声虽低，但话中的沉重，却如同是高山峻岳，沉沉压下。

那侍卫早已吓得脸色青白，一点点描述了出来。在他说的过程中，君老爷子一直沉着脸，不说一句话。终于，等他说完，君战天无力地挥挥手，道：“你去吧。”

那侍卫如蒙大赦，哆嗦着退了出来，才发现自己全身都已经被汗水浸透！

书房中，君战天闭上眼睛，仰首向天，喉结上下滚动了一下，满是皱纹的眼角，沁出了一滴老泪。

若是君邪依然像以前那样纨绔不堪，胡作非为，出了这样的事情，君老爷子反而不会这么难受，因为早已失望，现在转变成绝望也没什么大不了的，君家的衰亡已成定局，这一天提早来临也不算什么了。

可问题就在君战天刚刚看到孙子的惊人改变，才刚刚看到曙光、看到希望，正是满怀激动、老怀大慰的时候，对君家的将来也充满了无尽幻想的时刻，这个突如其来的消息，却瞬间将君老爷子彻底打入了万劫不复的深渊！

如此大的反差，君老爷子没有当场发疯，已经是相当地有自制力。

莫邪，是为了给灵梦公主报信才死的！这是老爷子第一个推断。

刺客的目标是灵梦公主，有这般胆子的，除了三位皇子之外，就是别的国家敌对势力。而目前太子之位未定，三王夺嫡，别的国家巴不得他们打成一团，所以这等时刻，敌国反而不会做出这等过激的事情来。所以，三位皇子嫌疑最大！这是第二个推断！

第三，公主才是刺客的主要刺杀目标，但莫邪死了，公主未死！这就透着蹊跷了。难道是莫邪的仇家，也就是他平常最大的对头李家和孟家请来的杀手故意这么做的？刺杀公主只是障眼法？第三个推断。

报信的莫邪死了，遇刺的公主反而无恙，说明了莫邪虽然给公主报了信，但公主显然没有派侍卫保护他，所有的武力都集中在保护公主，而莫邪就那么轻易地被杀了！这是第四个推断！

君战天越想，脸色越是阴冷，眼神越是锐利，到了后来，已经是狰狞！

凭什么我的孙子好心传信，就那么死了，而那个女人却该死没死？

我君战天少年从军，一生千百战！百万尸骸中杀出一个大元帅，为帝国立下了赫赫功勋，举国之间，无人能比！我君战天三个儿子，三个孙子；两个儿子为国捐躯，小儿子被弄成了终生残废，两个孙子征战沙场，死得不明不白；现在，唯一的一点骨血，居然也为了保护皇族公主捐躯了……

满门忠烈的君家，居然就这样绝了后！既然如此，我还留恋什么？左右也是完结，那何不让所有与我君家作对的陪我一起完结？

君战天凄怆地笑起来，越笑声音越大，笑着笑着，笑得满脸是泪。突然猛地站起身来，眼神如雷似电，带着通红的血丝，冷冷地看了一眼窗外的夜色，转过头来，缓缓走到亡妻的画像前，笔直地站着，久久地凝视着，嘴唇张了张，想要说些什么，却终究没说，伸出手掌，在虚空中抚摸了一下，似乎在感受着什么，又似乎在做最后的告别。

君老爷子微微地眯起了眼睛，似乎强行忍住了什么，猛地转身，摘下墙上尘封多年的随身宝剑，魁梧的身躯大踏步走出，白发萧然，再不回头！

在他转身的那一刻，两滴老泪，啪嗒落在地上，摔得粉碎！

墙壁上的画像中，一个慈眉善目的老妇人，依然在亘古不变地微笑着，眼神似乎透出了画像，悠远地延伸，夜风自窗子吹进，画像一阵翻卷，似乎在无力地挽留。

管家老庞一伸手，拉动了君战天太师椅后的一根丝线，刺耳的铃声在君家大院响起。然后，他沉默着，亦步亦趋地跟在他的身后，脸上也是一片冷漠、决然。

他已经猜到了君战天接下来要做什么，但他不会阻止，非但不会阻止，而且他自己也要跟着去！无怨、无悔！

楼下，一架轮椅静静地在那里，君无意笔直地坐在轮椅上，两道剑眉凝成冲天杀气，见到父亲走下来，君无意脸上毫无表情，眼神与父亲一对，各自转头，竟不说话。

此时，已经用不到再要说什么。

数十个黑乎乎的人影从四面八方赶过来，静静地站成三排，矗立在院子里。眼神平静地看着君战天，无论君战天要做什么，这些人都会跟着，一直到黄泉归去！

暗影重重之中，还有无数人幽灵般聚在四周，静静地等候命令，君家雪藏的力量，这一刻毫无保留地全部出动。

君老爷子上前，低沉着声音说了几句话，暗影中的人突然潮水般消去，瞬间无影无踪，就如同散去了漫天的血雨腥风，半空中呼啸的风声，这一刻也似乎变得浓稠起来。

默默地站立了一会儿，迎着清新的夜风，君战天长长地吸了一口气，只觉得吸进了一股浓郁的血腥气，呛入肺腑！他翻身上马，面如寒铁，血红色的披风在夜色中迎风飘扬，融成了鲜血的颜色。

剩下众人沉默着，纷纷上马，跟上了他。君无意双手在轮椅扶手上一拍，身子腾空而起，稳稳地落在了一匹马的马背上，一抖缰绳，跟了上去，蹄声渐远，终至不闻。

须臾，军部灯火通明，君战天一身戎装，端坐在大堂上，外面，四十面大鼓同时低沉而又震撼地响起。

随着鼓声的进行，不断有人一身戎装，顶盔带甲，全副武装，飞马而来！来到点将台下，下马立定，人人站得就如标枪一般直！

人数越来越多，一个个都是一言不发，唯有看向高高坐在帅位上的君战天的眼神，个个都带着无比地狂热！

老帅！好久没有擂起这聚将鼓了！那烽火连天的百战岁月……怀念啊！

鼓声止！

点将台下，众多将军肃容而立。两边，数十面大旗，在夜风中呼啦作响，呜呜咽咽，宛如千人同哭！

君战天离座而起，走到点将台上，凌厉的眼神一掠，问道："可有人未到？"

"吾等俱到！等候老元帅将令！"数百人同声高呼，音调一致。

"好！就让老夫今夜做一件惊天动地的大事！"君战天锋锐的双目中射出不可掩饰的杀机。

"众将听令！"

“在！”

“沈洲男！”

“在！”

“令你率本部人马，守住西门！没我的将令，任何人不得出城！发现骚乱，立即出兵镇压！”君战天将“任何人”三个字咬得格外重。

“是！”

“君念枫！”

“在！”

“东门由你负责！”

“是！”

“战悸天！”

“在！”

“北城门！”

“是！”

“禅林语！”

“在”

“南门！”

“剩余众人随我……

一连串的命令发出去，人人上前接了令牌，转身即走，竟然没有任何一个人问这是为什么！这些都是君战天的旧部，也是君家军事集团的中坚力量，对君战天的命令，一向只有执行，没有为什么！

哪怕是死！

尤其是沈洲男、战悸天、禅林语、君念枫四人，更是君老爷子最为得力的四大战将！也是四个桀骜不驯的铁血战争狂人，唯有对君战天的命令，不论对错，一概执行到底！也是目前君家军事集团的中坚力量！

一个个将军接了命令离去，君战天眼中神色越来越是冰寒。

莫邪，看爷爷为你报仇！凡是曾经与你作对的，凡是有嫌疑的，今夜都会为你陪葬！

战鼓刚起的时候——

深夜，皇宫中，天香国皇帝陛下杨怀宇一惊而起，喝道：“这是什么声音？”这位曾经戎马倥偬，如今正当盛年的皇帝陛下，莫名地感到了巨大的危机！好像……有什么惊天动地的事情正在发生。

寝宫外，一个阴柔的声音道："禀陛下，好像是……战鼓的声音。"

"战鼓的声音？"皇帝眉头一皱，突然一惊，"战鼓？聚将鼓！"脸色大变！一个翻身下床，随手扯过披风披在身上，里面只着中衣，快步走了出来，侧耳听了一会儿，脸色逐渐沉重起来。

君战天！

皇帝一听就听了出来，这是君战天的战鼓！除了君战天的聚将鼓之外，京城之中再也没有相同的声音会这样的雄壮惨烈！也只有君战天的战鼓才能显现出如此的威势，足以轰动整个天香城的威势！

"今天到底发生了什么事是朕不知道的！"皇帝沉着脸，缓缓问道。此刻，做什么都可以，唯独不能急。唯有先知道发生了什么事，才会知道君战天为什么会在这等时刻敲响聚将鼓！才能采取针对性的化解策略。

"奴才不知。"一问之下，身边六名内侍同时跪下，竟无人回答上来。

"查！"

"禀皇上，奴才记得，一个时辰之前，灵梦公主曾经求见皇上，不知何事。"皇帝身后，一个中年的太监谨慎地踏前一步，阴柔地答道。

"灵梦？她有什么事？灵梦一向乖巧，若无大事，根本不会这种时刻来打搅我！为何不禀报与我？什么人敢如此大胆，干预此事！"皇帝顿时发觉了其中的蹊跷。

"……"那太监期期艾艾地说不出来，眼神一个劲地往寝宫里飘。

"速速传灵梦前来！"

"是！"

"孟妃！给朕出来！"皇帝一声怒喝，一个身罩轻纱的丽人袅袅走了出来，跪伏地上。

"朕问你，灵梦找朕何事？你为何挡驾？"皇帝陛下的眼神，如同寒冰一般，看不到半点温暖。

"公主她……她说被人刺杀，但臣妾……臣妾见她并无任何损伤，言谈举止亦一如往常，只知道是小孩子胡闹了，再说陛下您那时候已经睡下了，臣妾就……就没敢打搅。"孟贵妃战战兢兢地回答道。

"朕的女儿被人刺杀了，你还拦着她，不让她见我这个父亲，居然说还小孩子胡闹？呵呵呵……你可真是朕的好爱妃啊！"皇帝陛下语音温和，似乎全然没有当作一回事，但跪在地上的孟贵妃却已经浑身发起抖来。她知道，一旦皇帝陛下用这种口气说话，那就一定要有人人头落地了！

皇帝轻轻凑在她耳边，低声说道："料来你自己想必也是没有这个胆子的，不过，老大应承你的事情，肯定已经做不到了。朕也不会让他做到的！”孟贵妃顿时恐惧地瞪大了眼睛，整个人瘫在了地上。

“将孟妃带下去，打入冷宫，听候处理！任何人不得接触！”皇帝的语气很平静，却宣布了这位曾经是万人之上的孟贵妃的命运。

“父皇！”灵梦公主匆匆而来，有些钗横发乱。

“不要急，今天到底发生了什么事？来，跟父皇说说，仔细地说说。”皇帝看着自己的女儿，慈祥地笑着，似乎刚才完全没有发生过任何事，将眼底的深寒巧妙地收藏。

随着灵梦公主的诉说，皇帝陛下的脸色越来越是沉重，眼神也越来越是寒光闪烁，他低垂着头，不发出半点动静，只是静静地听着。

这固然牵扯自己女儿的生死安危，而且还牵扯另一个很“关键”的人，这个人本身无关大局，但因他而牵动的后果却实在太大了，大到连自己这个皇帝都未必能承受得起，更不愿意承受！

一位帝皇，自己女儿遇刺，却在关心另外一个标准的败家子，天家无亲吗？实在是悲哀啊！

终于……

“按照梦儿的说法，在刺杀之前，君莫邪曾经去给你报过信？至少应该算是提过一个醒？”皇帝沉思着。

“是的，虽然女儿并不确定，但君莫邪的动机应该并无可疑，或者是他之前发现了什么蛛丝马迹也未可知。”灵梦公主声音甚低，但语气非常坚定。

“蛛丝马迹，以君莫邪的微末道行有什么能力发觉什么蛛丝马迹……算了，这些都是末节，到了后来，君莫邪又被另一高人救走了，也就是说，君莫邪并没有死，是吗？”皇帝的眼神深邃起来。

“正是如此，父皇。”灵梦公主知道父皇心中的避忌，所以她绝口不提夜孤寒的名字。虽然，皇帝陛下本身是知道这件事情的。

“既然如此……那君战天为什么发疯？竟然不顾一切地敲响了聚将鼓！”皇帝陛下沉思着，“他孙子没有死，君家并未到断子绝孙的地步，那他这次行动就让人不解了，如此作为实在是……”

他站起身来，缓缓踱了两步，手指轻轻敲着自己额头，轻声道：“孙子没死，君战天却莫名地发了疯，嗯……或者有一点可以确定了，那就是，君莫邪此刻肯定还没有回家，想来是君战天接到了孙子遇危的信息，又久久未见孙子归家，所以才会如此失常。呵呵呵，看来，我还是小瞧了他们呢？这……是一石几鸟呢？”皇帝陛下笑得很冷，很阴寒。

灵梦公主突然想起了一件事，顿时俏脸煞白，如果真是这样，虽然只是一个误会，可后果很可能会是无法收拾的！

“当时，君莫邪既然没有生命之危，为什么不即刻派人通知君家呢？梦儿你处理这事实在是太不小心了……梦儿，你想起来了什么吗？”见灵梦公主脸色大变，皇帝微笑着，尽力的控制着自己的火气，但眉梢眼角，已经有些不能压抑的迹象，自己的女儿处事素来沉稳，今天怎的竟会如此失策，难道是因遇刺而失却了平日的沉稳？

“父皇，在发现君莫邪尸体……不，身体不见的时候，女儿曾经……曾经派人去给君老公爷报信，这……报信的刚走，那个老人家就来将受了伤的君莫邪抱走了。”灵梦公主有些手足无措起来，说不成话。

“然后呢？消息已经送出，但发现君莫邪没有死之后难道你就没做出补救？”皇帝陛下有些失望地看着女儿，心中却是一动：老人家？难道暗中保护女儿的人，除了夜孤寒那厮之外，还另有其人？若是如此的话……

皇帝陛下心中想着，脸上却是不动声色。

“这等重大消息自然要做出补救的，当时我的侍卫都已重伤，所以就让前去救驾的慕容千军派人去给君老公爷说明君莫邪未死的事情。若君老公爷最终未能接到君莫邪未死的消息，那唯一的可能就是……”

“不用可能了，很明显，慕容千军并没有去报信，即使去报了也应该是死讯。要不然不会……”皇帝陛下叹了口气，方正清癯的脸上多了几道狰狞，随即隐没，和声道，“没你的事了，你去休息吧。”说着抚了抚灵梦的头发，虚无的眼神看着一片黄蒙蒙的皇宫笼在黑暗中，皇帝陛下突然感觉这种代表尊贵的明黄色竟然是如此刺眼，如此让人糟心。

这次刺杀事件有些怪异，呵呵呵……真是想不到呢。皇帝陛下微微沉思着，眼底的锋锐一闪而过！

嗯，也许到了洗一洗皇宫的时候了。

远处，惊天震地的战鼓声已经寂然，然天地间依旧充斥着山雨欲来风满楼的气氛，压抑至极。

希望君战天，希望你不要让朕太难做了……

皇帝陛下眼睛中露出极为复杂的感情，一闪而没。

看着女儿离去的背影，皇帝陛下负手而立，沉思了一会儿，突然道：“影子，你出去看看吧。不到必要的时候，不要出手。告诉君战天，他孙子没死，闹一闹可以，但不要做得太过分了！嗯，顺便给我带点东西过去。嗯，顺顺手，这老东西也已经憋了好几年了！”

说完，皇帝陛下提笔写了几个字，随手卷了起来，往后一递：“去吧。”

一阵风起，一个似乎有形无质的人影一飘而出，下一刻，皇帝手中那张纸条已经不见，一条淡淡的影子急速地飞出了皇宫。

“虽然是让你放肆一次，不过，朕也要借一借刀！”皇帝低声自语，脸上突然掠过一丝意味深长的笑意。

皇帝陛下一向算无遗策，但是，这一次，他却是远远地低估了君战天的暴怒已经到了什么地步！而且他此刻才派人去，已经是晚了……

“来人，传独孤无敌大将军前来。”皇帝舒了一口气，大声道。嗯，索性把局势再打乱吧。希望，一个一个的，只要是明白人想来都会收敛一些，不明白的，自然没有留存下来的必要，又或是没有存留下来的资格。

不是不让你们斗，唯有斗出来的，才是强者！但斗，也要有分寸的！超出了这个分寸，就会万劫不复的。

灵梦公主告辞了皇帝，一直到回到了自己的寝宫才突然想起来，自从自己前去，整个刺杀过程，父皇便一个劲地问的全是君家，全是君莫邪，而对自己才是被刺杀的主要对象的事情，一向最疼爱自己的父皇竟全然没有问过！

这是为什么？

难道在父皇心里，这桩疑窦重重的刺杀，牵扯一位公主，牵涉到了她！甚至还可能有其他皇室人物的大案件，竟然不如一个君家重要吗？

还是父皇他，在回避什么？

还是……

想到父皇深邃的目光，灵梦公主不由得颤抖了一下。幸亏，我有夜叔叔保护，还有那位神秘的强者……

怔忡中，灵梦公主伸手入怀，摸出来了那三柄小巧玲珑的飞刀，在手中把玩着，那飞刀只有大半个手掌大小，稍稍弯曲的弧度优美自然，当真是薄如蝉翼。三柄飞刀叠在一起，居然也只有薄薄的一层。灵梦公主很是好奇，这样小的飞刀，如何竟然能够发挥出那么恐怖的强大威力，居然能令一帮杀人不眨眼的杀手不战而走！

飞刀无言，刀身闪着晶莹的光彩，灯光下折射出五光十色，璀璨至极。若是只看到这样的飞刀，必然只会当作富贵人家小孩玩耍所用的东西，谁能想得到，这居然是一位绝世强者的致命武器？

不过，只要这种独一无二的飞刀再次出现在我面前，我立即就能认出来！灵梦公主想着，心中无限神往：不知道这位连夜叔叔也无限佩服的绝世强者，究竟是怎样的一个人呢？

独孤世家

第十六章

独孤无敌大将军满肚子郁闷地回到家里，他已经彻底糊涂了。身在城外军营的他听见战鼓声之后，带着亲卫快马加鞭立即回城，第一时间赶到了皇宫里等候皇帝陛下召见。

他甚至已经下达了令自己的士兵也做好了战斗准备的命令。万一若是君战天造反，整个京城，也就只有独孤家的军队可以保皇，可以与君战天的军事集团抗衡！

但皇帝陛下异乎寻常的暧昧态度，却让独孤无敌丈二和尚摸不到头脑。

眼下这么严重的事情，随时都可能引发兵变，甚至君家大军逼入皇宫也不是没有可能。但皇帝陛下居然只是四个字：少安毋躁！然后就让自己回家找老头子了，甚至不让回军营，也不让带兵做些防卫的措施——这也太匪夷所思了些。

一肚皮郁闷的独孤无敌回到家里，还没来得及回去院里，第一件事就是去找了父亲独孤纵横老爷子，但后果，却让独孤无敌这位统率千军万马的大将军更狼狈至极。

“混账东西！就为了这点破事你将我从被窝里拉出来？你这个不孝之子，忤逆玩意儿，我当初怎么就养活了你这么个废物点心，以后出门不许自称是我的儿子，我可丢不起这个人！”

独孤老爷子很怒，声音大得全府都听得到，唾沫星子喷了儿子一头一脸，手指头点在独孤大将军额头，一点一个趔趄：“你就不用你那脑袋想一想？脑袋里面装的是什么啊？造反？我告诉你，就算我独孤家造反了，君战天也不会反！就算陛下自己造自己的反，君老儿也不会造反！赶紧给我滚回去睡觉，真是懒得理你！”

最后干脆一脚直接将独孤无敌大将军踢出来，独孤老爷子气哼哼地回转卧房，瞬间就传出一声闷哼，接着一个声音：“老东西？你刚才骂啥？无敌是谁？你个老东西是什么玩意儿！脑袋里面装的是啥啊？”接着便是一阵死要面子强行忍住的闷哼……

独孤无敌大将军揉着屁股，满脸悻悻，心中恨恨地道：“狠狠地拧这老货！活该！”

满脑袋雾水地回到院里，却发现人声嘈杂，居然灯火通明，夫人和三房小妾居然都没入睡，一个个满脸忧色，看到他回来，纷纷围了上来。一问才知道，自己女儿下午哭着跑回来，眼泪哗哗地掉，谁劝都没有用，关在闺房里到现在没出来，看样子是被人欺负了。

正郁闷的独孤无敌顿时气冲牛斗，真是诸事不顺！啥？在天香城居然还有人敢欺负我的宝贝闺女？看我不带大军去灭了他！气呼呼地带着几位夫人闯进了女儿的闺房，也不避讳，心肝宝贝地哄了半天，总算哄得女儿止住了哭声，喝了一碗燕窝粥，这才放下心来。

“到底是谁欺负了我的宝贝？给我说，看我去灭了他们！”独孤无敌脸色有些狰狞。看女儿眼睛都哭得肿肿的，不由得大是心痛。心中一个声音在狂躁地叫：我要爆发！

“爹爹，”独孤小艺等的就是老爹，撒娇道，“你可得为女儿做主啊。”

独孤无敌顿时感觉不妙：难道女儿被人……不由得紧张地问道：“是谁？”

“还不是君家，君莫邪那个臭小子！今天他可气死我了！爹，你可一定要为女儿出头啊！”独孤小艺噘着嘴，委委屈屈地说了起来。

憋了一天，独孤小艺自己也憋得很了，就等着父亲回来诉诉苦，然后征求父亲同意带着几个哥哥去把君莫邪打一顿，顺便把陨铁抢回来。她知道这事跟母亲说无济于事，肯定不会同意也不敢同意，所以也就没打那主意。

听完事情经过，独孤无敌长出了一口气，原来是这样，不是我想的那样，这下可放心了。随即眉头一皱，顿时头大如斗：“呵呵，乖女，这个，要是别人，我还真不惧他，就算是哪个皇子不开眼，我也肯定抓来打一顿给你出气，可是这君莫邪，现在却不大好办啊。”当然不好办，现在连君战天都不知道自己孙子在哪里，自己能找得到？就算真找到了，自己也未必敢动手！那老东西现在可是彻底地癫狂了……

“难道爹爹害怕君老大人？我真命苦啊，可气死我了！”独孤小艺又哭了起来，一扭身子，别过脸去。也不知为何，反正想起君莫邪那张脸就想打他，心中就生气，恨不得打掉他那一脸可恶的笑，哼哼。

“唉！不是这样子的，”看见女儿又哭了，独孤无敌手足无措，急忙解释道，“实在是这小子，唉，现在也不知道他是死是活，都找不到他，还是等找到再说吧。等回头爹一定帮闺女报仇！好好地修理那小子！”

“啊？不知死活？他怎么了？”独孤小艺也不知为什么，突然心中一痛，顿时转过身来，瞪大了哭红的眼睛看着父亲，心中突然觉得紧张了起来，还有些害怕，我……到底在怕什么？

“听说今天下午灵梦公主遇刺，那家伙居然不自量力赶去报信什么的，结果公主没事，那纨绔小子却成了替死鬼。”

独孤无敌很是有些幸灾乐祸，没注意到随着自己的说话，女儿的脸色变得煞白，小手也紧紧地攥了起来，依然滔滔不绝地说了下去：“……胸口中了一剑，又被一位银玄杀手在胸口跺了好几脚，然后就被人带走了，也不知道带去了什么地方，依我看呀，那小子的小命，悬喽。”

独孤小艺呻吟一声，呆若木鸡。突然感觉心中有些空落落的，对父亲之后所说的话，居然一句也没听进去，连着那声音，也似乎变得无比地遥远模糊……

“放心！如果那小子还活着，为父一定将他抓过来，让我的宝贝亲手打他屁股！打烂，哈哈哈……”独孤无敌畅快地了笑起来，才发现女儿脸上神色不对，伸出大手在女儿面前晃了晃，“小艺？小艺！”

“啊？哦，”独孤小艺如同梦中惊醒，脸色突然沉静了下来，缓缓伏在床上，低声道，“爹爹，我累了，现在想睡觉了……”

“嗯，那你好好睡一觉。睡醒了啥都好了，为父我得去喝点小酒，解解闷，今天一天真是郁闷……”独孤无敌摇着头走了出去，神经线条无限粗大的独孤无敌，居然没发现女儿很是不对劲……

独孤小艺扯过被子，将自己全身蒙在了里面，一动不动，听见母亲在温柔地说了几句什么，几个姨娘分别关切地说了几句话，独孤小艺却是压根儿半点都没有听清楚，心中乱乱的，不知道自己在想什么，自己也不知道是为什么，莫名其妙地只是想哭，只觉得鼻头一阵阵地发酸，心中涩涩的，一阵阵抽痛，眼泪无声无息地涌了出来，越来越多，打湿了锦被，居然连娘亲和姨娘们什么时候离去的也不知道……

难道他，难道他……竟然死了？可……可我……可是我还没有……

君战天铁青着脸，满身杀气，大踏步走出点将台，翻身上马，就要策马而行，有几个地方，他始终还想要亲眼看着其化为灰烬，才算告慰自己孙儿的“在天之灵”！

突然，黑暗中，似乎夜色一阵荡漾，一个比黑夜还要漆黑的身影，幽灵一般出现，虽然近在眼前，但众人似乎依然看不清他的真面目。

“影子？你怎么来了？是陛下让你来的？”君战天抬头，问道。

“这是陛下赐下的。”影子手一扬，一张轻飘飘的白纸落进了君战天的手中，迷雾中的脸似乎笑了一下，却更显得诡异骇人，声音瞬间化作一条无形的线，钻进君战天的耳朵，道：“陛下说，你孙子应该尚未身陨！并让我带给你两个字：平衡！”

他着重说了“平衡”这两个字。他的声音很是干涩，而且很有些不情愿，似乎对一次性说这么多话，很不习惯的样子。

“莫邪未死？”君战天莫名的一阵狂喜，顿时想起自己委托的那名神秘人物：难道是他，将孙儿救走了？上前一步，急切地问道：“影子，我孙儿的伤势是否严重？”

影子说完转身就要走，似乎一刻也不愿停留，即使是对眼前这位军方第一人，也似乎毫无兴趣一般。但听到君战天问话，仍是很不情愿地多说了几个字：“没死，重创！”说完扭了扭头，看了看君战天身边的君无意一眼，哼了一声，“嗖”的一声没了踪影。

君战天刚刚燃起的希望瞬间被一团冷水浇灭，霎时间只觉得浑身冰凉！影子最后看向君无意的那一眼，等于是在提醒他，以君莫邪的伤势，或者不会死，但恐怕也不见得比君无意强到哪里去。

君战天死寂的心刚刚变得热乎，又被浇得冰凉！难道，我君家唯一的后人，也会成为一个残废吗？这么一想，君老爷子心底的怒火，歇斯底里地燃烧了起来！

在此之前，经常和孙儿作对的，好像有孟家和李家！无论今天的事跟你们有没有关系，就拿你们开刀了，算你们倒霉了！

君战天心中大骂一声，翻身上马，咬牙切齿地道：“大军跟我走！跟我去抄家！”

天可怜见，影子看向君无意的那一眼，根本没有君老爷子所自以为的“提醒”啊，实在是另有原因……

这一夜，注定了是个杀伐之夜！

随着君战天冲天一怒，一片血腥笼罩了整个帝都！

京城之中战马来回奔驰，不断有朝廷大员的家里燃起火头，响起兵器交击的声音和一声声惨叫。

在影子尚未出动之前，无数个黑衣人似乎是从黑暗中突然现身的幽灵，已经蒙面跳进了一个个官员的府邸……

一些官员家里根本来不及反抗，就被手起刀落，血光四溅。

刑部侍郎孟志宇、孟志桥，两人分属李家和孟家的阵营，在保皇派上，更是属于大皇子一方的人物，平日里便与君家很不对付，这两家在今夜首当其冲遭殃了。

战鼓还在密集敲打中，两家的宅院里已经跳进几个黑衣蒙面人，从看门的侍卫门房杀起，一路冲进了正厅，冲进了卧房，两位可怜的朝廷官员连话也没来得及说，就被砍掉了脑袋，接着全家无一幸免，随即就是火光冲霄。

当朝御史铁颜，听到战鼓声之后，这位因儿子随同君战天作战，却因抗拒军法被斩首的老御史和君战天作对好几年，现在终于看到扳倒君战天的机会来了，义愤填膺地披衣下床连夜起草弹劾君战天的奏折，谁能想到才写了一半的时候，突然门窗轰的一声一起破碎，几个黑衣蒙面人鬼魅般直闯进来，抓起还未写完的奏折看了看，冷笑一声，异常野蛮地团成一团塞进了可怜的老头的喉咙里，然后唰地一刀，连脖子带奏折砍成两半！

另两家从君家阵营里叛变投到二皇子麾下的礼部官员钱万贯和吴云，住宅有些远，接近城门，听到君家的聚将鼓立即感觉不妙，深悉君老爷子作风的他们顿时非常明智地做出决定，立即收拾一下准备连夜出城避避风头，却在到了城门口的时候，被大军铁骑团团包围！

为首的军官一边高喊抓刺客，一边箭如雨下，不给任何分辩的机会，直接下令格杀！

还有一位单身的御史沈重云大人半夜起床如厕，清晨才被发现，已经不知道死了多长时间。

这些平日里位高权重的官员，这一刻就像是一群羔羊陷身在了狼群的包围之中！

一时间，整个京城如同世界末日！君老爷子的怒火，彻底燃烧了整个帝都！今夜的事情，远远地超出了皇帝陛下的预料，直接导致了他在知道之后当场愤怒地摔碎了能够看到的一切东西。

君家秘密力量的全面展现，如鬼如魔嗜血杀戮的疯狂，在这一个不宁静的夜晚，用鲜血和生命震惊了整个京城所有的高层，也狠狠地刺痛了很多的人，更有不少人惶惶不可终日！每个人都在思量着，面对这等不可抗拒的力量，自己应该怎么办？是否应该考虑一下重新站队的问题？

尤其是三位皇子，每个人都召集了自己的所有幕僚，连夜紧急商议。君家的庞大势力，在这一刻，更是让三位皇子人人都眼红至极：若是这样的力量掌握在自己的手里……

但正在商议的过程中，突然三个王府一起起火，接着无数被砍掉的人头带着滴溜溜的鲜血扔了进来，将这三位贵胄吓得几乎魂不附体，王府侍卫大肆搜查，却连毛影子也没有一根，还被军方巡城的铁骑赶鸭子一般赶了回来。

不过，京中望族却也有例外的，比如李家、孟家、宋家这三大家族，底蕴雄厚的他们，在遭受到黑衣人突如其来的攻击之后，家族高手迅速反应过来，截住黑衣人厮杀，但仍然有阵阵浓烟伴着汹涌的火头喷薄而起。

李家密室中，几个人听着外面的喊杀声，均有些按捺不住地想要冲出去。其中一人，白衣白袍，三十多岁年纪，面目冷峭，甚是傲然。看他身形气度，正是从唐万里老爷子手下杀死秦虎灭口的白衣天玄高手。

门开，李家大公子李悠然走了进来。

“悠然，让我出去吧，这些黑衣人最高的也不过是玉玄修为，何足道哉，我们几个人随便出去一个，都能够立即遏制他们。我真不明白，自己家里都被打上门来了，为什么你还是这样慢吞吞的？他们既然想找死，我们自当成全这些不知死活的家伙！”白衣人皱起眉头，神情有些愤怒。他一向心高气傲，什么时候却要像见不得人一般藏在密室里不敢露头？

“不！万万不可！”李悠然在这等时刻，居然依然沉静地微笑着，“宁可整个李家大宅尽被烧成了白地，也不可妄动！”

他笑得有些异样地温柔，表情中带着尽在掌握的笑容：“只要人还在，李家就依然存在。但你们几个若是出去了，姑且不论外面的黑衣人会如何，但有一点我可以肯定，立刻会有无数的目光聚焦到这里！一旦你们几个的身份暴露，甚至也不用暴露，只要你们现身，那么，李家从此之后势必举步维艰！而且，玄丹在李家的传言也会立即传得沸沸扬扬，到那时候……大势去矣。”

“师兄，你们就在密室之中，千万不要出来！一旦京城风声过后，我立即安排送你们出城！如果今后有事情，我会随时跟师父和师兄求助。”李悠然微笑着，笑得淡然潇洒，“这次我不仅不阻止，还要多送几个人给他们杀！我倒要看看，君老公爷这次如何收场！”

“这可是造反的不赦之罪，就算朝臣可以容忍，皇室可以容忍吗？”李悠然非常难得地在脸上露出了一股冷笑的神色。

“好吧。既然如此，我也不说什么，随你吧。”白衣人脸上露出不满的神色，又有些无奈地点了点头，“小师弟，有时间回去看看，师父他……对你很是放心不下。”

“师兄放心，我会的。”李悠然淡淡笑着，走了出去。

就在这时，突然半空中有一道旗花火箭“轰”的炸裂，爆出五彩缤纷的烟花，绚丽至极。

随着烟花绽放，所有黑衣人突然一起撤退，如退潮一般迅速脱离了战圈，脱离了所发生战斗的地方，转眼间跳上围墙，奔出大门，一闪一闪之间，已经消失在苍茫夜色之中。

紧接着，轰雷般的马蹄声响起，数千铁骑汇成一道洪流，军容严整，肃杀至极地急速而来！转眼间已经聚拢到李太师府门口停下，一连串的号令响起，骑兵们井然有序地左右分开奔出，瞬间就已经将李家大宅围得水泄不通！

大门“轰”的一声被撞开，君战天君老爷子浑身煞气，大踏步地走了进来！

身上天蓝色光辉闪烁，显然已经运起本身的天玄气，虽然以他的身份量李家也不敢动他，但什么事也要预防个万一，小心驶得万年船。

两侧，两队精锐士兵分成两列鱼贯而入，刀剑闪烁。

“李家所属之人，给本公爷全都出来，京中出现刺客，全城搜拿！”君老爷子提气大吼，声震数里。

“呵呵呵，原来是君老兄亲自到来，舍下真是蓬荜生辉啊。”太师李尚满脸亲切地笑着，从大堂中迎了出来，三步并作两步，热切得就像是在战乱中失散后多年不见的双胞胎兄弟重逢了。

君战天板着脸，道：“李太师，请管教好你自家的下人和亲属，灵梦公主殿下今日受到刺杀，君某捉拿忤逆刺客，职责所在，若有误伤，概不负责！”说着一挥手，“搜！”

“慢！”李尚白须飘动，踏上一步，温和亲切的神色须臾一变，须发乾张，大声道，“君老公爷，你虽是本朝军方主帅，自是位高权重，但本太师亦是当朝一品！若无皇上亲笔旨意，有哪个敢在我李家放肆？”

君战天冷笑，眼神中带着一丝隐隐的歇斯底里，慢慢道：“太师言下之意，难道说当朝一品位高权重就有窝藏刺客的权利不成吗？给我搜！但凡有阻挠搜查者，格杀勿论！”

顿时身后的数百士兵一拥而入，就要冲进李家各宅院搜查。李尚气得浑身发抖，大吼道：“君战天，你如此肆无忌惮，越权行事，当真想造反不成吗？”

君战天哈哈大笑：“太师之言才是当真奇怪，本公此行只是为了搜查行刺公主殿下的刺客，哪里越权？如何肆无忌惮？怎的就要造反了！太师一而再、再而三地阻挠本公搜查，难道真与那刺客有些关联不成？”却再也不理他，挥手令士兵快些搜查。

便在此时，一个白衣青年微笑着站了出来，正是大公子李悠然。只见他恭恭敬敬地对君战天行了一礼，道：“君老公爷若是奉旨搜查，李家上下当然不敢违抗，但若是没有皇上圣旨的话，君老公爷如此擅入一品大员家里大肆搜查，呵呵，纵然君老公爷身正不怕影子斜，可我李家还是要几分颜面的，这话一旦传出去，似乎对谁都不好看吧？”

君战天冷眼看着面前这个循循儒雅的青年，却又不禁想起了自己的孙子莫邪，想到自己的孙子本可以比李悠然更强，却横遭毒手！想到这里，怒火大炽，冷冷问道：“你待如何？”

“晚辈只是想请教君老公爷一个很简单的问题，君老公爷口口声声到本宅搜查刺客，但且不论老公爷是从何处得到情报，道我李家窝藏刺客，但若是从我李家搜不出刺客，老公爷却又如何？”李悠然温文地微笑着，却是逼近了一步，“那样的话，君老公爷是否会给我李家一个交代！”

君老爷子大笑一声，突然踏前一步，狠狠一巴掌打在了他的脸上，“啪”的一声脆响，接着一脚踹在李悠然小肚子上，顿时将他踢倒在地，大怒喝道：“老夫搜查刺客，连你爷爷李尚也不敢对老夫多说半句，你算是个什么东西，也敢出来叽叽歪歪、指手画脚？跟我要交代？这个就是交代！”

他吐了口唾沫：“真是笑话，没有搜到刺客，自然说明你们李家清白，抓不到刺客当然要继续搜查，还能怎么样？我倒要问问你们李家，从老到小一个个拼死命地阻拦本公捉拿刺客，如此的拖延时间，却不知又是何用意？难道你们李家要造反，本就是此次谋刺公主的主使者？若是在你们拖延的时间里，刺杀公主的刺客乘机逃遁了，你们李家有几个脑袋来担当这个罪名？”

这番话却是对着李尚说的，显然，面前的李悠然，在老爷子心里，连平等对话的资格也没有。

就算是两军对敌，也是要讲层次的。资格不够上去了，只能是找死找虐。李悠然不是不明白这一点，但眼见着爷爷受辱，里面密室中还有几个决计见不得光的人，万一真被搜了出来，那可就黄泥巴掉进了裤裆里，不是屎也是屎了。只得硬着头皮出来，只希望君战天能够稍稍自持一些军方第一人的风度，这件事情挡一挡也就过去了。

哪里知道君战天今天非但风度不要了，貌似是连老脸也不要了，一巴掌一脚，出得又快又狠。李悠然虽然是武学天才，但限于年岁，目前也不过是修炼到了金玄初阶的水准，距离君老爷子的天玄那是天差地远，再加上猝不及防，结结实实地挨了一巴掌，受了一腿，只觉得头脑中一阵轰鸣，眼前金星乱冒！

君老爷子虽然没有真个动用玄气，但李悠然在近千人注视之下，这清脆的一巴掌，却像是打在了他的心上！

李悠然默默地从地上站起来，眼中阴狠之色一闪而没，仍旧保持温文尔雅的态度，谦和地微笑道：“君老公爷教训得甚是，是晚辈唐突了。万望君老公爷不要见怪才是。”

他就这么笑着看着君战天，笑容甚是真诚，居然有着浓浓的惭愧，似乎对自己刚才逾越的行为很不好意思。

君战天双目一张，突然间莫名感觉到了一种无形的压力。这个小子，就凭这份沉稳，就绝对不是个简单的人物！恐怕是个能够阴死人的狠角色！心中不由得长叹：若是莫邪好好的，恐怕这小子就将是他年轻一辈的最大对手了！

他冷冷转身，嘲讽道：“李家的种，果然都是阴的。”太师李尚顿时胡子气得直抖颤。君战天这话的意思，足足是骂惨李家祖宗十八代！

“统统让开，让他搜！若是搜不出来刺客，君老匹夫，明日金殿，老夫要和你在皇上面前好好地理论理论！且看你这老儿还有没有这般硬气！”李尚冷冷地一挥手，拂袖转身，坐到一株花树下，闭上眼睛，岿然不动。

君战天一挥手：“细细地搜！任何地方都不要放过！一点蛛丝马迹也不要放过！”身后近千士卒齐声答应，凶神恶煞地冲了进去。

瞬时间整个李家大宅陷入了前所未有的鸡飞狗跳之中。

李家大宅稍远处，停了一顶极其普通的轿子，另有四个人站在轿旁的四角位置，脸上神色漠然，轿帘轻轻揭开一条线，一双沉睿的眼睛向这边看着，侧耳在细细地倾听着这边。此人清癯的脸庞，微微有些方正，但两道眉毛斜斜飞出，便如两条青龙翱翔在云霄之中，就算不言不动，也自有一股不怒自威的凛然气势。

听了一会儿，他微微地闭了闭眼睛，喃喃地道：“君战天这次与李家硬撼，却是有些过了。李家自然有许多关乎自身安危的机密不能揭露，若是一旦揭开，恐怕李家就没有了。君战天显然不肯轻易善罢甘休，但现在帝国却同样不能没有李家。”他似乎有些头痛地皱了皱眉头，轻轻道，“影子，若是有异常，就由你出面解决这场闹剧吧。”

外面没有半点声音，但这人知道，自己的命令已经清清楚楚地被接受。他又闭上了眼睛，手指头轻轻敲着身旁一个玉石小茶几，两道眉毛就像两条青龙逐渐地皱在了一起，心中忽然掠过了一个念头：李尚这个大孙子李悠然，倒不失为一个人才，只不过是一个很危险的人才……

君战天的士兵一路搜寻过去，翻箱倒柜，似乎这些人并不是来搜查刺客的，而是纯粹来搞破坏的！

“砰！”一个硕大的花瓶被摔了出来，摔得粉碎。太师李尚脸上狠狠地抽搐了一下，那可是世上仅有的……

“砰！”

“砰！”……

君老爷子冷着脸提着马鞭看着，呼呼地喘着气，喝道：“给我狠狠地搜！”纵然是在这么严肃的时刻，身后众人也无不转过头去偷笑。搜也能用“狠狠地”？君老国公的用词显然很不“专业”。

貌似“砸”还差不多！狠狠地砸！

“这老货倒也有趣！生怕别人不知道他是故意闹事的！索性再稍看片刻！”轿子里的人忍不住展颜一笑。

随着这句“狠狠地”，士兵们“搜查”得更加“用力”了。

将近两千士兵涌进李家，如同战时攻进了敌方的城池，摔的摔，砸的砸，较诸蝗虫过境犹甚，李家众人集中在院子里看着，一个个心头都在滴血。那可全是钱啊。

看了一会儿，轿子里的人微微闭上眼睛，低声道："应该不会出什么大事，就此回去吧。"就放下了轿帘，靠在软座上，闭目养神。

君战天那老儿显然已经领会了自己的意思，只是在显眼处摔摔砸砸，但凡是李家的机密重地，却是根本不去碰触。看来，这里应该是出不了什么大事了。

我倒要看看，经过这么一闹，京城之中哪个世家还敢随便站队？轿子里的人微笑着：斗，要控制在小范围之内斗，若是危害到了国家社稷，那么，今日就是一个警告！

轿子起，无声无息而去。君战天岿然不动，君无意却在那轿子离去之后，回头淡淡地看了一眼。

"报元帅，没有发现刺客的踪迹！"一个接一个的士兵过来报告。接着四面八方前来报告，都没有发现。

君战天大怒，喝道："难道刺客飞上天了不成？不在李家？我们去别家看看！"带着众士兵转身出门，翻身上马，呼呼隆隆，却是向着孟家的方向去了。

李家中人看着如同乞丐窝一般的庭院，一个个欲哭无泪。

太师李尚捶着自己的腰，从地上艰难地坐了起来，李悠然急忙上前扶住，祖孙两人对望一眼，均看到对方眼中的怒火以及一分半分的侥幸。

"爷爷，先前那些黑衣人，明眼人一看就知道，那根本就是君战天麾下的人！君战天贼喊捉贼，强加莫须有的罪名，此举无异于造反。既然没有搜出刺客，爷爷大可在明日早朝之时，连同各级官员，重重地参他一本。"

李悠然沉思着，道："君战天明显有些发狂的迹象，私自调兵，擅闯朝廷大员家里，大肆搜索。呵呵，若是以李家这些许财物，换取君家的倒下，爷爷，这笔生意还是值得做的。反之，若是爷爷全无动静，只怕反会被怀疑是做贼心虚了！"

李尚皱着眉头，深深地叹了口气，沉重地道："悠然，你天资聪颖，智慧过人，凡事谋略方面，也均能够料敌先机，堪称年轻一辈第一人，爷爷素来欣慰。不过，你却还是有一些缺憾，年纪始终还是太小了一点，眼光也要差上一线啊！"

李悠然有些不解，"难道以君战天如此大罪，还不足以令陛下处置君家吗？"

"足够？不够不够！远远不够！"李尚霜白的眉毛抖了抖，方才在君战天面前那股子气愤和无奈的表情已经没有了，取而代之的是老谋深算，显然，方才的怯懦尽是伪装的。"你始终不明白君战天在陛下心中的分量，只是简单地跟你提一点，陛下的性命，最少有六次都是这个君老儿救回来的。当年，若是君战天真有造反之意，或者有哪怕那么一点点野心，也早已登上这帝皇之位！天家确实无情，但却决计不会真正置对自己绝对忠心的人于死地，这就是君家明明几近后继无人，却仍能常镇三军的根本原因！"

“就以方才的些许事情来说，你便真以为能够扳倒君战天吗？”李尚嘿嘿地笑了两声，“你真以为君战天就这么没脑子，把我们李家往死里得罪？而且，你以为君老儿刚刚的举动，真的将我们得罪到毫无转还的余地了吗？”

李悠然果然聪颖，瞬间已经明白了许多，脸色一变，道：“难道……”

李尚阴沉沉地笑了笑：“哼，今天这件事，若是没有陛下的亲自授意，现在的李家已经是遍地尸体，绝不会有一个人活下来！而君战天，他原本的打算应该就是这样的。若不然，他不会大张旗鼓地调动军队！但其中必然有什么原因，让他改变了初衷。而能够让君战天打消主意的，整个天香国，只有一个人，就是皇帝陛下，对了，或者还有一人，就是那个纨绔子君莫邪，你刚才告诉我，说那纨绔子九成已经死了，只怕未必，若是君莫邪真的身故，就算有陛下的阻挠，君老儿也未必就肯善罢甘休，所以君莫邪应该未有生命危险，且这个消息当是君老儿刚刚才得到的。

“所以今日，就君战天这老儿也很是无奈。这件事，我们看似无辜倒霉，但，相信还有比我们更倒霉的。”李尚笑了笑，“公主殿下被刺，这件事可说已经刺痛了陛下，所以，君战天发疯，陛下正好利用这个时机，在三位皇子之间重新洗牌了。

“凡是曾经向三位皇子之中任何一位有所靠拢的家族和官员，今夜必然会被警告一批，放逐一批，处置一批。而皇宫里面的那些，恐怕现在都已经处理完了，可惜了我们之前做的准备！

“君战天这次的发狂虽是意外，其实也属必然，若是我们之前的布局掌控了君莫邪，这老儿只怕早就发狂！而皇帝陛下正好利用了他这次的发狂，然后……呵呵呵……皇帝陛下借此机会，削弱君家的军权，然后打压我们各大世家，将事情彻底压下去！君老儿身后之人乃是皇上！而真正最高明的，其实也是皇上！你说，能够扳倒君老儿吗？”

李悠然实在有些震惊，他万万没想到，这些老油子考虑得竟然是如此深远，甚至彼此之间对彼此的心思，都揣摩得清清楚楚，尤其是站在天香帝国最高位置的那人！

“皇帝陛下雄才伟略，自然不想自己的继位者是个无能之辈，所以他既想让三位皇子争个高低，却又不想事情变得无法控制，所以一旦过分了，就会全部清掉，重新来过。所以，三位皇子虽然时时明争暗斗，但京城中真正的大家族却绝不会贸然参与进去。这就是最大的原因！”

“记住，今天以前的事就算了，在局势未到绝对明朗化之前，万万不可轻易站队！看看今夜，”李尚指了指天空中到处飘起的黑烟，“凡是提前站队的，此刻都上天了。”

“既然如此，难道今日之事，我们就此算了不成？”李悠然问道。

“怎么可能就此算了？就算我们李家肯，陛下也不肯的。”李尚老奸巨猾地笑了笑，“所以明日肯定还是要告御状的，这样陛下才有理由一举打压各大家族，达到他最终的目的。我们若是不配合，以后会很难做的。”

李悠然陷入了长久的思考之中，他自幼聪明，凡事举一反三，无论文武，都是天才中的天才。但此时听到这些话，才知道自己到底年幼，终究还是欠缺了一份觉悟以及老谋深算。

轻轻抚着脸上被君战天打过的地方，李悠然眼神瞬间变得阴寒如毒蛇。

君战天，你这一巴掌，我这一生都不会忘的。

同样鸡飞狗跳的乱状又在孟家进行。

孟家被折腾得较诸李家更形彻底，几乎就被君战天拆了房子，但饶是如此，君战天却仍是郁闷不已。因为，这根本不是他最开始的打算，也不是他最想要的结果。

这次事件过后，恐怕很长的一段时间之内，京城都会呈现风平浪静的景象，至少在表面上是这样的。

却不知道，莫邪现在究竟怎样了？还有没有复原的希望？真是让人揪心啊。君战天长叹了一口气。翻身上马，看了一眼身后哭天抢地的孟家众人，就要策马前行，脸色并不比孟家人好多少。

既然陛下说过莫邪未死，那么，老夫这次就为陛下再做一回枪，也还是值得的。只不过此事，实在有些虎头蛇尾。老夫的本意，是想将这些人全部杀光的，现在虽然杀了一大半，但最想杀的却没有杀成。

就在这时，突然一个声音急切地响了起来：“君战天，你，老匹夫！你够了吧！”

君战天顿时身躯一震，似乎不敢相信自己的耳朵，慢慢地转身看去，顿时眼睛一直，脸上突然露出大喜欲狂的神色。

一个瘦小枯干的老头儿怀中抱着一个人，如飞一般来到了他的面前，气喘吁吁，满身大汗。但君战天已经顾不得他，飘身下马，三步两步迎上去，从他怀中接过人来，声音居然有些颤抖：“莫邪？”

这两位回来得也真是巧，在事情几乎落幕的时候，非常及时地赶了回来。

君邪看着面前这突然惊喜过度，明显是从绝望中走出的老人，抱着自己如同抱着天下最贵重的珍宝！脸上那深深的皱纹中蕴含的浓浓的关切，那种失而复得的狂喜，手指头都有些颤抖，一双老眼中，竟然激动得眼眶通红！君邪心中，剧烈地抖颤起来……

这可是一位执掌百万大军、铁血沙场百战而回的硬汉子啊！居然在见到自己的孙子还活着的那一刻，突然的惊喜，让他孱弱得就像是一个风烛残年的老人，那舐犊情深血脉相连的亲情……

君邪在这一瞬间，居然从心底涌上了一种酸涩的感觉，这种感觉，很温暖，很舒服，还有一种鼻头发酸的感觉……君邪突觉咽喉有些发堵，鼻孔好像也不透气了，有种想要哭的感觉。

这就是自己曾经梦寐以求的亲情吗？

谁曾经这么在乎过自己？

谁能够为了自己悍然调动一个国家的军队？

谁曾为自己如此不顾一切？

谁曾经为了自己而如此的绝望？

谁曾经为了自己而欣喜欲狂？

谁曾经为了自己连名声、性命、家族……什么都不顾了？

看着面前的老人，君邪毫不怀疑，这位老人，完全可以为了自己，将青天捅一个窟窿！因为自己就是他唯一的希望！唯一的念想！

“爷爷……”君邪鼻头发酸，这两个字冲口而出，自从来到这里，他第一次从心底心甘情愿地叫出了这个称呼！

是的！这是我的爷爷！不光是君莫邪的爷爷，也是我的爷爷，是我君邪的爷爷！

旁边，君无意残疾的身体不知何时从马上飘了下来，就这么坐在冰冷的地上，看着君邪的眼神，满是欣慰，满是惊喜，还有满足。一双虎目之中，不知何时已经含着晶莹的泪花，却偷偷转过头，滴落，然后转回来，轻轻微笑……

这就是我的亲人！

难道还要抗拒吗？

不！

君邪在这一瞬间，突然彻底地接受了自己这副身体，接受了这个家庭！接受了这个世界！不管是思想，还是心灵！

为了面前这位老人，这个家！

从此之后，我叫君莫邪！我是君家的人！天香国，天香城，君家，就是我的家族！

君老爷子差点激动得老泪纵横！自己的孙子，虽然看起来只剩下一口气，但，毕竟没死！而且，伤势看起来也不是像传说中的那样严重。

老天保佑啊！

只要没死就好！没死就好啊！失而复得的欣喜，让这位老人两眼湿润，身躯也有些颤抖，摇摇欲坠，这一夜的煎熬啊！

朝堂风波

第十七章

次日的朝堂之上，各党派争执之激烈，较诸农贸市场犹有过之。

上朝参见陛下的惯例之后，先是片刻的沉默，很有点万木无声待雨来的意思。

这个也不稀奇，暴风雨来临之前，总有一些令人窒息的宁静。

包括皇帝陛下，看着蓦然空出来的十数个位置，和面前摆着的高高的一摞弹劾君战天的奏折，也不禁有些怔忡，虽在意料之中，但也在意料之外，这太过火了吧？

虽然昨夜就得到了消息，也发过了火，但那毕竟是一张纸上的几个人名而已，现在看看，朝堂上几乎空了一小半……这种感觉太直观了！

打个比方说，一个学生在课堂上上课，这个班级有一百人。晚上听说三十个同学退学了或者转学了，不会觉得怎样。但第二天面对空荡荡的教室的时候……这个比例，跟目前的天香国朝堂上，也差不了一些。

昨天一夜，以公主被刺、君老爷子发难为起点——天香城之内，烽烟处处，遍地杀机。超过十位朝中大员身首异处，而这些人之中，有不少人是曾经号称与君家不死不休的。

除了这个特征之外，另外的一个共同点就是，这些人是目前已经倒向三位皇子之中某一人的，只不过这一共同点，所有人都心知肚明，都不会在嘴上明说，这个节骨眼胡言乱语貌似和找死没有分别。

昨夜遇难的人中，有资格站在这里的共计十二人，不偏不倚，正好是分属三位皇子阵营的，各自有四个人。其中有刑部侍郎一人，吏部侍郎两人，执事一人，礼部三人，户部一人，御史三人，还有两位大学士，这还只是面前能看到的，那些看不到的还有多少？

这些人一起完蛋，本对朝野可说是极大的震动，甚至有动摇国本的危机，不过这一切在某些高人的运作之下，也就那么回事了，虽然这位高人目前自己也气得眼珠子发蓝。

另有些眼尖记性好、手腕通达、博闻强记的大臣，有意无意间发现，这次进宫，皇宫里貌似是多了不少的生面孔，原本那些熟悉，甚至是很熟悉的面孔，绝大部分都已经不见，比如原本那位御前带刀侍卫首领慕容千军，当初可谓是一日三迁，官位晋升之速，极其罕见，可是，就这位“极其罕见”的、慕容家族的后起之秀，现在也不知道到哪里去了。

看来，皇宫里的血腥不比外面少多少啊。不少人心下忐忑起来。

“昨夜到底发生了什么事？怎的今天少了这么多人？谁能告给朕知道？”皇帝陛下可是政局中高手中的高手，闭了闭眼睛，恶狠狠地用余光瞪了一旁闭目养神的君战天一眼。君老公爷昨夜很累，从他的脸上就能看出来，要不在朝堂上岂能这样？就差打呼噜了。

皇帝陛下这揣着明白装糊涂的一句话，掀开了朝堂攻击的序幕。顿时大殿上呼啦啦跪下一大批人。

“陛下，您可要为我们做主啊！”一大帮大臣齐刷刷地两眼含泪，悲苦交加，叩首如捣蒜。

“众卿有事，可细细道来，尽都平身说来。”皇帝皱着眉头，一副纳闷儿的样子。

此言一出，顿时数十位大臣全部对着君老公爷君战天开了火。说他自恃功高，无视帝国军法，为一己之私擅自调动军队；说他枉顾帝国律法，不顾皇家威严，行事肆无忌惮的；说他擅闯大臣住宅，纵容属下打砸，无法无天，罪大恶极的；甚至还有说老爷子拥兵自重，意图造反的……林林总总一连串的罪名，足足列了三四十条，说得那个证据确凿，那叫一个真啊！

后来更是直接大肆建议，应将君战天革职查办，凌迟处死，全家抄斩，诛灭九族……一时间大殿上激烈无比。

人人满脸通红，个个义愤填膺，到最后更是上升到了“不杀君战天不足以清君侧，不杀君战天不足以平民愤”的历史高度。

君战天仰着头站着，眼睛微微闭着，看着满殿君臣在表演，心中担忧孙子伤势，心想待会儿怎么跟皇上开口，将那几个最好的御医头子带回家去。

“君战天！你这老儿竟当真如此肆无忌惮，可还有什么话要说？”皇帝陛下的声音很严厉，似乎要暴怒了！

“陛下容禀，老臣昨日闻听公主竟于皇宫外大道上被刺，虽然公主福大命大造化大，未有损伤，但贼子如此丧心病狂，亵渎皇室尊严，却委实让老臣怒火万丈，更闻线报，刺客极有可能还有后续行动，而且还是针对皇族成员和朝中大员进行刺杀的大行动，老臣唯恐有所耽误，将造成弥天大祸，来不及禀报陛下，便擅自调动军马，围剿刺客。在这一点上，老臣确实是犯了冒失之错，请陛下明察，请陛下责罚！”

皇帝嘴角一抽，强行忍住。你这老小子都说得这么明白了，我还明察个啥呀！你将自己说得这么大仁大义的，我要是惩罚你，岂不是成了昏君了？你让朕怎么接话？

“说下去。”皇帝陛下皱起眉头，看似有些不喜，不用这个接茬，还真就不知道怎么接了！

“是。老臣心忧此事，不及报备陛下，便夤夜起身，来不及换装便飞马赶到校场，虽然调兵甚快，但无奈刺客有备而来，一时间城中大乱。老臣奋不顾身，一马当先，冲杀在前，浴血奋战，顶着无数的刺客刀剑，终于遏制了这场大祸，更将刺客尽数格杀！这批刺客人数极众，一共数百人，尸体已然悬挂于城门示众，唯老臣不敢居功，只因尚有遗憾之事，老臣虽竭尽所能，仍有几十位官员未来得及等到老臣救援，便已经惨遭刺客杀害！这全是因为老臣动作太慢，才酿成如此惨祸！老臣愿意领此不察之罪。”

君老爷子长叹一声，声音甚是悲切：“那可全是我天香国的栋梁之臣啊。”揉了揉眼睛，貌似唏嘘不已，实则有些困了……

听君老公爷如此这般一说，殿上众大臣面面相觑，心里想着：啥？还领不察之罪？瞧您说的，您根本是拯救了整个天香国的大功臣！当机立断，挽狂澜于将倒，拯社稷于飘摇的擎天之柱，外带维护皇室尊严的最大忠臣！貌似不狠狠地奖励您您都会觉得太亏了，还领罪？

再说了，这里的人，有谁不知道昨天那些黑衣人全是你君家的人？刺客？真是滑稽至极！什么叫颠倒黑白？什么是混淆是非？这就是了！见过不要脸的，可真没见过这么不要脸的。愣能把杀人当捉贼、抄家当功绩，这简直就是一种超凡脱俗的境界啊！

高山仰止！

至于悬挂在城门示众的那一批冤死鬼，若是让刑部大牢的牢头去辨认一下，定然会发现人人都很面熟，那根本就全是狱中关押的一干死刑犯，只不过被你君大元帅给提前执行了。

众大臣一阵鄙视之余，正准备要再度攻伐，说实在的，君老爷子的自圆其说实在是不堪一驳，老爷子始终乃是武将，肚子里墨水实在有限，能有个自圆其说的由头已然难得，再要求这个由头面面俱到、天衣无缝，那却是痴人说梦了！

不意此时却见一个须发皆白的老头儿重重地上前一步，这老头身材魁梧，跟君战天两人站在一起，就仿佛是两座雄伟的高山。两腮的胡子豹子胡须一般往外奓着，满脸的横肉，一身的野蛮，这正是独孤老爷子，军方仅次于君老爷子的第二号人物，京城目前第一大鳄，独孤纵横！

天香国第一横蛮人物！第一泼皮人物！第一滚刀肉！第一大家族的主事者！乃是一位脸皮厚度堪称宗师，拿着无知当学问，提着大刀讲理由的货色，满朝文武谁都忌惮三分，就连当今皇帝，也拿他毫无办法。

他老人家这一站出来，众人才发现，忍不住一个个心中嘀咕：他不是已经几年都不上朝了吗？怎么今天却来了？挑在这么一个敏感的时期，这个老愣头青却出现在这里，有些不大寻常啊。

独孤纵横圆圆的眼睛一瞪，如同山林中的熊瞎子一般，一抱拳，粗声道："陛下，公主遇刺，满朝官员遇刺，确实是动摇国家社稷稳固的根本大事，多亏了君老匹……君战天当机立断，才消去了这一场弥天大祸！老夫认为，君老儿此举并无错处！非但无过，反而有功！大大地有功！"

旁边一个瘦削的山羊胡子老者冷笑道："如此祸国殃民的逆臣贼子，搅乱朝廷天下，这样居然还算有功的话，岂不令天下人齿冷？"

这位浑身上下不到半两肉的山羊胡子，乃是孟家的三号人物孟友方，昨夜数他的家里被摧残得最惨，几乎连屋瓦也找不到半片完整的，一个朝廷大员带着自己的一家人在富贵繁华的京城之中风餐露宿过了一个通宵，憋屈得几乎吐血。此刻见这两位大佬当众颠倒黑白，实在是忍无可忍，跳了出来。

独孤纵横大怒，一转身，恶狠狠地瞪着孟友方，大嘴一张，黄板牙暴露，声震屋瓦，"闭嘴！你的意思是说，我说得不对？嗯？"他一发怒，顿时头发胡子竖得更直了，大嘴一张，貌似要将这瘦小枯干的山羊胡子一口吞了下去，凶神恶煞至极。

旁边，独孤无敌大将军立即跳出来呐喊助威："孟友方，你啥意思？我爹跟陛下说话，也是你这老小子可以插嘴的！"他伸出蒲扇般的大手，就要去抓住他的脖子拎起来。

众大佬无不侧目。这对父子，真是……无敌了，居然在金殿上就大耍流氓手段！皇帝陛下乃是这出戏的主使者，此刻也不由得瞠目结舌！

"够了！"皇帝陛下怒喝一声，暴怒地站起来，"一帮文武大臣，就在金殿上污言秽语，更兼大打出手，成何体统！泼妇骂街吗？"

皇帝这一发怒，顿时人人都噤若寒蝉，除了君家、独孤家、李家、孟家、宋家、唐家、慕容家等各大家族的老爷子，其余人等不分官职大小都立马跪了下来，齐声道："臣等有罪，愿领陛下惩处。"

"好了，这件事情，朕也清楚了。君战天本意虽是捉拿刺客，但处事不当，也确实造成了京城骚乱，罚俸一年，另令其闭门思过三个月，不过因其擒杀刺客有功，另赏黄金千两，千年老参一支，一干事宜暂由独孤纵横全面主持。另外，你们几大家族，不分青红皂白，只顾一己之损失，随便诬陷大臣，各自降一级；为避免骚乱，家族军权回收军部一年；一年之后，再行处置。”

罚俸一年，闭门思过三个月，然后再赏黄金千两，千年老参一支！对于君老爷子而言，这还是惩罚吗？简直就是公开地奖励加公开放假。

也就只有那“一干事宜暂由独孤纵横全面主持”这句话，好像还有些别的意思，不过这也很不牢靠。各大臣一个个偷眼看着独孤世家父子二人这一对滚刀肉，人人心中都是想：若真是如此，还不如仍君战天这老儿继续主持的好，这独孤家的父子二人，比君战天可横蛮多了。

起码君老爷子在正常的时候还是挺讲理的，但这对独孤父子，貌似从来都是不讲理的，自己的家族落到了这对父子手里，那还有好？还能回来几个？

一时间几乎所有人心中都在痛骂差点挨揍的孟友方：陛下背后主使，独孤纵横都出面了，你还横插一杠子，不是不自量力、自取其辱是什么？你自己倒霉就算了，还得连带我们一起跟着，你什么玩意儿啊……

几乎所有人都露出一副失魂落魄的表情，姑且不论是不是装的，不过至少表面上看起来，每一个都是很真实的，立身于朝堂之上，若没有几分作伪的手段，实在是很难长久的。

唯有十来人仍然是低着头一脸愤怒，委屈得不行的那些人，却是真正地愤怒、不甘。不过这些人随即被各大佬们暗暗地记住了：连这点风头都看不明白的人，注定没什么大用！回去之后一定要教训自家子侄，跟这几个人一定要保持距离，否则，不定啥时候就被拖下了水。

“卿等尽是国家栋梁，居然在金殿上就如此……朕实在是很失望！无比地失望！”皇帝陛下怒不可遏！几乎是一连串地宣布完这些处罚之后，大声道，“此事就这么定了，谁也不必多言！退朝！”

礼部尚书孙成何急忙高叫一声：“请陛下留步……”这位，正是唐胖子没过门的老丈人。

所有老人尽是一阵鄙视，没看到陛下急着回宫去体会刚才的“爽”劲呢，左右逢源，君临天下，玩弄、掌握所有人于股掌之间的快意，一举打压了京中所有家族，使整个京城风平浪静，这是多爽的事情啊。你偏挑这个节骨眼滞留陛下，还想好吗？真是个二傻！

“还有何事？”皇帝陛下明显火气很大，本来是装的，不过一被滞留，假的也有向真的衍变的趋势。

“陛下容禀，按我朝惯例，今日乃是一年一度的金秋节，那沿袭下来的金秋才子宴之事，是否……”

这位礼部尚书大人明显是缺根筋啊。所有的朝中大臣都在暗中叹息，眼下是什么时候了？家家都在哭丧，哪个还有心情关心什么金秋才子宴？你小子根本就是二傻他爷爷——老傻，以后可得注意了，别跟这傻货凑，没准哪天就栽他手里了！

果然，皇帝陛下勃然大怒，严肃道：“金秋才子宴？眼下正值多事之秋，还提什么金秋才子宴？若是朕没有记错的话，前数日朕才钦点的两位负责金秋才子宴筹办的大臣，已经在这被刺客刺杀的名单里了吧！”此话说完，重重地用手指头点了点面前桌子上的名单，甩了甩袖子，一脸狂怒，拂袖而去。

谁也没有看到，皇帝陛下转身之后，咧了咧嘴，似乎很舒心的样子。

确实谁也没看到，不过一干老臣也尽都很隐讳地偷偷一乐，果然不出自家的谋算。

皇帝陛下走了，所有跪着的人也一个个拍着自己的膝盖站了起来，几位大佬相互看了一眼，人人都是一种“果然不出我所料”的眼神。李尚哼了一声，斜了一眼君战天，皮笑肉不笑地道：“老君，恭喜你了啊。孙子好了没？”

李尚本是故意要提起君战天的伤心事，就算这次不能扳倒他，那也得让这老家伙生生气，起码得恶心恶心他。但君战天一听这话，却顿时被他提醒了起来，也顾不得理他，撒开脚丫子顺着皇帝陛下离去的方向就闯了进去：“陛下，陛下……借那个御医不死先生用用，急啊。”

众位大佬人人都是一个趔趄。

独孤纵横斜着眼，甚是鄙视：“看这老家伙，孙子受点伤居然紧张成这样，毫无身为大将军之风范，真正鄙视之，吾竟然官职位居此等匹夫之下，天地同悲！”

独孤无敌咧着大嘴，配合着自家老爷子，小鸡啄米一般点头：“就是就是，鄙视之极，天地同悲。”

众大臣同时摇头，无限鄙视：就你们独孤家的，哪怕是少一块油皮也要喊破天，亏你们还在这里鄙视人家君战天，真正地恬不知耻！不过独孤老爷子刚说的一番话倒真的是说得似模似样，估计是哪个狗头师爷帮着斟酌的。

嗯？难道斟酌了好久？这可是个惊天的消息啊！想到这里，众老狐狸人人都是心中一阵嘀咕。

见儿子如此配合自己，独孤纵横老爷子大乐，大感老怀安慰，揪了揪胡子：“还是俺家好，一次出来十来个，个个龙精虎猛，不像君家，就一根毛。”

独孤无敌顿时又是小鸡啄米一般点头：“就是就是。”

众人一阵恶寒：才一句话又泄底了，一次出来十来个？你以为你那儿媳妇是什么？真真是粗鄙不堪！

不理这对一个吹一个捧自鸣得意的父子，众人一个个摇着头走了出去，回家去了。

就把这两天发生的事情，当作一个貌似挺精彩的闹剧吧。早就知道是这样，唉。

不多时，宫门守卫就看见君老爷子得意扬扬地带着一个头发胡子都白了的老头，拎着一个药箱，出了宫门，君战天自己骑马，另外居然还有一顶轿子！

看来老爷子进宫之前，居然连请御医的轿子都准备好了……

真是……算无遗策，周到啊！

啥叫高人，这就叫高人！

第十八章

君莫邪君大少爷躺在床上，努力地做出一副病入膏肓的样子，实际上心中已经在大呼过瘾。

可儿小心翼翼地服侍着，一勺一勺地往嘴里舀冰糖燕窝粥、人参莲子羹、八宝芙蓉汤……总之是能吃的大补物品，可劲地吃了一个遍，唯一让他不爽的是，老爷子还整来了不少的六级玄兽血，据说这也是罕有的大补之物，不过君莫邪每次都是捏着鼻子灌下去，或者抽空就倒在了床边的桶里。

太难喝了！哥哥又不是野人，犯得着给我喝生血吗？多不卫生啊，就不怕闹肚子？

当然，让他爽的不只是这个，关键是通过这次受伤，君莫邪发现，脑中的鸿钧塔一直处在高速的转动之中，从中出来的灵气白雾也更加浓郁，一遍一遍地冲刷着他体内的经脉，尤其是受伤的地方，更是成了重点照顾对象，不到一天一夜的工夫，体内的剑伤居然已经愈合了七八成。

随着几声咳嗽，咳出来几块浓黑的血块之后，胸口的沉闷也已经减轻了许多。大腿上的剑伤，看起来特别严重，但在灵气的不断滋养之下，也已经感觉不到痛了。唯有全身一阵阵的麻痒，让君莫邪有些难受，不过也有些舒服，正所谓，痛并快乐着。

不仅如此，因为这次受伤的关系，鸿钧塔中的灵气不断地输出，似乎不到君莫邪身上的伤口结疤脱落便不会罢休一般，君莫邪当然不肯放过这等修炼的大好时机，很干脆地全面开动开天造化功，引导着这有如实质的灵气在经脉中穿行。这一运功，顿时发现了不同之处，灵气犹如凝成实质一般在经脉中冲撞，在因剑伤而造成的经脉堵塞冲击几次之后，便豁然开朗，几乎是以肉眼可见的速度，感觉到了经脉中气流的一点点扩大，一点点变粗。

若是以往，遇到这种情况，鸿钧塔中早已停止了输出，但这次却完全没有停止的意思，君莫邪当然乐得如此，索性放弃了对剑伤的治愈，一门心思地引导灵气、壮大气流，闷声发大财。

君莫邪突然感到自己的这种行为近似于诈骗……人家好心好意地帮你治疗伤势，你却利用这个机会来提升自己，就好像奸商利用人们的善心牟取暴利一样。

不过——

这样的诈骗，我宁愿多来几次！我已经诈骗上瘾了！不骗白不骗啊！君莫邪心中呼喊着，更加提高了速度……

否则万一伤势痊愈了，灵气又跌落到原始状态，那怎么办？如今已经习惯了如此高质量的灵气输送，一旦打回原形，上哪儿哭去，难道还能再自裁两剑，以换取这样的修炼氛围？

可惜灵气输出仍是会或多或少地治疗各个创伤部位，即使再慢也好，始终在痊愈的过程之中，当感到大腿上的剑伤也发出了痒酥酥的感觉之时，鸿钧塔中的灵气终于减缓了输送的速度，又维持了片刻之后，终于缓缓地停止了，意识海重归一片沉寂之中。

君莫邪一震，终于醒了过来，心中大叹可惜，毕竟自己还没有享受够这灵气带来的好处，结果这灵气的运转忽然就停止了——这种修炼突飞猛进的速度，实在是太迷人了。运气内视之下，经脉之中一道透明的气流缓缓流淌，比起受伤之前，竟然在这短短的一夜之间，增加了一倍！若是按照这个世界的玄气标准来衡量的话，至少已经是八级玄气的修为，而且非常精纯！

在这个九品之下皆蝼蚁的世界，银玄金玄刚起步的强者之林中，纵然是非常精纯的八品玄气也是不值一提的，但可不要认为君莫邪这种速度很慢了，要知道，他来到这个世界，满打满算也不过一个半月而已，而在这区区一个半月的时间里，他从本身原本的三品玄气一举提升到了八品！这种修炼速度，就算是至尊神玄那些人来看，也是要惊掉一嘴老牙的！

若是这个世界有解剖学研究所之类的机构，一旦发现君莫邪有这样迅速的练功速度，不被抓去大卸八块研究一个遍那才真叫见了鬼！君莫邪舒心地喘了口气，顿时感觉自己这次受伤受得真值啊！甚至琢磨，是不是隔段时间就自裁两剑！

一位侍卫进来禀报：“少爷，唐公子来看望您了。”

君莫邪“哦”了一声，随即想起来了什么，若无其事地将枕头边的一个布包塞进了被窝里，才以一种有气无力的声音道：“去请唐少爷进来吧。”

随着一阵沉闷的脚步声，唐胖子喘着气，很是艰难地走进了君莫邪的房间，偌大的卧房，似乎突然间变得狭窄了起来。“三少，你可吓死我了。”唐源一脸震惊，“我听说你去见先帝了，哭了半夜，整整半夜啊，你说我们兄弟要是真的天人永隔了，你可让我怎么活呀！”

君莫邪有气无力地看了看这胖子，真想跳起来一脚踹出去！不过现在自个要扮演重伤，只好暂时饶他一回，但眼神已经赤裸裸地要吃人了。

“幸亏兄弟你没死，要不我以后可就太寂寞了，没了你，我真不知道怎么办才好了。”唐胖子擦了擦汗，接过可儿递过来的茶水，美美地喝了一口，这才回头叫道，“来啊！快将我唐家给君三少的礼物抬进来！”

君莫邪饶有兴趣地看着门外，实在不知道这位仁兄来看自己送的礼物居然是需要抬的，到底啥东西？

两个人抬着两个大箱子，吭哧吭哧地进来。顿时，君莫邪的卧室里被唐源和两个大箱子这三个庞然大物彻底占据，几乎连可儿都没有了容身之处，要缩起双脚蹲坐在椅子上。

唐源挥挥手令他们出去，嘿嘿笑着，献宝似的打开了木箱子，神秘兮兮地瞄了瞄君莫邪，这才让开了身子，君莫邪探头一看，几乎晕了过去。

里面居然尽是高级的疗伤药，一盒一盒，一瓶一瓶，一包一包……包装精美，药味扑鼻，一看就知道价值不菲，君莫邪心中实在是很怀疑，这胖子是不是把城中的药铺都搜空了？

这些药物，若是一般人受了伤，确实是很有用，也是很实用，甚至其中有些就算有钱也未必能买得到的，但问题就是……君莫邪不同于其他人啊，他完全不需要这东西！

这些东西对君莫邪来说，等于一堆巨大的垃圾！起码也是鸡肋！

呻吟了一声，君莫邪有气无力地道：“胖子啊，真是难为你了，你带来的这些药，我这一辈子就算每天都受伤七八次一直活到一百岁也够用了，你这不是来看我的，你简直就是来诅咒我多受几次伤啊……”

唐源“啪”地合上这木箱，得意扬扬地道：“三少，哥哥我的手段如何？凡是天香城有的伤药，哪怕是圣品、绝品，也全部都在这箱子里了！”说着，他突然神秘兮兮地凑在君莫邪耳朵边上，鬼鬼祟祟地道，“三少，最底下那一层，那可是我专门花费了大心血才搞到手的，可遇而不可求的好东西啊。你可得小心藏好了啊。”

“什么？”君莫邪稍有兴趣，挑了挑眉毛，问道。

“停！停停停！”君莫邪一阵头大如斗，“这都是些什么稀奇古怪、乱七八糟的玩意儿？那啥……是什么东西？”

“您饶命吧，别在这儿恶心我了！”君莫邪一阵头痛，“赶紧拿走！要是让爷爷看见了，你可别害我！”

“你怕啥？这玩意儿，是个男人就喜欢，估计君老大人也有。”唐源不知死活地笑着，突然——

“什么玩意儿我也有？”一个沉重的声音响了起来，君战天老爷子大踏步到了门口，一脸纳闷地看了看唐源，再看了看拥挤不堪的卧房，“这是怎么回事？你小子刚才说什么呢？”

我的运气就这么背？唐源目瞪口呆，豆大的汗珠一滴滴冒了出来，眼珠子滴溜溜乱转，肥胖的身体下，顿时被汗水浸出了一摊水渍，要老命啊，刚才那话要是让老爷子听到……

“这是一堆啥东西？”君老爷子有些恼怒，“乱七八糟的，还不赶紧清走？”

唐源急忙哈哈地站起来，点头如鸡啄米：“是是，马上清走，就是一些普通药材，没什么特别的。”

他一说话，君老爷子顿时反应过来，“胖子，你小子刚才说什么玩意儿我也有？”

唐源的脸霎时五官挤在了一起，脸色由白变红，由红变青，胖胖的腮帮子止不住地哆嗦起来，两条大腿也有痉挛的趋势。

“胖子是说，您老雄风犹在什么的，还说陛下的雄风豪气，爷爷您也有，不过觉得有些犯忌，就不敢再说了。”君莫邪急忙打圆场，看胖子这可怜的样子，估计君老爷子再说一句话，他就吓得瘫了。

“这有什么犯忌的？也值得吓成这样子？老夫我本就是雄风犹在，豪气长存，这本就是事实嘛！”君老爷子甚是鄙视地看了看唐源，教训道，“以后没事的时候，不要老是拉着我们家莫邪去那些不三不四的地方，以前尽是跟着你学坏了。”

“啊？”唐源一阵惊愕，老爷子您怎么颠倒是非啊，当初分明是我跟着你孙子才学坏的。

君老爷子哼了一声，在老人家心里，自己的孙子自然是好的，是乖的，以前之所以不争气，主要也是跟着这帮损友学坏了。

挥手进来几个侍卫，将两个箱子抬了出去，唐源一急：“那第二个箱子里面……”

君莫邪也是一头汗：这小子第二个箱子里不会比第一个箱子还要不堪吧？那可真是被他害死了。

君老爷子一挥手，令全部送到君莫邪的小仓库里去，可儿也跟着去了。两人才松了一口气，不约而同地吐了口气。

一个白发白须白袍的老者，慈眉善目，满脸清和之气，提着一个小药箱走了进来，唐源顿时一惊，恭恭敬敬地站了起来，道：“方先生。”

这位方先生，正是当朝御医之首方回生。在天香城中，有一个响亮的绰号——方不死！意思就是说，不管你受了多重的伤，只要方御医伸了手，那你就肯定死不了！此言虽然夸大了些，但方回生的医术之高明，却是毋庸置疑的，纵是华佗扁鹊复生，大抵也就不过如此的样子。

唐源昔年曾经得过一场大病，京中群医束手无策，关键时刻，正是这位方回生方大夫出手，将他的小命救了回来。所以唐源对方回生很是感激，毕竟是救命恩人。

方回生颔首一笑，甚是慈和，也不说话，坐在床边，一伸手搭上了君莫邪的腕脉，同时细细地观察他的脸色，翻翻他的眼皮，甚至让他伸出舌头来看了看。

就在这一刻，君莫邪心中突然冒出了一个念头。

内力控制着体内劲流，顿时动荡了几下，经脉跳动，顿时显得颇为异常。

这种不属于这个世界的神秘力量，当然没有人能够看得出来。

方回生脸色渐渐凝重起来，他本以为君战天急匆匆地向陛下要人，请自己过来，完全是小题大做，但此时一探脉，却突然发现面前这少年体内的情况，竟然是出乎预料地糟糕！

君战天见他脸色不妙，不由得心中忐忑，问道："老方，怎么样？"

方回生怜悯地看了看君莫邪，摇了摇头，叹了口气，道："性命大抵是无碍的，不过，其他就很糟糕。"

"很糟糕？！"君老爷子大惊，"有多糟糕？"

"经脉郁结，隐隐有枯竭之象，五脏受损，这个……"他叹了口气，抬头道，"三少是不是曾经经过剧烈的体质锻炼？而且，是完全超出了身体承受能力的那种？"

君战天越来越感觉不妙，道："是，曾经有那么七天，就是昨天之前还……"

"那就是了，"方回生缩回了手，双眉紧皱，道，"人力有时穷，三少的身体本就虚弱，亏空，全凭强韧毅力而承受身体难以负荷的高强度训练，身体筋脉如何承受得起，已然受了暗伤。若是仅仅如此，只须终止那训练，调理得宜，便有痊愈的机会，但偏偏就在这个时候，百上加斤，胸腹间中了刺客一剑两脚，致使五脏尽伤，更为剑气摧伤了内腑，彻底引发了积蓄的暗伤，两伤相叠，岂有幸理。这也还罢了，最难办的反而是，被利剑重伤之后，未能及时止血，导致失血过多，如今能保住性命，已经是不幸中的大幸了……"

他摇了摇头，道："此番之后，三少能够保住性命，做一个普通人已经是上上大吉了，而且，日后若是再有剧烈的活动，便会有头晕目眩、五内如焚的感觉，甚至动辄有性命之危。"

君战天一呆，脸色大变，问道："竟有如此严重？神医可有调理的手段吗？便一点痊愈的指望也没有了不成？！"

方回生叹息一声，道：“仍是那句话，人力有时穷，我虽被称为神医，又哪里当真有那通神手段，眼下这诸般情况累积在一起，纵然神仙再世，只怕也要无能为力。君老，望子成龙，人同此心，固然是心情殷切之事，但也要量力而行啊。”

说着提起笔来，开了个方子，道：“按这方子，每日三煎，小心调理，或可恢复一二，但至于那玄气修为，相信已经是终生无望了！”

君老爷子呆若木鸡。连旁边的唐源也是目瞪口呆。

但从这位医学的泰斗嘴里说出来的话，又有谁敢怀疑？又有谁有资格怀疑！

强笑一声，君战天黑着脸，道：“能够保住性命落不下残疾，能如常人一般的行动自如就好，至于玄气……天香国无数的人终生不曾接触，不也照样建功立业吗？”

话虽这样说，但老爷子语气中的失望，却连唐源都听得出来。

唐源安慰道：“是呀，就像我们现在当朝的李太师，不就是一个文弱书生吗？还不照样是纵横朝堂，一人之下万人之上？”

唐胖子这句话本来只是应奉之意，没想到君老爷子听得心中怒火大起，以为胖子拐着弯骂人呢，要知道，李太师的玄气，可是君战天当年亲手废掉的，从而也导致了两家直到现在也解不开的冤仇，也是永远无法化解的冤仇。

“滚！”君老爷子一声怒吼。

唐胖子被老爷子唬得浑身一哆嗦，屁滚尿流地逃走了，到了也不知道自己怎么得罪老爷子了，自己明明就是顺着老爷子的话说来着。

方回生叹口气，收拾起药箱，也告辞了，君老爷子安排几名侍卫送他回去，自己却坐在孙子床边没动。

这个举动不禁导致方大神医有些腹诽：这一来一回，待遇相差何等之大啊！

一回头，发现君莫邪居然还在笑，君老爷子叹了口气，怒道：“你小子笑什么？老夫费了多大的心力，才请动千里无影跟踪随行保护你，你倒好，自作聪明，出尽手段，将人家甩掉了，怎么样？最终闹成了现在这般模样，你说说你，你……我怎么说你才好！唉！”

君老爷子摇头叹气，只感觉自己一辈子能叹的气，只怕在今天已经全叹完了。

“请爷爷宽心。”君莫邪看着君战天眉宇间浓浓的关切，只觉得心中暖乎乎的，不忍再瞒着他，道，“刚才方先生的诊断，是我自己动了些手脚。其实，我的身体根本就没有他所说的那么严重。”说着他呵呵一笑，玄功运转，脸上病容顿时一扫而尽，变得神采奕奕。

“嗯？”君战天神情一震，一阵极度的狂喜涌上了他的脸庞，但随即，狂喜的神色还未来得及散开，就又罩上了一层疑虑。

“我想听听你的理由！任何的一点，甚至是，你的……想法。”君战天的眼神变得很犀利，看着君莫邪，似乎在审视自己这个孙子，心中究竟想的什么。同时，君战天转头喝道，“从现在开始，这间房子周围三百米之内，我不允许见到任何一个有耳朵的东西存在！有违者，杀无赦！”

外面一声答应，只须臾之间，似乎已经变得一片寂静，万籁无声。

瞒着御医，就意味着欺瞒皇上！所以君战天很小心。

君莫邪平躺着的身体突然坐了起来，就穿着那一身睡衣，他紧了紧腰间的布带，走下了床，安安稳稳地坐在了太师椅上，坐到了他爷爷君战天君老爷子的对面。

这个动作，让君老爷子惊喜，看来自己孙子的身体果然已经无恙，这孙子当真是好手段，连当世有数的神医方回生竟也被他瞒过了！

但随即老爷子的脸色变得郑重了起来，他能预感到，君莫邪接下来的话，必然会是非常严肃的，也许还是自己不愿意听的，甚至是有些大逆不道的！所以老爷子一早就隔绝了这所房子的任何信息，除非有传说中的至尊神玄高手藏匿偷听，否则决计无人可以瞒过老爷子的耳目。

从君莫邪这么多年的隐忍，以及到现在的伪装受伤，君老爷子无不嗅出了不寻常的气息。他甚至能猜到，自己的孙子大致能说些什么，所以他才格外地严肃、郑重了起来！

“因为君家现在真的很危险！我不得不站出来，本来纨绔一生才是我的本意！”君莫邪开口了，却是先将自己摘了一下，“可惜，君家现在第三代只有我一个了，我就算想置身事外也不行了，所以我现在绝对不能进入京城各大家族的严密防备的视线里去！”

“这一点我了解，也猜到了。”君老爷子捻着胡子，“单纯这一点的话，你所伪装的假装受伤就很成功，我很欣慰。”

“还有，就是爷爷此前的行动，虽然一举震慑了京城各大豪门，但君家实力尽显，无论是在朝在野的影响力还是暗中的力量，都过于庞大了，而这样的力量本是皇家不能容忍的。同时这次的事情也是一桩大大的、犯忌的事情！不过一来无巧不巧地迎合了陛下的心意，顺水推舟地让陛下能够把京城的各方势力重新洗牌；二来因为陛下顾及往日情谊和爷爷的无数大功；三来也因为爷爷年事已高，三叔重伤致残，孙儿我纨绔不成器，才避免了陛下疑忌。

“但这种事情可一而不可再。此次侥幸已经很是勉强，下次则未必！就算是此时，若是让陛下查知孙儿的纨绔是假象，重伤是假象，势必猜忌之心反而会加倍，届时恐怕君家大祸便会临门！这就是孙儿装伤的最大原因之所在！”

君战天沉默不语，但心中却是暗暗点头，前几日的事情自己万念俱灰之下，本就是打着玉石俱焚的主意，但陛下终究还是阻止了自己。再加上孙儿无恙归来，心情自然早已经有了变化。这次的事情，若不是君家，任是哪一个家族，纵然是迎合了陛下心意，恐怕此刻整个家族也已经变成一片平地！此刻想来，当真是惊险至极，兀自后怕。

“爷爷您对皇家忠心耿耿，这一点毋庸置疑，但那只是您自己。”君莫邪道，“虽然现在君家看起来权倾天下，但实际上，君家所有的势力都取决于皇帝陛下的一道圣旨！只要这道圣旨一下，顷刻之间就会冰消瓦解！对这一点，我很不习惯，相信不只是我，三叔也未必会习惯！

“我从来也不习惯将自己的命运掌握在别人的手里，所以我宁愿纨绔一生，可是现在纨绔生涯已经被迫终止，就一定得做出改变，而改变的前提就是……我要将君家掌握在我们自己的手里！”君莫邪坦诚地看着君战天，“这是我最高的目标，也是我的终极打算，更是所有打算的基础所在！”

“自家命运掌握在自己手里！你有这种思想，就是说你小子有了造反的苗头！”君老爷子浑身一震，凌厉地看着他。

“爷爷误会了，在孙儿看来，想当皇帝和已经成为皇帝的人都是个傻子而已，尤其是那种立志成为有道明君的皇帝更是傻子中的傻子！”君莫邪哼哼一笑，“纵然权倾天下，纵然君临大地，纵然三千粉黛，对我都没有意义，我对此完全没有兴趣。”

“你！”君老爷子气得胸口一阵起伏，白胡子都吹得散乱了起来，对于一向忠君的君老爷子来说，这话无疑亵渎了他最忠诚的对象，如果说话的不是君莫邪，早就死了十七八回了！

“爷爷，明人不说暗话，今日索性就说个明白！陛下是决不允许君家拥有这么大的力量还拥有出色的后人的！那对皇位乃是一个极大的威胁！父亲、二叔还有两位哥哥的死因，我迟早要查个清楚明白，若是个中多有玄机，我说不定须得讨还一个公道。”君莫邪平静地道。好吧，既然我承认自己是君莫邪，我自然就要为这个家族做一些什么，而这件事情，恐怕就是君家最大的心病。

君老爷子颓然一叹，沉吟良久，站起身来，背转着身子，道：“当年先帝建立天香国，便有意地将国内几大家族都搬迁到了天香城，授以高官厚爵。此种做法有两大便利：第一，所有家族都集中在一起，便于掌控；其二，各大家族相互牵制，便于势力平衡，唯有这样，皇室才可左右逢源，掌控大局。

“目前天香城中，除了当年夜家被清除掉之外，几大家族中君家、李家、独孤家、慕容家、唐家都各据一方，互不侵犯。最近几年，又增加了孟、宋两家，但究其根本，却根本不过是跳梁小丑，万万不能与前面提到的几大家族相提并论。

“以我们君家和独孤家为首，如今慕容家虽然有心要染指军方，但只要有我和独孤纵横在，他们是绝对插不进来的！而李家和孟家从表面上来看，乃是我们眼下的最大对手，无时无刻不在想着整倒对方，而这两家又属姻亲，李家的后辈子弟之中，更出了一个惊才绝艳的李悠然！威胁性自然也就更大了些。

“诸家中的宋家一向低调，可暂时不用理会，而我君家与独孤家在军方互为对手，平常也是小打小闹不断，独孤纵横那老货更是对老夫颇不服气，但这都不是主要的原因，主要的原因是：我两家虽然互相制衡，却又基于两家都忠于皇室这个原因而永远都不会真正地撕破脸皮。这一点你要牢牢地记住了！这也正是君家可以屹立朝堂始终不倒的根本原因！诸家之中，慕容家野心甚大，须得提防，但却又不必刻意。

“这几大家族之中，各怀心机，一旦到了帝都真正清洗的时刻。一切都将表面化，但未到之前，纵然是发生再大的事情，彼此之间也会相安无事，这已是被诸家公认的潜原则。

“所以目前正是你们小一辈搅风搅雨的时期，大家都看着你们小辈的胡闹，即使胡闹得比较离谱大家也只一笑了之，但同时也都在注意着你们，看看小辈人物之中，哪一个才是最有威胁性的。你能够清楚地看到这一点，爷爷很欣慰。”

君老爷子对君莫邪提出的查君家两代人物死因的话题避而不谈，却自顾地分析起了京城形势。

“陛下在三年前曾经打算立储，但一番考验之后，却无奈地放弃了这个初衷，任由三位皇子自己去争，他则隐身幕后，洞若观火地看着三个儿子胡闹。陛下一直认为，三个儿子都是狼性！但在三匹狼的竞争之中，总会出现一个王者，而最后胜出的那人，就是陛下的接班人。”

君莫邪冷笑一声，却没开口说话。

君老爷子同时苦笑着摇了摇头，道：“但狼终究是狼，永远也不会蜕变成虎，更不会化身为龙！就算是狼王，所奉行的依然是狼那一套。唯陛下却明显没有更好的选择，只好一再地逼迫，一再地压榨，但却又一再地威慑，一再地驯服、调教！

“各家老狐狸当然都看到了这一点，为了自个儿家族着想，无论如何也不肯轻易插手皇子之间的纷争，但每个家族之中，也总有人跟某一位皇子走得很近，无形之中，又保持了一份平衡！

“目前完全与三位皇子没有牵扯的，一是我君家，二是独孤家，三是李家。”

老爷子看似莫名其妙地说着这些跟君莫邪的言论毫不相关的话，既像是自言自语，又像是对着君莫邪说话，说到这里终于下了结论，道：“所以，你打算怎么做，只要你自己心中有数，不要闹得太出格，我只会配合，放手去做就是了。”

说完，君老爷子有些疲乏地站了起来，道：“如今爷爷想不认老也不行了，只能在一旁看着了。你三叔身体……君家只好看你的行止了。究竟如何，只要你心中有打算，不要让君家万劫不复，就好！”

君莫邪眼睛一亮，他敏锐地把握到了君老爷子最后一句话的意思，“放手去做就是了”，这句话颇有些意味深长啊。

怪不得先给我剖析一番京城形势，原来主要的戏，就是这句话啊。那意思就是你爱怎么做就怎么做，君家会是你的后盾，却绝不参与。但一旦出了事情，我仍会负责向外捞你。

不过，说到三叔残疾的时候，为啥会顿了一顿？这个疑问马上就解开了。

君战天目中带着欣慰的神色，看着孙子，道：“至于你三叔的腿，若是你当真有法子，还是抓紧些时间吧。无论最终结果如何，赶紧的，不要拖，再拖下去，不要说你三叔着急，恐怕还有人会更着急呢。”

说完，老爷子瞪了他一眼，教训道：“哼哼，你们爷儿俩，真当老夫老糊涂了不成？你是我孙子，那是我儿子，这里是君家大院！居然合起伙来瞒着我？瞒得了吗？真正可笑！”

君莫邪有些尴尬，摸了摸鼻子，解释道，“我只是不想万一不成，您老人家再失望就不好了。”

“我对这件事原本就从没抱过希望！”老爷子吹胡子瞪眼睛，一句话将君莫邪打击得不轻，黑着脸低下头去。

“至于万一真的被你小子侥幸治好了，难道老夫会那么蠢，满天下地去宣扬？唯恐天下人不知道？！然后让人将目标齐刷刷地盯在你爷儿俩身上一个阴谋接着一个阴谋地去陷害？再有类似事情瞒着我，小心老夫将你们爷儿俩的屁股全部打烂！让你们一世都下不了地，出不了门！”

君莫邪诺诺连声，瞠目结舌。

老爷子在发了一顿脾气之后顿时感觉心旷神怡。

背着手走了出去，一出门，原本有些笑容的脸瞬间又变得面沉如水了，让看到的人无不噤若寒蝉：单是从老爷子的脸色上来看，三少爷恐怕是彻底地没戏了，就算不是个废人，也差不多了……

（第一册完）

《傲世君少2》，2019年5月30日全国上市！敬请期待！